Юзев Розанов
на память конца юности

ユゼフ・ローザノフ

青春の終わりに

工藤正廣

未知谷
Publisher Michitani

目次

本書をわが妻　知子に捧げる

二人はアッサーム川のほとりを
とぼとぼと歩み
青空のとおい小さな雲をみつめる
人生はおきざりにして
行ってしまったのかしら
もうこの先まで歩けないよ
どうして私たち生き急いできたの
けれども草の花は足元に咲いているよ
愛すること慈しむこと
喜寿の宴できみは謝辞をのべる
人生の贈り物の小箱を手に
微笑み涙をおさえながらゆっくりと
とおい丘を越える小さな雲のように

ユゼフ・ローザノフ

青春の終わりに

Юзев Розанов

на память конца юности

この物語は独立した一篇として語られるが『幻影と人生　２０２４』の続篇でもある。

本作の主な登場人物
（＊印は前篇の登場人物）

＊ユゼフ・ローザノフ　サハリン島に左遷されたＦＳＢ少佐
＊セルゲイ・モロゾフ　流亡の聖像画家・修道士　ローザノフの魂の盟友
＊ヴァレリー修道士　アゾフ海タガンローグのミレナ谷の修道院に隠棲
＊ジェーニャ・カサートキン　ユゼフ・ローザノフの若い戦友　中尉
＊ゲオルギー・カザンスキー（ゴーシャ）　政治犯としてサハリン島に流刑
＊リーザ・カザンスカヤ　ゴーシャの妹　レンフィルムの助監督
＊ダーシャ・イズマイロヴァ　図書館司書、タガンローグからサハリンに移住
アレクシー・ザンギ　ニヴフの長老　セルゲイ・モロゾフを援ける
ラウラ・ヴェンヤミノヴァ　エフエスベー支所ユゼフ・ローザノフの秘書
リュドミーラ　ザンギ老の孫娘
サーシャ・ドブジンスキ　エフエスベー支所　准尉
アナトーリー少年　孤児　十歳

＊

なお本篇にはイタリアの小説作家・詩人のダーチャ・マライーニ Dacia Maraini（一九三六年〜フィレンツェ生まれ）さんが、詩のスタンザ引用によって登場する。

第一章　**セルゲイ・モロゾフのサハリン来島**

1

ユゼフ・ローザノフの執務室はさながら洞窟のようだった。そして執務用の大きな机上には錆び色の燭台に太いロウソクが三本、真白い鉾のように立って、炎をゆらせていた。眼前、眼下に氷結したタタール海峡を風が吹き渡っていた。

風はおのれが望むように吹くのだし、それもどこから来てどこへ吹いてゆくのか誰も知らないのだ。いまサハリン島の北緯五〇度四九分にあるアレクサンドロフスク・サハリンスキー、タタール海峡の西海岸は五〇〇㎞にわたって南へと対岸の大陸棚まで含めてすべて氷結している。凍結していない不凍港といえば、ホルムスク一港にすぎまい。おお、氷島よ、私の父祖の記憶の聖なるアジールよ、冥府よ、そうつぶやき、ユゼフは書類のリストを手にして立ち上がり、室内を行きつ戻りつした。ロウソクの炎は一歩ごとに、まるで風が起こったように燃えあがった。太いロウソクは抽斗《ひきだし》に使いきれないほどの束の用意があった。夜のために。夜の執務には、電灯ではなくロウソクでなくてはならなかったのだ。洞窟の中のもう一つの机上と書架には書物の背が炎に照らされては沈んだ。決済した文書の山が積んであった。氷結したタタール海峡を吹き抜けていく風の音がここまで駆け上がることがあった。そのとき洞窟の天井に、ロウソクの炎の影がいくえにも重なった。ユゼフはふたたびデスクに向かって腰をおろし、天井を見上げた。そして心に、小さい嘆声をもらした。おお、きみたち、炎の天使よ、われを守護してくれたまえ、そしてこのリストの者たちの、未来の運命についていて、わたしの管轄下であることを援けてくれたまえ。三本の太いロウソクの炎の火影は天井にゆらめき、姿を見せない天使《アンゲル》になって飛翔した。この洞窟の闇の片隅には、ソファーベッドと、壁に小さなイコンがかかっていた。ロウソクの炎のつばさの先がその聖像画に一瞬だけふれることがあった。ユゼフは声に出して一人独白した。

たしかに、われわれは落下するのだ。その落下こそがもっとも貴い奇蹟にも価するのだ。いや、奇蹟そのものではないか。落下してついに地に落ちる。その瞬間にわれわれの人生は完成する。その完成をなぜ恐れる必要があるだろうか。すべての存在は重力の御手《みて》に落ちるのだ。その落下の一秒以下の時間にわれわれの存在の時間がある。そしてわれわれは大地の重力の地上で斃《たお》れてすべてが一体になるだろう。いまもわれわれの時代、世紀は落下のさなかにある。そのさなかに天使たちの翼が手を差し伸べてくれようか。

さきほど歩きながら、炎の影のなかで見出した一つの名前に、どれだけユゼフは身震いしたことだろう。それは激しい喜びにとって代わった。デスクについてのち、もう一度ユゼフは、その名を確認した。おお、セルゲイ・モロゾフよ。だれがきみをわたしの管轄のもとに送り出してくれたのか知らないが、感謝しきれない業《わざ》だ。リストのなかでセルゲイ・モロゾフの名は炎のように輝いていた。その他のリストの名もどれも見知らない者たちだった。リストには正面と、耳の見える横顔の写真入りで、経歴と禁固刑、サハリン島送りの罪科が記載されていたが、ユゼフにとってはなにほどのこともない凡庸なことにすぎなかった。要するに政治犯である。それ以外ではないのだ。アレクサンドロフスク・サハリンスキーの中央監獄、もしくはもっと僻地の旧世紀の収容所の禁固刑だ。しかし、セルゲイ・モロゾフに限って言えば、リストの余白には手書きの付記が流麗な筆跡で書き足されていた。漂泊の聖像画家修道士セルゲイ・モロゾフの処遇についてはユゼフ・ローザノフ少佐の裁量にゆだねる。そうあったのだ。頭文字だけのその署名人についてユゼフにはまったく謎だった。

つくづくとユゼフはわが友セルゲイの写真の横顔を見つめた。生皮を引きはがされたとでもいうような横顔だった。しかし、ついに会えるのだ。さあ、そうとなれば、セルゲイをどこで健やかに過ごさせて精神の病をいやすべきか。ユゼフは思った。ここから一〇㎞ばかり北のアルコヴォの廃坑集落に昔の儘に残っている修道院がいいのではあるまいか。あそこには、もう一〇〇歳をゆうに超えた盲目の隠者が住まっている。

外の風の流れは突然のように鎮まったようだ。ロウソクの炎はしずかに蝋涙を重ねた。炎の天使たちも天井で静かにゆれている。ユゼフはこのとき初めてのように気がついた。他の流刑政治犯とされる人数は十二人だった。やれやれ、と彼はつぶやいた。この十二人を運ぶために、明日の午前中早くに、砕氷船〈ニネリ〉号がやってくるとは。いや、もちろん、これはついでのことでもあろう。フィンランド眼前のムルマンスク港を発った砕氷船は北極海伝いに、こともあろうにベーリング海峡をわたって、ここまで氷塊を砕きながらやってくるのだ。この十二人は、北極のカラ海あたりの収容所から特別に選別され、移送されて来たのに違いない。となると、セルゲイ・モロゾフはいったいどこから乗船させられたのか。ユゼフはすぐに察しがついた。この真向かいのニコラエフスクからにちがいない。つまり、わたしと出会ったあと、セルゲイはアムール川河口のニコラエフスクに移されていたことになる。そのような報告は何一つなかった。

ユゼフはまた立ち上がり、夜明けが近い窓辺に倚《よ》った。眼下にうっすらとだが、氷海にうずもれるようにしてとがった岩礁の天辺を見せている三つの、三兄弟《トリ・ブラータ》の岩が見えた。星たちが瞬《またた》いていた。夜明けはそこまで来ているのにちがいなかった。うすい橙色がかすかにたなびいている。大丈夫だ。長旅の砕氷船はここから一km先の沖合に停泊するのだ。今ごろは、デ・カストリの氷海で停泊して眠っていることだろう。ここ、アレクサンドロフスク・サハリンスキーの港には昔から直には埠頭に着船できないのだ。ドゥイカ川の河口の浅瀬と岩礁のため、座礁しやすい。本船は沖合に泊まっていて、艀《はしけ》船で荷下ろしする。カッター船で人々を埠頭まで運ぶのだ。いま二月の終わりでは、氷結の盛りだから、砕氷船からの運びは、みな犬ぞりでということになる。在地のニヴフの人々の仕事にまかせるのだ。荷運びはここの懲役囚の労働だ。外気の気温はマイナス一五度は常のことだ。

ユゼフは最後の仕事をし終えてロウソクを吹き消した。ソファーベッドに横になった。執務室のスチーム集中暖房は申し分なくあたたかだった。眼を閉じるとたちまち炎の天使たちの残像が顕われ光がみちあふれた。しかし天使たちの顔までは定かでなかった。どの天使たちも炎が同一であるようにどれも似通っているのだ。天使とは自由に空間を時間を潜り抜けるドゥフ、つまり霊なるものの息であるのなら、風のようなものではないのか。いかなる存在の権限なのか。ユゼフはしばらく炎の天使たちを眺めた。天使たちの炎が鎮まると、今度は氷結したタタール海峡が真っ白く見え出した。ユゼフは寝返りを打った。夜明けの曙光がどこかで生まれていたのだ。その曙光の背後から見るからに巨大な船体が現れた。ユゼフはどこかで見たことのある船体だと思った。少なくとも六、七千トンはあるだろう。まるで雪のウラル山脈を乗り越えてどこをどう通ったにしろ、タタール海峡にいきなり航行したとでもいうようだった。カザークのエルマークたちが河川をさかのぼり、その小舟をかついで山越えしてまた別の河川に出て、とてつもなく遠い土地まで至り着いたのとはわけが違うのだ。ユゼフの入眠境界の裂け目にすべりこんだのは、巨大な砕氷船だった。砕氷船は分厚い二メートル、三メートルの氷層に体当たりして切り込んだ。激しい抵抗を受けると、ただちに二、三〇〇メートルは後退して、そこから全速力で氷海に突貫する。それでも氷結層がびくともしなければ、船体を左右に揺らせて、燃料タンクの燃料の重量を左舷右舷に交互に移動させながら、氷層を船体の重量で押しつぶすのだ。眠りに落ちていきながら、ユゼフは船中で船酔いの嘔吐まみれになって倒れているセルゲイの苦しむ虫のような姿を見ていた。砕氷船は無事にタタール海峡の大陸側、デ・カストリに着いたのだ。曙光の中にセルゲイの蒼白な笑顔が見えた。もう大丈夫だ。あと数時間したら、われわれは再会できるのだ。もし神から遣わされた使命というのなら、そのことについてわれわれは未来を考えなければならない年齢に至ったのだ。われわれの存在は落下の過程にすぎない。落下するその最終地点が、ただ重力の大地であるだけでは不足なのだ。その一点が美しい透明な炎の形而上学でなくてはならないのだ。そこから風のように霊性が飛翔するような。われわれは時代とともに落下するが、その落下が時代の生気を幾つもいくつも飛び越えて行き来するほどの霊性でなければ、いったいどこに生存の意味があるだろうか。やがてユゼフ・ローザノフは眠りに落ちた。小高い丘に位置するユゼフ・ローザノフの庁舎の、決して近代的とは言われない古びた建造物の、洞窟のような執務室の窓敷居に、刻一刻と、秒刻みで、曙光の帯はこの氷島のアレクサンドロフスク・サハリンスキーに朝焼けの光をもたらし始めていた。蛇行するドゥイカ川の低地に広がった酷寒の市街は息一つしなかった。灯り一つなかった。夢の意識の中でユゼフは、寝言を言っていたのだ。自分自身だって実のところはこの氷島の囚人に他ならないではないか、もうじき逃げ出したくなるはずなのだ。いや、そんなことはない、セルゲイ・モロゾフが来るではないか。そうとも、ぜひともあの一〇〇歳を迎えたという隠者に会わせなければならない。身長がまるで一メートルそこそこまで小さくなった老人だ。顎ひげの方が長いくらいだったではないか。不思議なロシア語を話していたではないか。

2

ユゼフよ、眼を覚ませ、もう砕氷船は湾内に入ったぞ、急げ。ユゼフは目覚めた。飛び起きて着衣し、洗顔のあとタオルで顔を拭いているときに、そのよく透る声がアントン・チェーホフの声であることが一瞬思い出された。

夢のひきあけにユゼフは、このアレクサンドロフスクに一八八九年七月に上陸した若いチェーホフと語らっていたのだった。チェーホフは沖合一kmに停泊したバイカル号から最後のカッター・ボートでアレクサンドロフスク埠頭まで乗り込んだ。海は凪いでいたが、サハリン島は山火事で燃えていた。アレクサンドロフスクの背後は赤赤と燃えていた。火影が炎の天使たちのように揺れていた。濃霧よりもこの山火事の煙の方が恐ろしい。艀船で荷下ろし作業を終えてへとへとに疲れ切った囚人たちは一足先にタグボートに曳かれた艀船に乗って闇に飲まれた。夢の引き際にユゼフは炎のようなチェーホフと並んで坐っていた。そのとき彼がユゼフに何と言ったのか、思い出そうとし、もどかしい思いで、思い出した。なんだ、あなたも来ていたのか、で、あなたの使命は何なのかな。とっさのことで、ユゼフは答えられなかったが、チェーホフは、いいよ、いいよ、そのうち分かる、とだけ言った。そこまで思い出したところへ部下の准尉サーシャ・ベズボフが駆け込んできた。サーシャはなぜか喜びで満ち溢れていた。少佐、着きましたよ、いいですか、砕氷船《ニネリ》号です！　一度この眼で見たかった砕氷船です、だってそうじゃありませんか、いいですか、ぼくらの未来は、こんな気候変動が著しい今日にあっては、地政学的にも、北極海を航行してここにまで至りさらに日本海へと出られるような砕氷船が絶対に大事だと思うのです。仮にカラ海のムルマンスクを出て北極海の氷を打ち砕き、ベーリング海峡をぬけ、広大なオホーツク海に出て、さてカムチャツカに至り、さらに、おお、われらサハリン島のタタール海峡に入り、ええ、やっと到着したのです。近い近い、物資輸送だって貿易だって、そうです軍事防衛的にだって何という幸運でしょう。そうじゃありませんか、極東から欧州まで従来二万㎞かかるところを一万四千㎞で着くというじゃありませんか。となると、ぼくらのサハリン島は凄いことになりますね。

ユゼフは紅潮したまだ二十三歳そこそこのサーシャの饒舌を聞きながら、マイナス一八度はある厳寒の中に飛び出し、エンジンがかかったままの軽トラックに乗り込んだ。ユゼフが助手席に乗ると、サーシャがすぐに車を発進させた。埠頭には雪上車と、馬橇《ばぞり》が用意されているという。犬ぞりもそろっているという。埠頭と言っても、アレクサンドロフスクの埠頭には解氷期であっても大型船は入れないのだ。だから、チェーホフが来島した頃の埠頭も、囚人労働で切り倒した広葉樹大木を海中に杭打ちし、そのなかに石を埋めて一応の埠頭らしきものを作ったものの、ここは時化《しけ》る時は埠頭に建てた塔まで波をかぶるほどの悪い湾なのだ、しかも危険な岩礁地帯で座礁は朝飯前のことだ。これは今日でも変わっていない。

ユゼフたちの車が埠頭に着くと、すでに中央監獄からの吏員たちも、荷役の人々、これは禁固刑の囚人から選ばれていたが、それに馬橇はドゥイカ川低地に農家から、犬ぞりは近郊の小村からニヴフの人々が用意して来ていた。ニヴフの犬たちは勇み立っているが、じっと静かに氷上に坐っていた。夜明けはたちまち輝きだした。酷寒の空気はまるでなにか乳香の馨《かぐわ》しさのように匂い、ユゼフの鼻孔から肺にきりきりと吸い込まれた。ユゼフの身体はみるみるうちに蘇生感を味わった。サーシャは寒気に足踏みして、大きな手袋の手をばたばた打ち叩いて体をあたためていた。ウオッカ一杯、よろしいでしょうか、とサーシャが言った。ユゼフは、一〇〇グラムだけだ、と言った。サーシャは運転席に戻り、小瓶から口飲みして駆け戻った。戻ってきたサーシャにユゼフは訊いた。何パーセントかな。サーシャは六〇ですと答えた。いいですか、アレクサンドロフスクだと、すくなくとも一〇〇パーセントであってほしいものです。ユゼフは笑った。バカな、たちまち喉が焼けただれるじゃないか。いいえ、ぼくら北サハリン島のアイデンティティーは、そういうことです。サーシャは蘇生した。ユゼフはサーシャをからかった。いいかい、サーシェンカ、その、きみが口にした〈アイデンティティー〉という言葉だが、ロシア語だとどういうことになるんだい？　サーシャはすかさずこたえた。はい、民族とか人種とか、国民とかの自己同一性などと小難しいことじゃなくて、ぼくなら、要するに、サハリン島訛りで言うと、自分的に居心地がいい、つまり〈あずましい〉ということです。

　氷海のはるかむこうに砕氷船が朝日に輝きだし、くっきりと見えた。日は上った。快晴の空の青さが氷上を支配した。すべての準備は整った。中央監獄の吏員たちが連絡にやって来た。ユゼフ・ローザノフは文書のリストを肩かけの将校バッグから取り出して、中央監獄の吏員たちと確認しあった。政治犯、ポリチェーチェスキエは十二名ですね。さようです。が、もう一名、このセルゲイ・モロゾフはどういうことになりますか。反体制派活動家ではありませんね。ええ、それはこの文書に記載の命令通り、保安庁のわたしの管轄ということです。ついでに申し添えれば、十二名の政治犯に関しても、わたしのエフエスベーの関与すべき案件でもあるので、お忘れなく。ええ、ローザノフ少佐、了解しました。

　砕氷船が汽笛を鳴らした。その響きは朝焼けよりも美しく殷々と、まるでひさびさの交響楽のシンバルを打ち鳴らした響きになってこちらまでとどいた。もちろん小丘上にここ百数十年かかって建造されたアレクサンドロフスク市街まで伝播したに違いなかった。朝日に光って並んでいる集団住宅棟の数々も、教会の十字架も、低地にひろがるドゥイカ川にそった家々も柵木も家畜小屋も、黄金色に輝く砕氷船《ニネリ》号のシンバルやらオーボエや打楽器の音に目覚めたのだ。ユゼフ・ローザノフと准尉サーシャは雪上車がけん引する雪上ボートにのりこんだ。甲高い笛の音で、一斉に動きが始まった。横に広がって疾走し始めたので、まるで氷上レースの趣を呈した。朝起きの見物人たちがすでに集まっていた。着ぶくれて朝日に輝いていた。ニヴフの犬ぞりは素晴らしい走りだった。氷片をきらめかせて赤色の砕氷船にまっすぐに向かって疾走した。馬橇たちのほうは緩慢に走った。荷を積んで戻る馬橇なので橇が大きくて重量があった。駁者たちが立ったままで掛け声をあげ、鞭をあてていた。二頭曳の馬はみな小ぶりだった。ユゼフたちの雪上車は馬たちを驚かさないように離れて並走した。ユゼフたちは雪上車曳のボートから右手遠くに、氷海に閉じ込められている三兄弟《トリ・ブラータ》の岩礁のとんがりを見た。三兄弟の岩は半分以上、盛り上がった氷におおわれて、小さく見えたが、それでもかなりな岩礁だった。ユゼフもまたこのような氷上疾走のだいご味は初体験だった。曳かれて疾走するボートは海氷すれすれに走っているので、世界の広さはまるで別世界に思われた。丈余の分厚い氷の下がタタール海峡の困難な海であることを忘れるくらいだった。まるで大地だというようにさえ思われたが、大地の重力感とは異なって、まるで飛ぶような感覚だった。やがて、砕氷船の巨大な姿が迫って来た。ニヴフたちが操った犬ぞりの三列が、いちばんに砕氷船の手前で、停止していた。犬たちは吠えた。その吠え声は巨体の砕氷船に驚いているのか、捌《さば》き手のニヴフたちに大きな叱声をくらっていた。雪上車はゆっくりと停止して、エンジンをかけたままにした。ユゼフ・ローザノフはボートから下りた。砕氷船の甲板に乗組員たちの日焼けした顔々がならび、大きく手をふっている。砕氷艦はみるからに巨人だった。日の影法師が出来ていた。馬橇も到着した。中央監獄の吏員が連絡のスマートフォンをいじるまでもなく、砕氷船からマイクの声が伝わった。アレクサンドロフスク・サハリンスキーに感謝します。これよりタラップを降ろします。積み荷おろしは、最後になります。関係者の各位はどうぞ乗船ください。

ユゼフ・ローザノフは気が気ではなかった。十二名の政治犯の如きはもはや問題ではない。問題はただ一人、わが友、漂泊の聖像画家修道士、セルゲイ・モロゾフなのだ。タラップが氷上に下りると、中央監獄の副所長と一緒に、エフエスベー少佐のユゼフ・ローザノフはタラップを上った。サーシャが後ろに続いた。そして甲板に上がった時点で、三人は甲板の手すりに倚ってアレクサンドロフスクを眺めた。氷海のむこうに、あの一万にも満たない住民の住む小さな都市が午前の透き通った光におおわれているのを見て、見たこともない市のように思ったのだ。はたして、あれがアレクサンドロフスクなのか、とサーシャは言った。この瞬間ユゼフは、塔と教会の上を天使が飛び過ぎたのだとでもいうような、聖なる感慨に打たれた。チェーホフ来島以前から最悪の流刑地、その支配地であるこの市が、どうして聖なる市であり得るだろうか。

3

甲板後部でクレーンが動き出した。アレクサンドロフスク中央監獄への荷物降ろしだった。監獄から選ばれた囚人たちが馬橇の御者や犬ぞりのニヴフたちと一緒に乗り込んで来た。護送兵たちも、彼らを少しも警戒していなかった。少し東風が吹き出して凍えるくらいの寒気だ。彼らは甲板に倚っていたユゼフたちに挨拶した。耳付きの毛皮帽子はぼろぼろだった。この積み荷は彼らへの支給品だったのだ。ダウンや防寒具、作業用の手袋などだった。彼らはそれを知らされていたので喜んでいた。クレーンの下と、氷上にいる囚人たちとが声をかけあった。荷物の大きな段ボール箱は犬ぞりの橇に乗せられた。護送兵たちはバタバタと腕をうち叩きながら言っていた。今時ナロードにくすねる者などいないさ。お上は別だがさ。その声が刺すような風に吹かれてユゼフの耳に届いた。

ユゼフ・ローザノフと監獄副所長とは、船内の暖かいキャビンの応接室に案内された。砕氷船の船長と事務長が出迎えてくれた。まるで旧知に再会したとでもいうように向こうから抱擁を求めた。テーブルには昔ながらの銀製の大きなサモワールがおいてあって、これもまた電気ではなく、炭火で沸かすというのだった。船長がお茶を前にして歓迎の言葉を述べた。船長は話題に餓《う》えているというより本来的に話好きと見えた。ユゼフ・ローザノフが自己紹介すると、そくざに、おお、存じています、よほど物好きとみえますが、まあ、一年もしたらうんざりして投げ出したとして不思議はありません。なあに、かのチェーホフが上陸してから、そうですな、百四〇年くらいになりましょうか。しかし、根本的にはこのような辺境の島ですからね、この気候ですからね、そうそう文明が進化するというわけにはいきません。ええ、もちろん、急速に進化されては人間が壊れてしまいますな。ほら、ローザノフ少佐、あなたはこの銀のサモワールに驚かれているようですね、嬉しいことです。故あってこのように炭火で沸かすのです。いいですか、実に不便窮まりないですが、なんともこの炭火の匂いがたまらなくよいのです。人間的ですね。長い氷海の航海を続けていると、これは何という慰めになることでしょう。ええ、なるほど、それは危ないですよ、というのも、さてこれはもうあまりにも分厚くてわが砕氷船でもって砕氷不可能な場合は、そうですね、二、三〇〇メートルは後進してのち、加速してふたたび慎重に砕氷するのです。そのときの衝撃で、この銀の美しいサモワールが転げ落ちることもあったが、このように傷だらけでも生きています。ええ、どうしても周りの氷海に手が出ない場合は、ほら、船体は横幅が半端じゃあないですから、船倉の燃料を右から左、左から右へというように移流させながら、船体全体でもって氷層を潰して進むのです。このたび、本船は、あなたのアレクサンドロフスクまで立ち寄るプログラムではなかったのですが、急遽連絡が入って、重要な政治犯十二名を運ぶようにということで、さらに囚人たちの防寒具一式をも一緒にということで、対岸のアムール河口のニコラエフスクから廻ってきた次第です。われわれはご存知かと察しますが、おおいなる長旅でした。カラ海のムルマンスクを出航してのち、北極海の氷海を砕氷しながら、ベーリング海峡を抜け、ようやく偉大なるオホーツク海に出たものの、本年の二月下旬は何とも名状すべからざる気候変動のあおりでしょうか、それはもうわれわれのこれほどの砕氷船をもってしてもたいへんな苦労でした。カムチャツカに着き、次に大陸のマガダンに着いたのですが、なんとまあ、マガダンは湾岸まぢかの高層住宅が一階まで氷に乗り上げられているありさまでした。そののち、ようやくアムール河口の最終地ニコラエフスク・ナ・アムーレに着いたものの、アムール川の流氷たるや、北極海以上のものがありましたな。

一息ついて熱い紅茶を飲み、そこへ一等航海士が入って来て、語らいに加わった。ユゼフのとなりに小さくなって加わっていたサーシャは聞き耳を立て、目を輝かせていた。船長のアレクシー・サマーリンは見事な銀髪で、口ひげはもう白かった。そうです、実は、ユゼフ・ローザノフ少佐、どういうわけか、あなたのことはさりげない噂で聞き知っているのですよ、と船長は目を細めた。まあ、端的に言うと、アントン・チェーホフの今世紀的継承者とでもいうようにです。

そう言われて、ユゼフは熱いお茶を喫しながら、思わず苦笑した。ユゼフ・ローザノフは言った。それはそうと、ところで、十二人の彼らと、もう一人、修道士で聖像画家のセルゲイ・モロゾフたちは、何事もないのですね。船長は答えた。もちろんのことです。これはニコラエフスクで聞かされましたが、氷海を航海する以上に重要なことですね。ワシーリー、それぞれに下船の段取りは伝えたかね、と船長は事務長に言った。ええ、みないたって元気です。ニコラエフスクの中継獄はひどいものだったようですね。わが砕氷船の船室に乗って、楽園のようだと能天気なことを言っていました。実に楽天家たちですね。十二人の内、ヤン・チュダーエフというのがいちばん若いのは、いちばん喜んでいます。艱難こそ望むところと言っていますよ。聡明ですが、それがまたなかなかの美貌です。農民出らしいですが、そうです、若かった詩人セルゲイ・エセーニンに似ています。

するとね長はちょっと表情を曇らせて言った。で、もう一人、セルゲイ・モロゾフの様子はどうだったかね。事務長ワシーリーは答えた。はい、個室に閉じこもっています。やはり、精神的に相当参っているのではないでしょうか。ときどき何の歌でしょうか、ラテン系の歌を口ずさんでいます。聞いていると涙がでそうになる歌ですが、わたしにはさっぱり意味が分かりません。イタリア語のようですね。ユゼフ・ローザノフはこれを聞いて、ほっとし、とにかく生きていてくれるならどうにでもなると思った。ユゼフは言った。アレクシー・サマーリン船長、このたびの任務について心から感謝します。十二名の政治犯についてはこちらのアレクサンドロフスク中央監獄副所長ニコライ・オルロフが無事に受け渡しを完了します。聖像画家セルゲイ・モロゾフについては、命令書にしたがってわたしローザノフの管轄下に委ねるとの付記によって、保安庁のわたしたちが受け取ることに致します。ユゼフ・ローザノフは副所長のニコライ・オルロフに言った。ええ、もちろんです、オルロフは言った。どう考えても、聖像画家の修道士さんを、他の十二名の政治犯と同一に処遇するには難がありますよ。ここだけの話ですが、セルゲイ・モロゾフ案件は、十中八九、冤罪《えんざい》ですな。まあ、しかし、ここでじたばたしても始まりません。ユゼフ少佐、よろしくお願いします。

話がすんだところで、サマーリン船長が立ち上がり、事務長がいそいでワインを皆についでまわった。船長は乾杯の辞を述べた。みなさん、それでは任務無事遂行を祝して乾杯しましょう。われわれは北極海航路のパイオニアとして、いかなる酷寒の任務であるからとて、われらの精神の根本でありうるところの火酒、ウオッカばかり飲んでいるのでは、困る。酔いどれの国に堕してしまう。せめて、折節《おりふし》、ツィナンダリの赤ワインで乾杯するのも悪くはあるまい。それでは、ユゼフ・ローザノフ、みなさんの今後の幸いを祈って乾杯！　一気に飲み干したサーシャはその美味しさに思わず拍手した。だれもが笑った。氷海の長年の航海で眼をいためて黒いサングラスをかけていたサマーリン船長がサングラスをとって、なぜか涙をぬぐった。睫毛まで白く見えた。ユゼフ・ローザノフは船長を抱擁した。この歳になると、いつも、どの出会いも最後のように思われてね、と船長は言った。ユゼフは言った。でも、一度出会った以上は二度出会うと言うじゃありませんか。神のご加護を祈ります。サマーリン船長は言った。ユゼフ少佐、あなたにはこの砕氷船の名の誰だかが分かるね。はい、ユゼフは答えた。われわれ先人の、あの革命家《レヴォリュツィオネール》のアナグラムですね。船長は笑顔になった。おお、そうなんだよ。あなたにも神のご加護を！

4

北緯五〇度四九分、東経一四二度〇九分、アレクサンドロフスクの二月の下旬はもう三月の叫びを、その叫びは、もしモスクワならば春の最初の霙の雨が啼く頃だというのに、ここでは、とユゼフ・ローザノフは太陽の位置の低い青空を見上げた。山を見上げるというようにだったが、祈る気持ちだったのだ。午前もあっという間に午後になり、この太陽も忽ち鈍くなり沈みかけるのではないだろうか。ユゼフたちはタラップを降りて氷上に立った。赤色の船体は威風堂々として氷海を睥睨《へいげい》しているが、しかしながら純銀の青い氷で凍結したアレクサンドロフスク湾は砕氷船など敵ではないとでもいうように広大無辺で、タタール海峡は遥かかなたのさらに強大な大陸、マテリークの重力を隠していたのだった。

タラップを降りたユゼフたちはいかにも小さな、二月の太陽のシミのような影に過ぎなかった。犬ぞりたちはすでに曳橇に荷物を積み終えて出発を待っていた。犬ぞりのニヴフの御者が氷上をすべるように走り寄って来て言った。小荷物が一つあるが、それはあなたのセルゲイ・モロゾフ用のものではありませんか。いずれも、防寒具一式だと上書きしてあります。一緒に運びますか。それともユゼフ少佐の雪上車ボートに乗せましょうか。ユゼフはすかさず、われわれのボートに乗せてください、と答えた。引き返したニヴフの老人はまたすぐに小ぶりな段ボール箱を氷上を巧みに滑らせながら運んで来た。そして毛皮の冬帽を脱ぐと言った。アレクシー・ザンギと申します。今後ともよろしく。エフエスベーのお偉いかたが赴任されたという噂を耳にしていましたが、お会いできて光栄です。とユゼフはこのアレクシー・ザンギの両腕をしっかりとつかんで言った。こちらこそです。わたしこそあなたのお世話になる機会があるでしょう。よろしく頼みます。いつなりと、わたしの執務室にお訪ねください。立ち話していても気温はマイナス一八度はあるだろう。話す息が凍り付くのだ。その時、ようやくタラップから順次、十二名の政治犯たちが降りて来た。彼らは副所長の号令でただちに横に整列させられた。ユゼフは、セルゲイ・モロゾフがまだタラップに姿を見せないので気持ちが焦っていた。もしや個室に鍵をかけて閉じこもったままなのではあるまいか。いや、わたしが個室まで迎えに行くべきだったのに。副所長は整列した十二名の名を読み上げ、員数確認を大声で行っていた。呼ばれるごとに、ダー、とか、ズジェシとか、声があがって、氷上に流れだした風に運ばれた。ユゼフはセルゲイが現われるのに気を取られていたが、その一瞬、点呼している僅か十二名のうちの一つの名に、はっと我に返った。副所長の声が二度響いたのだ。カザンスキー、カザンスキーはおるか、挙手せよ！　この瞬間ユゼフは、おお、と思った。まてよ、たしかに昨夜わたしは文書リストで十二名の名を確認したはずではなかったか。カザンスキーだって？　いや、たしかにあったと思うが。とそのとき、副所長がさらに威嚇する声色で、ゴーシャ・カザンスキー！　と叫んだ。一歩前へ。ユゼフはその声で、整列した十二人の方を眺めた。大声で呼ばれたゴーシャ・カザンスキーが一歩前に出た。わたしです、と実によく透る声が聞こえた。ユゼフは夢からさめたとでもいうように、そちらを眺め、思い出した。おお、きみだったのか、カザンスキー。あのゲオルギーだったね。ウラルの。おお、何ということだろう。いったい、きみはなんでこのサハリン島へ。政治犯だって！　ユゼフはタガンローグでの面談をありありと思い出した。ゴーシャ・カザンスキーはこちらを見なかった。副長が言っていた。カザンスキー、なにをぼんやりしとるのか。ここはサハリン島だぞ。終《つい》の棲家だぞ。七年の禁固刑というのに、入島早々、それでは先がないぞ。しっかり気持ちを持ちなさい。すると明朗な声が、分かりました、と響き渡った。きらめく砂雪の風がすぐに攫《さら》っていった。

同時にユゼフはタラップにセルゲイ・モロゾフの姿を見出した。船員の一人の腕につかまりながら一段一段タラップを降りて来る。身に着けている防寒具といったら、話にもならないみすぼらしい古ラシャのオーヴァーだった。靴は夏靴だった。帽子はただの毛糸編みの帽子だった。みんなはそれなりに大きな防寒ミトンをはめているのに、セルゲイ・モロゾフはほっそりとした毛糸編の手袋だった。おお、ジャルコ、とユゼフは声に出した。ただちに准尉のサーシャを呼び、雪上車から予備のダウンと毛皮帽子をとってくるように命じた。ようやくよちよちとタラップを降り切ったとき、ダウンと毛皮帽子をかかえたサーシャが走って来た。ユゼフはセルゲイに駆け寄り、サーシャから受け取ったダウンを、セルゲイの古オーヴァーのうえに重ね着させた。毛糸帽子の上に毛皮帽子をかぶせた。長髪はよれよれに乱れていたし、ひげも伸び放題で、物凄く年老いているように見えた。眼はどこを見ているのか、きょとんとして、外界を認知する迄に数秒はかかるような気配だった。

ユゼフはセルゲイを強く抱きしめた。枯れ木のような骨格に感じられた。ユゼフは涙をながした。涙はたちまち凍りついた。セルゲイ・モロゾフ、ほら、ぼくだよ、ユゼフ・ローザノフ、分かるかい、ユゼフだよ、きみのユゼフだよ。おお、よく間に合ったね。もう大丈夫だ、ここにはぼくがいるから、もういかなる心配もいらないよ。

ユゼフより少し上背のあるセルゲイ・モロゾフはユゼフをじっと見た。するとセルゲイの目尻にひとしずくの涙が浮かんだ。しかしことばは出なかった。ユゼフはしっかりと抱き締めた。ユゼフは雪上車をここに回すようにサーシャに命じた。この二人の再会の光景を、すでに勢いをなくした低い日輪がぼんやりとあたためていたし、直ぐ近くで整列している十二名の政治犯たちも珍しいもののように見ていた。ユゼフは雪上車のボートが来るまで、セルゲイを抱きしめ支えながら暖めた。セルゲイは鼻水をたらしていた。鼻水は髭に凍りついた。ユゼフはセルゲイ・モロゾフの両手をこすってあたためながら言った。セルゲイ、おぼえているだろうか。きみはこう言ったではないか。ぼくの友よ、きみは問うだろう、痴《こ》け聖者のことばが焼けるようだれが命じるのかと。おぼえているね。そうなんだよ、ぼくらはきみの聖なることばだけが頼りなのだ。きみが生きていてくれることで、ぼくは生きられているのだ。ユゼフはそこまで言って、直ぐに凍りついても涙を抑えきれなかった。セルゲイの目は理解しているようだった。ユゼフはさらに言った。きみのことばによって我々の未来は燃え上がるのだ。ただただ、ぼくらは未来のために燃え上がる他ないのだ。きみと共にだ。はたして、ぼくらは世紀の痴《こ》け聖者であることを選ばなかっただろうか。

　雪上車が回って来た。馬橇の荷台にはすでに十二名の政治犯たちが乗り込んでいた。犬ぞりは合図を待っていた。その時、砕氷船《ニネリ》号のタラップから船長が降りて来た。ユゼフとセルゲイ・モロゾフの二人を抱きしめた。さあ、二人を祝福する。このツィナンダリと、ほら、赤いバラの花一輪をきみたちの未来に。老い先短いわたしからの贈り物だ。いいかね、わたしは実は、この長い期間、北極海をどれほど汚して破壊したのかと思うと悪夢にうなされる。これも人生だったんだが、わたしは、きみたちに賭けたい。ほれ、あの馬橇におさまっている十二人にもだがね。きみの友、セルゲイ・モロゾフの回復を切に祈る。では、さらばじゃ。砕氷船は熱く唸り出した。甲板から大きな声があがった。老船長は後ろ手に手をかざしながらタラップに上って行った。

　馬橇も犬ぞりも、そして曳きボートにユゼフたちを乗せた雪上車も、同時に走り出した。砕氷艦から汽笛が三度間をおいて鳴り響いた。砕氷船はゆっくりと後進を始めた。青空には二月の重い雲が重なり出していた。

5

　ニヴフのアレクシー・ザンギ老人がさばく犬ぞりの二隊は二手に分かれて、ユゼフたちの雪上車を引き離した。ユゼフとセルゲイを乗せた曳ボートの雪上車はゆっくりと走った。両脇を抜けていくとき、老ザンギが犬たちを叱咤しながら風を切って、うほほほー！　という叫び声をあげ、曳ボートに埋まっているセルゲイ・モロゾフにだと分かったが、ロシア語で、ようこそ、ようこそ、われらが大地に、と叫んで、通り過ぎた。氷上の雲母のような微塵の雪片が舞い上がった。雪上車の操縦者の助手席に乗っていたサーシャがしきりにユゼフとセルゲイ・モロゾフが毛布に埋もれている様子を振り向いて見ていた。犬ぞりが先行し、そのあとを、馬橇が続いた。島の蒙古馬の末裔のようなずんぐりした脚の太い頑健な馬たちが三頭、先頭馬が首を上下しながら、羆《ひぐま》除けの大鈴を盛んに鳴らし、犬ぞり隊のあとを追いかけた。ユゼフたちの脇を過ぎるとき、互いに六人ずつ荷台に腰かけていた十二人の政治犯たちが、ユゼフたちに挨拶を送って寄越した。エイ、オッフ、おお、ついに来たぞ！　という叫び声がユゼフたちの低い曳ボートに投げ込まれた。声の主は、まちがいなくカザンスキーだった。カザンスキーはそのとき、おやというような顔を向けた。そしてその隣に坐っていた若い一人が、横を過ぎる時に曳ボートに蹲《うずくま》ったセルゲイ・モロゾフにとくに優し気な視線を向けた。ユゼフはそれに気づいた。おお、カザンスキーよ、ゴーシャよ、わたしに気づいてくれたのか。まさかこのような不思議な邂逅《かいこう》があろうなどと思いもしなかったのではないか。それはわたしだって同じだ。しかし隣の若くて、非常に美しい優雅な若者はいったい誰なのか。雪上車はエンジン音を殺しながら、しだいに遅れた。彼らは見る間に過ぎ去った。

その遅れによってユゼフたちの視界が開けた。ユゼフがこの冬の初めに、シベリア本土の監獄、収容所の監察に出張した際に、瀕死のセルゲイ・モロゾフを救出したのだったが、その後の消息はぱたりと絶たれていたのだった。それがこのたびの思いがけない朗報となったのだ。曳ボートの中で、二人は重い毛布をかぶって埋もれていた。セルゲイに声をかけても何の返事もなかった。セルゲイ・モロゾフの眼は、目深にかぶった庇《ひさし》付きの毛皮帽子の下で、微塵のきらきらした雪片で白くなっていたが、茶色の瞳はまっすぐに島影に向けられていた。ユゼフ自身も青く、白い、おおいなる島影を、これがサハリン島だったのかと、しばし驚きを覚えていた。ユゼフ・ローザノフが初冬の大陸からサハリン島のアレクサンドロフスクに戻ったのは、ウラジオストックからプロペラ機で、アレクサンドロフスク郊外の小さな滑走路に降りたので、氷海から島の雄姿を見るのははじめてだったのだ。いや、そうだ、赴任したときは、アムール川をくだった、ニコラエフスクまで連絡船で渡ったのだが、あのときは氷海ではなかった。あのときの島影は侘しくて凡庸なものだった。いま、こうして曳ボートの底に埋まって、凍結した海抜ゼロメートルの位置から、まっすぐに、全方位で、サハリン島のこの最北部がパノラマのように広がっていると、とてつもなく巨大な大陸の半島のように見えるのだった。それもそのはずではないか。西海岸サハリン山脈の背骨が横たわり、そのうちの北部沿岸連山がその残りをアレクサンドロフスクの背後に落としているのだ。その連山が二月の酷寒の空に、白銀と空の青さの襞襞をくっきりとまるで白の銅版画のようにくりひろげていたからだった。千メートルまでは届かないにしても、ユゼフ・ローザノフは、思わずいまこの曳ボートの視座から、ゆくりなくペルミのウラル山脈の冬を思い重ねていた。

この印象をユゼフは隣でただ沈黙してぼんやりと食い入るように見つめているセルゲイの耳元に熱い息を吹き込んだ。愛する友よ、ほら、ウラル山脈のようじゃないか。まるでペルミのようだ、そう思わないかい。その声が届いて何かに接続したのか、ふっとセルゲイは怪訝な眼で、ユゼフを見た。そしてその眼がうなずいたのだ。突然、何か記憶が一瞬連結したのに違いなかった。しかし、言葉としてのうなずきにはつながらなかった。しかし、すべてを理解しているのだ。ユゼフは、幾度も、ウラール、ウラール、ペールミ、ペールミ、とセルゲイの耳に声を吹き入れた。その声はセルゲイの耳底からどのように運ばれていったのか、しばらくしてセルゲイはうっすらと涙ぐんだ。おお、分かったのだね、セルゲイ・モロゾフ、ぼくの聖なる聖像画家よ、きみはぼくを許してくれるだろうか。ユゼフ・ローザノフは新品の手袋をはめてもらっていたセルゲイの手を握りしめた。山、ゴールィ、連山、ツェーピ、ウラール、ペールミ、ユゼフはもう一度大きな声でセルゲイの耳に吹き入れた。洞窟の闇に落ちていく滴の玉のようにその声と音はしばらく響きわたったのだ。一瞬、セルゲイの目に光のきらめきが浮かんですぐに消え去った。雪上車はゆっくりと走った。助手席からサーシャが手で合図を送っていた。
　サハリン島北部連山は青みがかった氷山になってさらに迫りだした。氷海の沿岸部の切り立った懸崖《けんがい》は絶壁になって立ちはだかって見えた。アレクサンドロフスクの埠頭が見え出した。右手遠くに、三兄弟の岩礁が黒い三角帽子の天辺だけを見せていた。そしてもう灯台が黄色い微光を放ち始めていた。埠頭の氷上にはもう二隊の犬ぞりも、馬橇も到着していて、ユゼフたちの雪上車が着くのを待っていた。ユゼフは言った。セルゲイ、着いたよ。さあ、上陸だ。立ち上がろう。さらにユゼフは無意識だったが、歌を口ずさむように、セルゲイに言った。〈ぼくのともよ　きみは問うだろう　痴《こ》け聖者の言葉が焼けるよう　だれが命じるのかと〉
　すると、ぴくりとセルゲイのくちびるがかすかに動いた。雪上車から准尉のサーシャが駆け寄って来て、セルゲイがボートから立ち上がる手助けをした。ユゼフ少佐、セルゲイ修道士は熱がありますよ。さあ、急いでください。このまま中央監獄に直行する副所長のニコライ・オルロフが報告に来た。政治犯十二名のすべての手続きは中央監獄で行います。セルゲイ・モロゾフさんについては、特別枠ですが、まずは、われわれの付属医務室で、女医のロザリア・ユーリエヴァにみてもらいましょう。専門は神経内科です。よろしいですか。ユゼフは感謝した。サーシャの軽トラックで参ります。ユゼフとサーシャはセルゲイを両脇から支えながら軽トラックの後部座席に乗り込んだ。このときも、ユゼフは歌うように、旋律をつけたのだというように、口ずさんだ。ぼくのともよ　きみは問うだろう　痴《こ》け聖者の言葉が焼けるよう　だれが命じるのかと――。後部座席でユゼフはしっかりとセルゲイの手をつかんでいた。

6

　この一日の労苦は終わった。ユゼフ・ローザノフは喜びと悲しみを同時に覚えたものの、やはり喜びの方が勝った。わが友、セルゲイ・モロゾフの症状の重さは判明し、その悲しみは言いつくせないが、しかし逆に希望があった。治癒へとむかうことの希望だった。わたしと別れたあと、とつぜんどういうわけか連絡が失われたのだった。ユゼフは手を尽くしたが、入院のあとの行方が知られなくなっていた。何が身に降りかかったのか、サハリン島に帰って来て多忙だったユゼフにはどうしようもなかった。結局は、さらに極東の中継監獄もしくは精神病院でさらに監禁状態におかれていたということだ。監察官が立ち去ってほとぼりがさめると、ふたたび精神的虐待が行われたということだ。ユゼフは内心では憤怒の情に打ち砕かれるところだったが、それに負けなかった。ユゼフは極東の関係筋を調べ尽くした。モスクワの本庁にも、ウラルのペルミを介して、上申書を呈した。その結果が、ついに今日、砕氷船に乗せられて、実現したのだ。

　砕氷船で移送されて来た政治犯十二名とセルゲイ・モロゾフが一緒だったという事実は、

偶然ではなかったのだ。しかし、あの但し書きの記載者は一体だれだったのだろう。ユゼフには思い当たる節はなかった。だれか重要な人物が、極東シベリアの全収容施設および監獄の関係筋に、なんらかの命令をくだしたに違いなかった。それはモスクワからであるに違いなかった。それがだれであろうと、いまは無事にセルゲイ・モロゾフが生きて、友のいる地に上陸できたことだけで十分だった。ふと、神のご加護か、人事の幸運なのか、ユゼフはまるごとのみこんだ。にもかかわらず、ペルミで出会った頃のセルゲイをまざまざと、光に満ちて思い出すと、悲しみは強かった。胃の腑が痛くなった。しかし、病ならば、必ず治癒するのだ。何年かかったっていいのだ。

ユゼフはいったん庁舎の執務室に戻って、決済する残務処理に夕暮れまで費やした。二月の終わりはもうとっくに暮れて、市街には点々と丘にそって灯りが点っていた。アムールスカヤ街には酷寒の中を急ぎの家路につく人々が連なっていた。窓辺に倚ると同時に、今日の氷海上の疾走がつい今しがたのように思われた。灯台の灯りがゆっくりと動いていた。スチームのせいでガラス窓の氷の霜花は溶けていた。そうだ、あの赤い薔薇の花一輪は、ユゼフを迎える最良の贈り物になった。二月の薔薇の花を、どうしてあの老サマーリン船長は持っていたのか。ひょっとしたら、ニコラエフスクに寄港した際に、港の花屋で買ったのか。そして思わず、自分がアゾフのタガンローグのヴァレリー修道士あてに書いた手紙のサインを思い出した。自分の幼稚な工夫に苦笑したのだった。〈砕氷船の薔薇の花より〉か。あはは、それが成就するだなんて。ローザノフだから、ローザ・薔薇の花だなんて、あまりにも稚拙ではないか。まるでロマン主義者気取りじゃないか。よりによってエフエスベーの少佐が！　いいとも、とにかく全力でセルゲイ・モロゾフを援けるのだ。いいかい、ユゼフよ、おお、あれはあの夕べに、最初に出会ったときの語らいで、セルゲイ・モロゾフがわたしに言ったのではなかったろうか。ユゼフは鉛色の青さと氷海の白さが次第に落下して行くような眼下の光景を眺めながら思い出した。たしか、あれはヨハネ伝三章ではなかったか。セルゲイは明るい声で言ったのだ。人は天から、神から生まれなければならないのですと。それから、わたしにはすぐには理解できない、イイススの言った言葉がいかにも過激だったから。われわれが天から、神から生まれるべきだった？　いったいそれはどういうことだ？　さらに言ったのだ。肉から生まれたものは肉である。霊から生まれたものは霊である。そうだ、あの瞬間、わたしは眩暈《めまい》がしたじゃないか。一体何を意味するのか、さっぱり腑におちなかったのだ。

セルゲイはすました笑顔だった。肉から生まれたものは肉であり、霊から生まれたものは霊である、だなんて単なる自同律にすぎないではないか。肉は肉。霊は霊であるだなんて。われわれは肉から生まれた肉であるには違いない。しかし肉だけではないことをわれわれは分かっている。霊でもあることをだ。ただ二元論で対立しているだけではあるまい。わたしならこの止揚を求めるのだが、それは途方もないアポリアなのか。いや、その前にセルゲイは、イイススの言葉をそらんじたのだ。もし人が水と霊から生まれなければ、神の国に入れないと。いま、ユゼフはあのときのおだやかな声の言葉を思い出しながら、水と霊とについて、理解がいかなかったのだった。暗喩だとするとなんの問題もなかろうけれど、水はいいとしても、だって万物の根源は水なのだからいいとして、ところで霊となると、はたと行き止まりになる。霊とはわれわれのロシア語だと〈ドゥーフ〉だ。これは呼吸の息のことだ。その大文字なのだ。

　いま、暗いガラス窓に自分の顔を映しながら、ユゼフは、しかし、いまになってなんだか腑《フ》に落ちるように思われてならなかった。もしかしたら、いまのセルゲイ・モロゾフは、霊から生まれた存在なのではないか。肉から生まれた存在のようではないのではないか。いま、外気がすでに零下一八度くらいにはなっているはずの窓辺に倚りながら、ユゼフは夢のように美しく聞こえたセルゲイ・モロゾフのあの夜の会話を思い出した。イイススが言った言葉だ。〈霊はその欲するところで息をし、そしてその声が汝に聞こえはするが、それがどこからやって来てどこへ去るのか、汝は知らない。なぜなら霊から生まれたものはだれでもそうなのだからだ〉。ユゼフはこれをもう一度繰り返し思い出した。たしかに、霊の声が聞こえるだろう。しかしその声がどこから来てどこへ行くのかはわたしは知り得ないのだ。つまり、人はどこから来てどこへ行くのか知らないということなのか。霊から生まれたものはみなそうだということなのか。あのとき疑いのかたまりだったわたしは、セルゲイに問いかけた。セルゲイはすぐに答えた。いいですか、神は限りなく霊を与えてくれるんですよ。限りなく自由なんです。

限りなく与えられる霊か、といまユゼフは思ったが、この霊を自分は実感できるのだろうか。いや、わたしがセルゲイを悲しみにくれて引き裂かれたようだと思うということ、それが霊の声なのではあるまいか。

仕事が終って、庁舎の職員たちがそれぞれあわただしくなった。隣の仕切り部屋で仕事を終えた秘書のラウラ・ヴェンヤミノヴァが挨拶にやって来た。ファックス書類、パソコン受信のプリントアウト、整理した重要書簡などだった。書類を手渡しながら彼女は言った。ユゼフ少佐、きょうは素晴らしい日になったのですね、おめでとうございます。少佐の心からの友、聖像画家のセルゲイ・モロゾフ、ええ、どこかで聞いたことがあったように思うのですが、どこでだったか思い出せません。でも、なんという善き運命でしょう。羨みます。ええ、少佐、お疲れでしたでしょう、いま熱い紅茶を淹れてきますね。それからわたしは帰宅しますから。ユゼフは感謝の言葉をさりげなく言った。心底嬉しかった。有能な秘書で、彼女がいなかったら、アレクサンドロフスクを投げ出しているところだったのだ。熱いお茶が来て、秘書のラウラも一緒に喫することになった。彼女は窓から砕氷船を見たこと、そのあとニヴフの犬ぞり、馬橇、そしてユゼフたちの雪上車ボートが氷上を一斉に疾走して接岸するのをまるで競争のように眺めたことを話した。ユゼフはセルゲイの容態が気がかりだった。詳しい事情を話すと、彼女は助言した。中央監獄の病院施設ではいけません。ただちに詳しい検査をするためにアレクサンドロフスク病院に移してください。わたしの知り合いのドクトルがいますから。セルゲイ・モロゾフの処遇はユゼフ少佐の管轄にゆだねると文書に通達があったではありませんか。ユゼフは彼女の進言に感謝した。ラウラは豊かな銀髪を後ろに巻き上げた髪型にバルト海の琥珀の留め金をしていた。ユゼフは明日にでも動くつもりだった。今日は点滴で栄養をとって休ませてもらっているのだ。いいですか、ユゼフ少佐、少佐はご自分の権威を申し分なく発揮なさっていいのです。それだけのポストなのです。

　ユゼフは話を聞き、ふっとラウラ・ヴェンヤミノヴァの琥珀の留めを見て、思い出した。あなたは、福音書は詳しいですか。ええ、それなりに。わたしは正教ではなくポーランドのカトリチカです。だって、ポーランド系ですからね。どうかしましたか。ユゼフは少し苦笑しつつも、言った。ええ、ほら、イヨアン伝ですが、第三章に、イイススがニコデモというユダヤ人たちの指導者と夜に話し合うくだりがありますね。ああ、そうです、永遠の命についての有名な箇所ですね。それがどうかしたのですか。ユゼフは詳しい説明に迷ったので、霊についてまっすぐに質問した。すると彼女は、ああ、あの風の比喩じゃありませんか。ユゼフは言った。いいえ、風など出ていませんよ。いや、セルゲイだって風など一言も言いはしなかった。ラウラはすぐに言った。わかったわ。ほら、それは、風は思いのままに吹く、あなたはその音を聴いても、というくだりじゃないですか。ああ、分かりました。覚えています。いいですか、ユゼフ少佐、ロシア語聖書訳とわたしたちのポーランド語聖書訳とでは、たしかに、ヨハネ伝の第三章はずいぶん違います。ポーランド語訳なら、新しく生まれるために、というフレーズが、ロシア語聖書訳だと、〈神から〉というふうに訳されていますよ。わたしのポーランド語訳だと、〈新しく〉です。どちらが意訳かどうか存じませんが、わたしにはポーランド語訳の方が比喩的に言っても分かりやすいです。霊を風にたとえてくれているのですから。ユゼフはもう一啜りお茶を飲んだ。

霊・ドゥーフは、風だったのか。眼には見えないが、耳には聞こえる風。霊とは人間の比喩だったのか。どこから来てどこへ行くともわれわれには分からない風。ラウラはつと立ち上がり、wiatr wieje, dokąd chce i szum jego słyszysz, ale …と歌うように言いながら、ユゼフに微笑を送った。

ユゼフはドアの前で別れた。冷気が吹き込んだ。ユゼフにはラウラのポーランド語はすぐに聞き取れた。われわれは風なのだ、霊なのだ、神の風なのか！　では、肉とは何か！　そしてユゼフも帰り仕度をした。そこへ准尉のサーシャが立ち寄って報告した。セルゲイ・モロゾフは点滴してよくなっています。わたしがユゼフ少佐のことを話すと、分かったようです。

第二章

ヴァレリー修道士の手紙

1

酷寒の夕べの、まだ夜には時間があるさびしい通りをユゼフは住宅に向かって歩き続けた。街灯はついているがどの店もみな動いていなかった。ただ一つ食料雑貨店が働いているので、彼はいつものようにそこに立ち寄り、カートを押しながらそこばくの品々を入れ、レジに立ったが、レシートとつり銭を取り忘れていて、レジ係の若いむすめに注意された。その言葉がなぜかあたたかいピロシキのふくらみのように感じられてユゼフは我に返った。彼女は黒い目をしていた。こんばんは《ドーブルィ・ヴェーチェル》、ユゼフ・ローザノフ少佐、と彼女は言った。ユゼフは吃驚した。あなたは、とユゼフは言った。彼女は若々しい笑顔を見せた。はい、今日はわたしの祖父がお世話になりました。ありがとうございます。そこでユゼフが問うと、彼女の祖父というのは、砕氷船から犬ぞりで荷物を運んだ老ニヴフのアレクシー・ザンギだったのだ。彼女は言った。わたしは港から砕氷船を見ました。氷海の上に小さく、まるで真っ赤な薔薇の花のようだったので感激したのです。凍結したタタール海峡に一輪の薔薇の花です。死の氷を、そう、溶かしてくれるような。彼女は澄んだ目でそう言った。そうでしょ、だから春がくるのです。それを聞いてユゼフは、はっと思い出した。あの薔薇の花一輪は、船長からわたしへの贈り物だったのか、いや、セルゲイへの贈り物だったのか。薔薇の花もグルジアワインも、執務室に持って来たままだったのだ。たしか、秘書のラウラが花瓶に挿してくれたように思うのだが。そうだ、あれは明日にでもセルゲイに届けなければなるまい。ユゼフは釣銭を受けとった。ふっくらした小さな手だった。ルーブリとコペイカの銅貨が黄色に光ったように見えた。ユゼフは、ところでと言って彼女に名前を聞いた。ミレナです。おお、ユゼフは言った。リュドミーラですね。はい。とてもいい名ですね。彼女はさらに澄んだ笑顔になった。はい、わたしたち少数民族ニヴフは、全島で二千人足らずでしょうが、わたしの父はロシア人ですから、ロシアの名をもらったんです。店内の客は数人だった。ユゼフはこのミレナとの出会いもそっと今日の喜びに数えあげた。じゃ、あなたの洗礼は、正教徒でしたか。もちろんです。ポクロフスカヤ、ここでいちばん古い教会で。ですから、あそこの《メトリカ》にわたしの名前も記されているんですよ。でも、わたしは見たこともありません。ユゼフはこの偶然の話題で、ふたたび啓示のようなひらめきをおぼえた。おお、《メトリカ》がね。あるんですか。そうですよ。教会の戸籍簿です、出生証明が古くから全部記載されて。はい。いやいや、思いがけないことでした。ユゼフはあわてふためいたとでもいうように彼女に、それじゃまた、と挨拶を送り、分厚い手袋をはめなおし、オレンジ色の明るさが舗道の氷塊に凍りついた店を出た。

二月の夜の身に刺さる酷寒と侘しさの底で、しかしながらユゼフは喜びの小さな火に温もりを覚えていた。さらに、自分自身の好奇心が加わった。そうか、《メトリカ》という手があったか。そうとも、ここは歴史的なアレクサンドロフスクなのだ。父祖の旅路のさなかの故土なのだから。ユゼフはもちろんこの瞬間に、タガンローグの中央図書館でサハリン島史の本を漁っていて、司書のダーシャ・イズマイロヴァと出会ったことを、昨日のように思い出した。ユゼフはフェルトのオーバーシューズの足で帰宅を急いだ。

とにかくセルゲイが、どういう運命の偶然か、あるいは後になってそれが必然であったと分かるのかも知れないにしろ、生きて無事にやって来たのだ。わが魂の友を迎えることが出来たのだ。自分のこのような左遷があってこそのことだ。いや、自ら望んだことだけれども、これは自分にとってはいわば人生の、これから四十代に入るバリエール越えとでも言うべき境界線なのだ。そして自己流刑であると言っても過言ではない。そこへきて、《メトリカ》が現在も残っていて生きているとは。ユゼフは五階建ての集合住宅の自分の棟の入り口のドアを開け、凍り付いた自分の郵便箱を確かめた。手紙類はなにもなかった。

ユゼフはまだ寒気が匂っている重い毛皮外套をぬぎ、ハンガーにかけた。集中暖房のスチームはいちばん低い温度で通っていた。帰るまえに、家政婦のジンカさんがそうしてくれたのだ。室内は綺麗に掃除がすんでいた。週に二度、家政婦のジンカ小母さんが通いで来てくれていた。支払いはほんの少しだったが、それは彼女の貴重なアルバイト料だった。居間のテーブルの上に、彼女がもってきてくれたピロシキの皿があった。彼女のピロシキはいつも肉入りではなくキノコとキャベツ入りだった。ユゼフは買い物袋のアヴォシカから、チーズとウオッカを一本取り出した。スタリチナヤだった。錫色した腸管みたいな暖房スチームは遠くからコトンコトンと鳴り出し、じきに冷え切った室内にやわらかい温もりが浮かび始めた。ユゼフはほっと安心し、今日丸一日の使命を為し終えたことに満足して、テーブルに向かって掛け、最初は熱い紅茶にし、ジンカ小母さんの手作りピロシキを呑み込み、そのあとで、スタリチナヤのウオッカで一人祝杯をあげようと思った。彼は立ちあがり湯沸かしポットに水をつぎ足した。ポットは直に煮立ち始めた。貴重なアールグレーの紅茶葉を熱湯で出した。紅茶は匂い立った。それから耐熱のガラスコップに注いだ。まるで小さな氷柱のガラスコップに熱い紅茶が浮かんでいるようにみえた。そして一口すすったとき、彼はピロシキ皿の脇に置かれている封書を見出した。それは書留郵便だった。ユゼフの不在中に家政婦のジンカ小母さんが受け取りにサインをしたにちがいなかった。ユゼフは思わず、ブラボーと声を出した。差出人はなんとまあ、久しく来信がなかったヴァレリー修道士だったのだ。左に傾いだようなボールペンの筆跡だった。ユゼフは急いで仕事机から出したハサミで封を切った。何というべき符合だろう。きょうわたしはセルゲイ・モロゾフをこのサハリン島に迎えることできた。おお、彼はどっこい生きていてくれた。この広大な大地と時間の中で生き延びているということは、ほとんど奇蹟なのだ。わたしだって、だれかに救われてというか、導かれて、このように生きて、美味この上もない純粋な水の如き、火の如き水をいま飲み干す。この先は、今度はわが友、セルゲイを救い出すことだ。われわれはこのように連鎖のように援けあうのだ。その源が、神だとは言わないまでも、神から流れ出す霊たちの風なのだ。まるで霊を察知したかのように、書留航空便が飛んで来たのだ。あのアゾフ海のタガンローグからだ。消印はもちろんタガンローグ中央郵便局だ。ユゼフはウオッカをさらに一〇〇グラムだけ小さなグラスにつぎ、すべての自然に、この凍結の、氷河期のような自然にさえ乾杯と口に出して喉にほうりこみ、フーと一息ついて、便箋をひらき、読みだした。

ヴァレリー修道士の筆跡は美しかった。ボールペンの薄青い筆跡は最初の書き出しが大きな字体だったが、しだいにそれは小さくなり、左から右に傾ぎ出した。ユゼフは声に出しながら読んだ。読むというより耳を澄ましたのだ。まるでこのままむかしなら印刷所に渡せるような肉筆で、薄い雲母のような用紙に流れていた。いや、小さな人影のように並んで旅をしていた。

親愛なユゼフ・ローザノフ

まことにつつがなく生きていますか。いつぞや、〈砕氷船の薔薇の花〉という匿名サインの便りをいただいていらい、わが平凡なる瞑想の日々に、一日としてあなたのことを忘れたことはありません。あれは愉快だったですね、そしてなんとシンボリックに思われたことでしょう。見知らないタタール海峡が全面的に凍結して、そこを薔薇の花のように砕氷船が氷塊を砕きながらゆっくりと進んで行く。もちろんいまアゾフの海も、氷結していますが、ドン川の水とタタール海峡の水とではくらべようがないことでしょう。わたしはこの二月はひたすら閉じこもって、読書三昧と現代生活には何の役にも立たないような問題について考えています。もちろんこちらでの終わりの見えない戦争についても考えています。先日ははじめての雨がきました。霙《みぞれ》も来ましたが、どこかで春の兆しが現れ出したのでしょう。先日、知人の手紙で知ったことですが、人間は原子や分子のように余り近すぎても反発するし、余り遠すぎると分離するというのです。これをいま現代の主題にあてはめることができないでしょうか。わたしは終末論的な絶望の井戸の底で空を見上げているような心境にあります。人類が構築してきた文明を維持発展させるのにいちばんいい環境をどのように考えたらいいのかと、彼は悩んでいます。気候変動問題、人口動態問題、同時に、ＡＩの厖大な仮想脳細胞の集積のごとき、どこまでが許容範囲となるのでしょうか。そのためにはどれほどの人間が死ななければならないのでしょうか。人間の人口とは、とりもなおさず、どれくらいの人間の集積度が生物学的、文化のために、資源保護のためにも適当であるかについては、彼は知らないというのですが、いまのわたしに分かっていることは、人間は自然法則に合致して、つまり自然の中で真に生きることが、新しい文化を創り出すには必須だという確信です。まさにいまは資本主義下の科学技術という名において、だれよりも抜け駆けして自己の利益を追い求める悪霊が人間の未来を混乱させるのだと彼は警鐘を鳴らしているのです。わたしも同感です。いいですか、人間が真に夢みるような美しい恋物語がＡＩで書かれるとは思われないと彼は断言しています。だって、本来が生息する場所でない個々人の人間個体から、これらの悪霊を追放しなければならないのです。イイスス・フリストスはそれを預言されたという他ありませんね。そして彼は、数学的用語で、群を意味するレギオンを用いて考えています。私流にこれを比喩的に読むと、この群・レギオンこそ、ここに悪霊がもぐりこんでいるとなれば、この悪霊群《ベスィ》がレギオン集団の代表者となるでしょう。そういうふうに聞くと、これはまさしくこのいまの現代そのものの悪霊世界ということになります。そして彼はこう言っているのです。「ロシアの草原を車窓からながめるパステルナークはもう生まれて来ないでしょう」と。

つい彼の手紙の紹介で、脇道にそれましたが、わたしは、我からの流刑囚のごとき親愛なユゼフ少佐、実はあなたにぜひともお知らせしたいことがあったのです。いいですか、一つは、こちらでの降誕祭の夜に、わたしの廃屋修道院で、もちろんいつ何どき、聖像画家セルゲイ・モロゾフが傷心のままここへ旅の途中に立ち寄っても申し分ないように、修道院の内陣の壁は近所の篤信の人々の助力で、真っ白に漆喰を塗り、ひたすら彼の到着を待っていたのです。しかし降誕祭に間に合いませんでした。いまごろ、どこにおるのか。イタリアからロシアに帰国したまではそれとなく知っていたのですが、そのあと杳《よう》として行方が知られないのです。彼が現れぬままにわたしたちは降誕祭の夜を祝いました。その際にわたしは、ついつい気持ちが高ぶって、パステルナークの『ドクトル・ジヴァゴ』から巻末の福音書モチーフ詩篇「降誕祭の星」をみなさんの前で朗読したのです！　そのときはじめて、わたしは、彼が預言者の系譜の詩人であったことに稲妻のように打たれたのです。わたしは先ほど知人の手紙から、「ロシアの草原から車窓をながめるパステルナークはもう生まれてこないでしょう」と引用しましたが、実に正鵠を得ていますね。現代人はもはや自然のなかで生きることが不可能にされてしまっているのですから。いっときでも自由になることができずに死にゆく存在に貶《おとし》められているのではないでしょうか。いや、それよりもこれはあなたに是非とも知らせておきたいことです。実は、「降誕祭の星」の朗読後のことですが、わたしは限りなく美しい奇蹟に出会ったのです、いえ、神秘主義などというわけではないのです。わたしは聖堂内陣のセルゲイの聖像画の一筆も何一つも描かれていない白壁に、まさに見えざる聖像画を見たように、燭台の蠟燭《スヴェチャー》の灯りで、炎によって、たしかに見たのです。しかし翌朝になって見たところ、何一つ描かれてはいませんでした。夢がわたし自身から霊になって彷徨《さまよ》いだしたのでしょうか。しかし、何一つ描かれていなかった壁の終わりの片隅に、いいですか、ユゼフ・ローザノフ、薔薇の花が一輪、まごうかたなく手向けられていたのです。いったいどなただったのか。現実的にわたしはあれこれ考えました。そしてわたしは発見したのです。詩「降誕祭の星」の朗読の際に、いつ来たのか、一番後ろの席に、そっと坐っている小柄な婦人、まだとても若い少女のような白い身なりのひとを、ふっと見かけたのをわたしは覚えていたのですが、朗読が終わったあと、もうどこにもその少女の姿がかき消えていたのです。われわれは常にこの地上で現実的で肉体的で、すべてにおいて実証をもとめてやまない習性がありますが、わたしはただちに直感したのです。彼女が聖堂の白壁の端に、薔薇の花を手向けてどこかへと帰ったのに違いないのです。そしてわたしは、彼女が天使であったことを確信したのです。つまり、神の霊のいわば分身というか、いや、神から吹く風なのだと。それで、わたしはセルゲイ・モロゾフがどこかで無事でいることを感じ取ったのです。

つい長くなったけれど許してください。おお、忘れるところでした、もうひとつ、とても大事な報せがあります。驚かないでください、ユゼフ少佐。タガンローグ市図書館のダーシャ・イズマイロヴァは、なんということでしょう、今はサハリン島の首都ユジノ・サハリンスクに移住しているのです。吃驚なさることでしょう。もう自由に生きようと、残りの人生を、いわば原子や分子が近すぎて反発しあうような環境ではなく、どんなに過酷であろうとも新しい自然のなかで、生きようと決心されたのです。彼女のアドレスを付記しておきましょう。電話は分かりませんが。親愛なユゼフ少佐、誰ひとり身寄りも知人もいない島ですから、いや、おお、ユゼフ・ローザノフ少佐、あなたがいらっしゃるではないですか。実のところわたしはおおいに心配していたのですが、彼女からいい手紙が届いて安心していたのです。勇敢な方です。差し出がましいかとも思いますが、もしあなたがユジノ・サハリンスクに出張の折節など、お会いしていただけると、わたしとしては非常に嬉しく思わずにいられません。いわば南国のタガンローグからいきなりサハリン島ですからね。

今日は二月の雨が来ました。また霙になったり、また凍ったりしながら、やがて三月の雪解けが一気にやってくるだろうタガンローグです。ウクライナ大地での戦況は恐るべき惨状でしょう。ここの谷間は見捨てられたアジールです。実は、もう、ペルミが懐かしく恋しく思われてなりません。ウラルの自然もそうですが、いや、過ごした歳月の思い出の声によってなのでしょうね。

追伸　親愛なユゼフ少佐、忘れるところでした。もし機会があったなら、たしかアルコヴォというさびれた炭鉱集落だったと覚えていますが、そこのタタール海峡にむいた懸崖の岩窟のなかに小さな庵をこしらえて隠棲している既に百数歳になる隠者セルギエフがいるそうです。プッチョーン老師が、サハリン島に渡って、チェーホフ山脈の火山帯を歩いた時に、たまたまその隠者と知己を得たそうです。お名はたしかセルギエフです。あのあたりでは知らぬ者がないほどの賢者だそうです。旧教徒古儀派ではないでしょうか。わたしはもうこの歳ではサハリンへは到底無理です。会う機会がありましたら、そのお話を聞かせてくだされればありがたく思います。

ヴァレリー修道士の手紙は、最後になって、再び筆跡が大きくなっていた。サインは小さくぶらさがるように書かれていた。ニヴフの店員リュドミーラから買って来たチーズを取り出し、ナイフで削り取り、ユゼフはもう一度ウオッカを注いで飲み干した。ダーシャ・イズマイロヴァという名の筆跡が一回り大きく見えた。読み終えた手紙を折りたたみゆっくり封に収めた。ユゼフは、さて、と声に出した。明日の手続きがあった。中央監獄の病棟にセルゲイ・モロゾフを訪ねること。特別枠について細部を詰めること。そして市の中央病院で総合的な身体検診をしてもらうこと。その次は、さて、セルゲイの静養と治療をどこでするか。郊外の山すそに芸術文学者フォンドのサナトリウムがあるが、空室があるかどうかだ。とりあえず、春まではサナトリウムで静養に専念してもらおう。

それから、ユゼフは悩ましい問題を思い出した。十二名の政治犯についてだ。ユゼフは背負っていた将校リュックから十二名のリストと関連文書のファイルをとりだした。この十二名に関してはすべて中央監獄の管轄下におかれるのは当然だが、サハリン島北部管区のエフエスベーが関与せざるを得ない問題があった。流刑の禁固刑が決定されてはいるが、詳細を確認しておくべき問題があった。一言で言えば、冤罪の可能性だった。リストをめくり、記録を読んでゆくうちに、ユゼフ・ローザノフの眼に光が走った。

やがて、ユゼフの小さな牢獄のような寝室の灯りが消えた。眠りに落ちる一瞬に、赤い砕氷船の船体がゆっくりと音を消しながら氷海にのし上がった。

2

中央監獄のアンドレイ・レオーノフ所長とユゼフ少佐は語り合っていた。窓には薄日が差していた。窓ガラスの端に凍りついた霜花の残りが潤《うる》んでいた。レオーノフ所長はゆったりとしていかにも明朗快活に話し出した。

わたしもここが最後のお勤めとはなったが、かれこれ十五年ですよ、この極地で、あはは、しかしわたしにとっては人間勉強の大学でしたな。監獄勤めはモスクワに始まって各地を転々としたが、ここサハリン島はシベリア本土よりどれほどよかったかしれませんよ。ひょっとしたら、これもひとえに、アントン・チェーホフの調査紀行のお蔭であったのではありませんかな。それまでの懲役流刑は人間地獄だったわけですからね。ただし、ここではチェーホフの時代から、刑期を終えると、それなりにここに土着でき、あるいは本土へ帰還することも出来たですからね。しかし、年老いてから本土の古里に帰ったところで、本土は本土でふたたび地獄であったでしょう。ここサハリン島で生きて骨を埋め、種をまいて、それぞれが未来を夢見ながら死んでいったのですよ。いまでこそ、このように交通の発展もあって、自由に外界と行き来できるが、それでもここは大きな島です。やはり、それなりにオホーツク海、タタール海峡などと、そこそこに不便ですが有益でもある物理的な境界がある。いや、話が脱線しました。

ところで、先ほども、あなたは聖像画家修道士セルゲイ・モロゾフの健やかな寝息を感じて、じつに安堵したようですね。わたしには、土台、芸術家といった人種がどのような魂の持ち主なのか、さっぱり分からないのですが、しかし、やはり尊敬に値します。わたしどもの医務官の調べでは、ここに来る前に、それなりの後遺症ともなるべき体罰を受けていたのです。これは上からの命令というよりは獄吏の自由裁量であったはずです。わたしはここに着任して、体罰だけ徹底的に摘発することにつとめました。セルゲイ・モロゾフはここ数日で身体的には十分に立ち直れるとの見立てです。特別、アレクサンドロフスク中央病院で精密検査の必要はないとの見立てです。ただし、いったいどこでだれが行ったのか、日々、治療薬とみなして服用を強いた微量の麻薬については、もっと長くかかるでしょう。

ユゼフ・ローザノフはレオーノフ所長のにこやかな眼を見た。退任まじかだというのだから、もう六十四歳といくばくかという年齢だ。ユゼフはふっと、遠い記憶のずっと果てに淡い陽炎《かげろう》のように残されている思い出を、ふっと、レオーノフ所長のいかにもロシア的な風貌に重ねた。そうとも、もし、わたしの異母兄がまことのことだとすれば、生きていれば、この眼前のレオーノフ所長の年あんばいになるのではないのか。そうだ、ヴァレリー修道士よりいくらか下の世代にあたるか。ユゼフは言った。ええ、セルゲイ・モロゾフ、わたしにはもっとも大切な魂の友です。ここで再会できようとは、この偶然か、いや、必然性というのは、まるで、神のご加護としか思われませんでした。いいえ、なにもわたしは特段に信仰者ではないのですが、しかし、このような偶然が起こると、思わず知らず、理性を飛び越えて、自然の摂理、とりあえず神とでも言っておきますが、古来からの人々の心の動きについて、腑《フ》に落ちるのです。所長は紅茶を勧めた。そうでしょう、古代以来綿々と受け継がれてきた心の本質じゃないでしょうか。わたしはここでもすでに十五年ものあいだ、うんざりするほどの受刑者に接してきましたが、それでもわたしは絶望しませんでした。彼らは人間なのです。良心が失われているわけではありません。やがて将来において、復活するポテンシャルを秘めているのです。おやおや、復活というと信仰者的になりますがね、わたしの言うのは、地上的な意味で、新しく生まれる、くらいの意味ですがね。

　ユゼフは冷めたお茶の渋さを味わいながら、濃い紅茶を飲んで言った。セルゲイ・モロゾフに限って言えば、ただ一つ、ぼんやりとして腑に落ちないことがあるのですが。ほう、なんでしょう。はい、文書の添え書きにあった一文です。この者の処遇はユゼフ・ローザノフ少佐の管轄におく、という。レオーノフ所長は言った。ふむ、そうでしたね。それも手書きの筆跡でね。しかし、そういうことは決してないことではありません。超法規的ともいうべきほどのことではありませんでしょう。現実のさまざまな要因、それは法とは別に、それを熟慮のうえで柔軟に主体的な見解で指示するというような。いいえ、予審判事でも、裁判官でもなく、その上位にあって政治的な判断を加えられるような誰かでしょう。レオーノフ所長にとっては不思議ではなかったのだ。なるほど、そうですね、となると、検事総長とか、あるいはもっと別途に、政府高官とか、ということでしょうか。レオーノフは、そこは何とも言われまい。ただ、実際に、誰かそのような筋で、セルゲイ・モロゾフをまったく別の視点から判断して、サハリン島の中央監獄に流刑させたけれども、特別に庇護せよということになるでしょう。で、ユゼフ少佐、あなたがその、そうですね、いわば現世でも守護神役を果たせということになるのでしょう。いったい、誰なんでしょうね。レオーノフ所長は答えた。リストは最終的に裁可を得るべく上にあげられるが、そこでのことでしょう。残念ながらわたしどもにとっても、分かるのはそこまでです。たしかにサインが入っていましたが、わたしどもには判別がつかない。

ええ、分かりました。ついつい、謎めいて、神秘主義的に解釈したくなってしまったのです。ユゼフは言った。いいでしょうか、アンドレイ・レオーノフ、あのセルゲイ・モロゾフはわたしの唯一の友なのです。それがこのような処遇を受けるということは、わたしに対する秘かな処遇ともとれなくはないのですから、そうなると、わたし自身もまた、救われたというような思いを深くするのです。レオーノフ所長は微笑んだ。たくわえてある口ひげも、鬢髪《びんぱつ》も白かったので、よくこなれた白い木綿布に皺が寄ったとでもいうような笑顔だった。それでいいのですよ。われわれはそれぞれみな互いに援《たす》けあって織られている織物《トウカーニ》だとでも言うべきでしょうか。われわれはみな個人として、個々の、かけがえのない個ですが、個だけでは滅びるばかりでしょう、そうですな、たとえていえば、今回の場合は、ほら最新の科学で、ＤＮＡにちょっと変化が起こったとでも言うべき譬えとでもいうべきですかな。そう、進化なのです。法律だと言っても、すべての現象をカバーできるものではありません。人間の良心によるところの善き介入があってこその進化ではありませんか。

　中央監獄全体に、よく響くサイレンが静かに鳴り渡った。昼になったのだ。二人は窓辺に倚った。監獄の建物は十分に新しく見えるが、旧建築棟もそこそこ遺されて、新しい建築から切り離されて雪氷の中に埋もれていた。チェーホフが来島した時代のものだった。煉瓦も雪に埋もれ、広葉樹の古木の柱もみな残っている。まだ朽ち果ててはいない。鴉どもが集まっていた。受刑囚たちが続々と外気での作業から帰ってくる列が見えた。

　二人はもう一度、ソファに腰をおろした。所長の秘書が二人に簡素なトレイを運んできた。所長に勧められて、ユゼフは黒パンのサンドイッチを食べた。缶詰のニシンの酢漬けがそえてあった。昼食には早すぎたが、本当の午餐までの副食だった。二人は追加の熱い紅茶を喫しながら、もう一つの問題に移った。所長は若い書記に、すぐ副所長のニコライを呼んでくるように言った。すぐにニコライ・オルロフはやって来た。レオーノフ所長は十二名の政治犯について昨日からの報告を受けた。あの十二名はそれぞれが異なる場所の刑務所、収容所から選ばれた者たちだったのだ。ユゼフも文書とリスト、写真データによって、すでに知ってはいた。ただそのうち三人について大きな関心を寄せたが、その他については重要視していなかった。砕氷船から降り、さらに馬橇で埠頭についてから、整列と点呼があったが、その点呼の際に、カザンスキー、おい、ゴーシャ・カザンスキーはどこだ！　という声がして、するとややたってからそのカザンスキーが少しも悪びれず悠然と、わたしです、と返事した。それをユゼフは目撃したのだ。他から低い笑い声が起こった。最終のアレクサンドロフスクに到着したというのに、のんびり私語に打ち興じて何とする。そう副所長のオルロフが言った。ユゼフはそのとき、名からも、顔からも、まぎれもない、あのゴーシャ・カザンスキーを認めて、名状しがたい喜びを覚えた。おお、きみはなんでまたこんなサハリン島まで送られてくるはめになったのだ。いいかい、きみたちは、たしか三人、タガンローグのわたしの審問で無罪放免になったではないか。いったい、どこで何をしでかしたというのか。カザンスキーは真っすぐ前を見て、近くに立っているユゼフ・ローザノフには気が付かなかったのだ。ユゼフ少佐はセルゲイ・モロゾフのことで気が気でなかったときだった。

副所長のオルロフもソファにゆったりと腰をおろし、紅茶を飲んだ。それから言った。実のところ、腑に落ちない諸点があるにはあるのですが、こちらに送られて来てしまった以上、まずは彼らの行状をつぶさに監視します。アレクサンドロフスクに移送されてきた政治犯だからといって、全部が全部、大物というわけではないでしょう。十二名のうち、何とまあ、ほとんどが若い。若すぎると言っていいでしょう。年をくったものは三名そこそこです。過去歴から判断しても、禁錮五年だの七年だのに相当するとは到底思えません。ただし、なんらかのテロ組織、そういった地下組織に属したメンバーであるとなると、これはまた別途の問題が生じます。近々の国内情勢から言って、念には念を入れたということも考えられます。しかし、私見では、禁錮七年刑のカザンスキー、ヤン・チュダーエフ、パーヴェル・某の三名はどうみても小者でしょう。誤審もいいところではありませんか。これはわたしの経験からいうのですがね。ここだけの話、冤罪《ロージュノエ》ですね。まあ、しかし、ロージュノエ・オブヴィニエであったとしても、ここに送られて来た以上は、これは人生最大の事件でしょう。エフエスベーのユゼフ・ローザノフ少佐としてはどのように？

　ユゼフは遠くを見上げるようにした。そう、山を見上げるとでもいうようにだ。そして、言った。彼ら十二名については、それなりの判決がくだされたのだとしても、たとえば、地下のテロ組織に関係していたとなると、これはすでに受刑しつつも、わたしの調査の範囲に入ってきます。冤罪であるならば、詳細な証明をしなくてはなりません。当面の情況の中では、そうとう困難を極めるでしょう。さあ、今のところは、いま名があげられた三名に限って、わたしの権限内で、接触をさせていただければありがたいです。

レオーノフ所長はうなずいた。いいでしょう。とにかく若い。惜しいじゃないか。よりによって、政治犯カテゴリーでこんな二月に十二名移送というのも最近ではなかったことだ。そうとも、ユゼフ・ローザノフ少佐、どうもあなたにはどこか変人らしきおもかげがあるね。好き好んで、タガンローグのエフエスベーからこの北サハリン管区の冴えない支所に一人で飛び込んで来るとは。まあ、それなりに、何らかの深い因縁があったやも知れないが。わたしはあなたの経歴を見て驚きを禁じ得なかった。そうですよ、ただ、罪と罰のどうどうめぐりだけでは、いつまでたっても人間は進歩しない。罪についても本質的に考えることが必須です。罰についても、ただ外側からだけで完結していてはならないでしょう。罪も罰も、人間の進歩のために本質的に考えなければならないでしょう。したがって、ことに若い受刑者については、ずいぶん慎重に考えなくてはなりません。政治犯とて同然です。ユゼフ・ローザノフ少佐、こう言っては語弊がありましょうが、出世街道から細い枝道に入ることを選んだあなたのことですから、まちがいがありません。とりあえず、その三名の者について見守りをなさってください。

おお、二月の終わりは、何と日が短いことか。午餐の時刻に暗くなりだすなんて。レオーノフ所長は立ち上がった。ユゼフ・ローザノフは謝意を表し、細かい打ち合わせはオルロフ副所長と詰めることになった。オルロフ副所長と一緒に部屋を出ると、彼は耳元に言った。

河中で馬を乗り換えない、というわれわれの諺がありますね。そうでしたね、とユゼフは笑った。乗り換える時がいつなのか、神のみぞ知るですが。そこで別れ、ユゼフはもう一度、獄内病院にセルゲイ・モロゾフを見舞うことにした。

3

一体、ユゼフ・ローザノフ少佐のここでの任務がどういうものであるかほとんど知るものはいないはずだった。州都ユジノ・サハリンスクのエフエスベーとのつながりは密ではあるが、北サハリンについては未来の任務というべきものだった。折々に、モスクワのルビャンカの本庁から連絡が入ったが、それらは特別に緊急を要するものではなかった。ここの吏員も、ユゼフ少佐、もう一人は島内とシベリア管区をとびまわっているゲンリフ・エリシュヴィリ大尉、そして准尉のサーシャ。そして秘書のラウラ・ヴェンヤミノヴァだった。これだけでどういう任務がこなせるというのだろうかと、ユジノ・サハリンスクでは頭をかしげていた。しかし、思いがけないおりにかかってくるモスクワの電話によって、ユゼフは励まされた。それは、いったい誰なのかがはっきりしなかったが、交換手がお繋ぎしますと言うだけだった。いいかね、いわゆるありきたりの外事的問題ではない。あなたの任務は、かつてわれわれのアントン・チェーホフが敢行したような未来のための仕事だ。人間の精神の調査を行うことだ。われわれはつねに未来のために準備する。その時になってからでは手遅れだ。

いいかね、若い政治犯たちをあえてあなたのアレクサンドロフスクに移送したのも、故なしとしない。彼らがどのようなロシア人になるかが楽しみだ。今時、反体制だ革命だなどなどと浮足立っている場合ではない。われわれの大地の若い政治犯たちからこそまことの未来人が生まれてもらいたい。ただ、政治犯で終わっては元も子もない。もう一人、聖像画家修道僧のセルゲイとやらについては、ユゼフ少佐、わたしがきみにまかせたことだけは言っておこう。いずれにしろ、政治は愛の分野ではあるまい。セルゲイとやらには運命の使命を成就させてもらいたいものだ。どんなに小さくとも、一幅の聖像画が世界を変えることを思わなければならない。昨夕、いきなりモスクワから入ったこのような電話の声は暗い洞窟から響いて来るようだった。それでいて、ユゼフへの信頼が感じられる声だった。モスクワ訛りではなかった。そのとき秘書のラウラ・ヴェンヤミノヴァがそばで聞いていた。おお、ボージェ、神よ、というように彼女は吃驚していた。ユゼフは電話が切れたあと、ラウラの質問に答えてこう言った。あなたのセルゲイとやらはどんなイコンを描くのかね。そう聞かれて、わたしは反射的に答えた。はい、夢見るようなイコンです、とね。受話器の奥で、夢見るような、は、よかった。そう快活な笑いが響いた。妙に懐しい声でしたよ。

いまセルゲイは、時が少しずつ癒すのを日々感じていた。三月に入って、日はそれとなく長くなった気配があった、この高緯度であればなおのことだった。一センチでも日脚が長く感じられる。もちろん、凍てついて、雪の伴わない氷針《ひょうしん》みたいな吹雪がいくども繰り返し襲いかかったが、もとより、時間そのものの敵ではあり得なかった。中央監獄内の病棟での一週間の間、セルゲイ・モロゾフはほとんど心神喪失の状態にあったが、きょうのセルゲイは窓辺で乏しい光の穂のまぶたを半眼にしていたのだ。ユゼフは耳元で言った。かすかに分かったようだった。目尻に涙が浮かんだ。しかしまだ声にはならなかった。市の中央病院から招かれた精神科医のロザリア・ユーリエヴァは言った。危機は乗り越えたでしょう。いつまでもここでというのはいけません。精神病院などは最悪です。サハリン島文学芸術家フォンドのサナトリウムがあります。あそこで雪解け期まで養生をするのが一番です。わたしの推薦で一室を確保して差し上げますよ。あそこは画家の老人たちも暮らしています。ユゼフ・ローザノフは感謝した。二人は中央監獄の病棟のよく響く寒い廊下をならんで歩きながら話した。ユゼフは、自分たちのアレクサンドロフスクでの出会いについて少し話した。女医は、まあ、と大きな目をさらに大きく見開いた。奇跡じゃないですか。ええ、そうとも言えます。彼女は笑いながら言った、毛皮の半コートを羽織っていたので、白衣の裾が出ていた。コンクリートの廊下にはあちこちにレンズ状になった氷があった。やはり、愛ですよ、と彼女はにっこり笑った。そうね、神は愛なりというじゃありませんか。で、あの方はどんな聖像画を描くのかしら。ユゼフは戸惑った。そしてどう説明したものかと一瞬戸惑った。ユゼフは遠回しにしか言えなかった。そうですね、とりあえず言うならば、はい古代ロシア、つまり中世のロシアの聖像画家たちのうち、アンドレイ・ルブリョーフ。けだし彼を遥かなる師と仰いでいるというべきでしょうか。描くまでのその長い時間を耐えているというべきか。ええ、生き抜いているというべきか。というのもこの現実の重力を一身に引き受けているというべきか。まあ、あまりにもロシア的な、チュダーク、変人の、純粋な末裔でしょうか。

　ロザリア・ユーリエヴァ女医は、それならだいじょうぶ、と言いながら、ほがらかに笑った。アンドレイ・ルブリョーフの末裔ですか。すばらしいです。だって、そうじゃありませんか、わたしたちはみな過ぎし過去の、いいえ、諸世紀の最良の思い出の継承者となって、現代に送り出されてきたのですからね。いいなあ、羨ましいくらいでしょう。それで生きられるなんて。もっとも善き過去の魂の財宝を託されているなんて。ユゼフはあっと凍った舗道で滑った女医の腕をつかんだ。まあ、ありがとう。ね、魂の中だけで描いていると、滑ったり転んだり、時には骨折したり、そうじゃありません？　いいじゃないですか、生涯に一作というのも。商売なんかじゃあるまいし、自己模倣の繰り返しなんて最低ですから。あはは、ごめんなさい。二人は、真っ白に氷結した海が見える道にさしかかった。氷塊はきらきらした砂糖まぶしのケーキのようだった。三月の風は刺すように顔に吹き付けるのだが、それさえも嬉しかった。この高緯度のアレクサンドロフスクの氷島の三月は、もう西に低く傾きかけているが、それでも白熱しているのだった。その温もりが毛皮コートの毛にも帽子にも、手袋にも感じられたのだ。二人はほんの一、二秒、歩みを止めて、左の眼下に、三兄弟の岩を見た。もちろん波打ち際の砂浜まで一面の氷は張りつめているのだが、こころもち氷海が後退したように見えた。タタール海峡からアレクサンドロフスクを望むときに一番の目印になってそびえる岩礁の三兄弟の岩は、三角帽子が三つ並んで氷海に並べられたようだった。

二人は歩き出した。しかしですよ、わたしらの現代は、ほら、気候変動の異常さが目に見えるほどですからね、そのうち、あの三兄弟の岩だって、どうなることやら。わたしたちの末裔だって、いつの日か小さなマンモスみたいになっているんじゃないかしら。ユーリエヴァはそう言った。アムール大通りに入った。彼女からの提案でカフェに入ってお茶を飲むことにした。彼女は看板を見て言った。悪趣味ですよね。ユゼフも、まあね、と答えた。カフェの看板は筆記体の飾り文字で《カンダルィ》と書かれていた。つまり、昔の流刑囚人の手枷、足枷の意味だった。大きな角材で作られていて、労働以外の時は常時はめられているのだ。看板を一瞥しただけで、囚人たちの亡霊が引きずる足鎖の鉄臭い音がじゃらんじゃらんと聞こえるようだったのだ。二人ともそう感じて目を見合わせた。

窓際の席をとって紅茶を注文した。ユーリエヴァも入ったことのないカフェだったのだ。洞窟のように薄暗い店内は奥が深くて、意外ににぎわっていた。岩のような大きな髭面《ひげづら》が注文を取りにきた。ふたりは熱い紅茶を注文した。するとただちに紅茶が、花柄の陶製の大きなポットのままで運ばれて来た。茶器のカップは耐熱ガラスのコップだった。ユーリエヴァが注いでくれると、みるみるうちに分厚い耐熱ガラスはコチニール色に染まった。熱湯の紅茶だったから、金属製の柄つきのコップ受けに熱は流れた。このパドスタカンニクときたら真っ黒でイラクサ模様が編み込まれていた。ユゼフは一口すすって、外気の寒さを思い出した。同時に、この洞窟のような奥の話し声を耳にしながら、ふっと思い出すことがあった。それはこのカフェの名前からきた連想に過ぎなかったが、ユーリエヴァに言った。

ええ、わたしのうろ覚えですが、つい思い出されたのです。カンダルィ、つまり、手枷、足枷からですが。チェーホフが来島したのはいよいよサハリン島の短い夏が始まった七月の上旬だったでしょうか。大陸のニコラエフスクからバイカル号でね。そのとき、彼の心に忘れがたく残ったのは、五歳の小さな女の子です。流刑囚人の一人として乗っている父親でしょう、彼はもちろん手枷をはめられている。その父親のそばをかたときも離れず、その五歳の女の子は一緒なんです。さあ、この親子はどんな運命だったのか知る由もないのですがね、サハリン島送りですから、それなりの重罪でしょう、おそらくは殺人でしょうね、もしかしたら、女の子の母、つまり妻殺しであったのかもわかりません。そして、この父親と一緒にこの五歳の子も流されてくる。だって、そうじゃないですか、孤児となって飢え死にするよりは、父親と一緒に流刑地に来る方がどんなにか幸いなことでしょう。手枷足枷のまま甲板の片隅で袋に身を寄せて眠るこの女の子の心を思うと、いたたまれない思いです。

ユーリエヴァは頬杖をついたまま言った。一八九〇年代の世紀末は、そうでしたでしょう。

ドストイエフスキーのラスコーリニコフだって、ソーニャが陰に日向《ひなた》に同じようにやって来て、彼を慰めるじゃありませんか。ユゼフは言った。そうでしたね。現代から考えると、実に、これはアイロニーではありませんが、奇妙に人間味があるように思われてきますね。重犯罪者が流刑されてくるのに、そう、妻とか子が一緒について来る。現代では到底あり得ませんね。しかし、これは同時にまた、五歳の女の子にとっては何と過酷な愛の運命でしょう。五歳の女の子にはいかなる罪もありません。しかし、生きるためにはこの父親とともに運命をともにするしか選択はないのですからね。でも、しかしですよ、チェーホフはこの不幸な親子を船内でみかけて、忘れ得なかった。それで、のちになってほんの数行ですが、書いたのです。いいですか、その親子がバイカル号のタラップを降りるとき、いつもと同じように、彼女は父親のはめられている角材の手枷につかまってタラップを降りるのです。では、そのあとアレクサンドロフスクに上陸してからはどうなるでしょうか。これまた監獄内で生活することをおいて選択はないのです。いいですか、五歳の女の子がですよ。おお、ここでは十八になれば、受刑者の子であっても、自由になって、大陸へも戻れるのですが、さあ、いったいどうなったことでしょう。父親の手枷につかまっている五歳の女の子の手とは、なんだかわたし自身のような小さな手のようにさえ思われてなりません。

チェーホフが『サハリン島』にそんなことを書いていたのですか。そうですね。孤児ということ。その光景、その運命。しかし、ユゼフ少佐、ロシアは何世紀にもわたってそうやって生き延びてきたのです。このさきも、まだまだでしょう。でも、希望がありますね、あなたのこのお話には、夢がありますよ。いいですか、これはわたしが精神科医だから言うのではなくてね、ただひとりの女性として言うのですが、そう言って彼女はユゼフの手の甲に自分の手を重ねた。たちまち手のぬくもりがユゼフに流れ込んだ。わたしだって、その五歳の女の子の末裔なんです。そのことなしに現代のわたしたちはなかったのです。そう考えましょう。過去の犠牲者たちのことを、そのように考えて引継ぎましょうよ。

そのとき、大きな声がして、もう椅子を引き寄せて腰をかけつつ、小柄ながらがっしりしたのんびり顔の老人が、おお、ユゼフ少佐、先だってはお世話さまでありました、と言ってユゼフたちに割り込んで、勢いよく話し始めた。ユーリエヴァは面白そうに老人を見つめた。彼は話し出した。奥で話し込んでいたのですが、なんとこんなカフェ《カンダルィ》にあなたのような方が来とるのを見て、お邪魔させていただきました。で、ざっくり、その、何とか言った聖像画家の修道士さんはご無事ですか。まあ、いずれにしても、この島は、五月になって春はなんぼのものでしてな、しかしですよ、今年の復活祭は五月五日ですから、ぜひとも、あの聖像画家、おお、思い出しました、セルゲイさんでしたな、元気になったら、聖像画を描いてもらいたいものです。おお、お二人の相談事だと憶測した次第ですが、あなたたちはその病人セルゲイさんを、もしや、サハリン島芸術フォンドのサナトリウムに入れて、静養させようと思っているのではありませんか。あれは、絶対だめです。みんなここがやられてしまっちょるもんばかりですからね。逆効果です。おお、もしやあなたは中央病院のドクトル・ユーリエヴァさんではありませんか。おお、そうでしたね。われわれの同胞がそれはそれは親身になってお世話にあずかっています。感激です。ともあれ、フォンドのサナトリウムはおやめなされ。得てして知識人は現実の細部を知らない。あそこはいけません。なんなら、わたしの離れをお使いなさい。もちろん、とても安くお貸し出来ます。賄《まかない》の方面は、孫娘がおりますから、心配におよびません。それに、とニヴフの犬ぞり使いの、そうだ、ザンギだったか、彼は、小声になって言い足した。精神の方面の、そう、霊の方面の病については、われわれの祖先代々伝わる薬草治療があります。五月五日の復活祭まではすっかり快癒していることでしょう。

ユゼフ少佐とドクトル・ユーリエヴァの眼に笑みが浮かんだ。ユゼフは言った。とりあえず、承りました。犬ぞり使いのザンギはさらに言った。ドゥイカ川の左岸のいちばんいい場所ですよ。ダーチャですよ。彼はそそくさと胸ポケットからスマートフォンを取り出した。で、ユゼフ少佐の番号は、というのだった。ユゼフは笑いながら答えた。いいえ、わたしは持っていません。ザンギ老人は驚いた。ユゼフは言った。連絡の場合は支所の固定電話に連絡ください。番号を言うと、ザンギは太い指をきびきびと操って入力した。それからカフェの洞窟の奥に向かって叫んだ。すると、砕氷船到着の日に、馬橇で若い十二名の政治犯を移送した馭者がやって来た。彼は言った。で、彼らはどうしているでしょうかね。ユゼフは答えた。元気でやっているそうです。すると御者は言った。わしにはどうもみな能天気に思われたですがね。若いと言っても、馬橇で話していましたが、ここでの禁錮五年、七年刑の重さを分かっていないがですね。ザンギ老人がどうしてこの馬橇の御者を呼んだのか、ユゼフには分からなかった。ザンギ老人が言った。ユゼフ少佐、このバシャは北のアルコヴォの出身で、岩窟の隠者セルギエフの信があつい男です。なにか役に立つこともありましょう。バシャは大きな手袋みたいな手を伸べてよこした。二人は握手した。

4

ユーリエヴァの勤務する中央病院まで裸の並木道を歩いて行った。リャビーナの木々は太く、根もとまで氷に閉ざされているのに、どこかに温もりが来ているに違いなかった。珍しく小さな鳥たちが飛び集ってまた飛び去った。背後の森から偵察に来たとでもいうようだった。いいえ、ヒヨドリが来るまでは、まだまだ、と彼女は言い、話をつづけた。そうですね、言葉が粉々に、というより、美しい花瓶のように壊れたのです。その破片が散らばっているのですが、それを修復出来がたいのです。でも、時間がかかっても、修復は可能です。自力でということではありません。自然にです、それは時間ですね。でも、どれほどの時間かということは、分かりません。薬はちょっとお手伝いできますが、最終的には心です。言葉への全き信頼が破壊されたのです。しかし、自身の心の中に、そうですね、接着剤のようなものが生まれて、それがふたたび、まったく割れたあとさえ分からないような奇跡的な修復が、行われるのです。それは時間です。ふたたび信じることができるようになるには、さあ、神のみぞ知るですがね。でも、いいですか、わたしはドクトル、科学者ですから、軽々に、神を信じるとか、篤信《とくしん》の信仰者たりえないとして、しかしです、わたしは心ではひそかに思っているのです。このようなわたしでさえ、神から人として生まれたというようにですよ。ね、可笑しいでしょ。これは、自然科学的に言いかえると、偉大な謎の集積体である自然そのものから生まれたということなんです。ユゼフ少佐、もうあまり神経質にセルゲイのことで嘆くのはやめましょう。

市の中央病院はタタール海峡を渡ってきた薔薇色の砕氷船よりももっと巨大にそびえていた。別れしなにユーリエヴァは言った。たしかに五月の復活祭までに治りますよ。それまで、さきほどのニヴフの犬ぞり老人の提案は、セルゲイさんにはふさわしいと見ました。芸術家フォンドのサナトリウムはやめましょう。こう言って、おおきなミトン手袋の手をちょっと挙げて別れ際に、彼女は思い出したとでもいうように言い添えた。いいこと、わたしたちはいつでも、歴史的責任というよく言われる言葉を、すべてにおいて忘れないようにしましょう。さようなら。

エフエスベーの支所に戻る道々、彼女の言葉が耳に残った。すべてにおいてか。歴史的責任。われわれの言葉では、責任というのは、たしかに、otvet/stovennost'だが、ここオトゥヴェート、というのは、返答のことだ。つまり、歴史的責任とは、歴史に対して答えることだ。歴史が問うのだ。その歴史は常に過去・現在・未来に属するが、それに対して、人間の個として、答えなければならない。それが責任という本来的意味なのだ。現在にあるわれわれは、生きていつつ、生きているからこそ、死者たちの過去に、そして、未来の見知らない存在者達に対して、返答をしなくてはならないということか。いま、わが友、セルゲイ・モロゾフの病についてさえ、わたしは歴史的責任をもって答えなければならないということだ。飛躍して言えば、個とは、個であってさえも、歴史なのだ。大きな大文字の歴史ではないまでも、匹敵する歴史であるのだ。ここを回復せずして、大文字の歴史を回復することは出来まい。いや、無意味というものだ。ユゼフの悩みに少し微光が射した。氷海の西にもう低く鈍く、大きな花粉状のタンポポみたいに三月の太陽が一秒刻みで回っているように見えた。そうだ、セルゲイは、あのニヴフの老人のダーチャで静養が一番だ。ドゥイカ川の蛇行部の丘であれば、まるでペルミ地方のようではないか。それにデッサンが可能だ。夏はあっという間に来て花咲き、あっというまに過ぎ去る。セルゲイの言葉の霊は甦るだろう。ユゼフは、セルゲイと二人でその森のなかを、草原の花たちの中を歩きながら未来についてこもごも語っている光景を思い描いた。

執務室に戻ると、シベリア本土を調査で奔走していたゲンリフ・エリシュヴィリ大尉が報告書を持参して待っていた。ユゼフ少佐は心からねぎらった。三月初旬の夕べの執務室で二人は語らった。そこへ准尉のサーシャが戻って来た。秘書のラウラ・ヴェンヤミノヴァも加わった。卓上の花瓶から薔薇の花の匂いがかすかに漂うような空気だった。ゲンリフ大尉は喫煙の許しを願った。灰皿はどっしりと大きな陶器だが、古いロシアの絵草紙のような稚拙な絵が描かれていた。よく見れば、古拙な小さな聖人たちだった。もちろん、ラウラも喫煙を願った。彼女はとても美味しそうにタバコを吸った。旅の疲れも後回しで、ゲンリフ大尉は話した。ウラジオストクからはじめて各地の重要都市を廻り、監獄、強制収容所その他の施設をめぐり、エフエスベー管轄の諸問題についての現況を調査したが、彼は絶望的な思いを抱かざるを得なかったというのだった。刑事犯の処遇については、まだしも、ことにいわゆる反体制派政治犯はやたらに各地に送られている実態だった。調査し、権限によって面談して判明したが、それはけだし亡きソ連邦時代よりも、人間的でないことが判明した。すなわち、合理化し現代化したというべきか、人間性の劣化状況が明らかになった。つまり獄吏以上、管理体制が合理化されすぎて、人間性が失われているというのだった。もちろん、よきひとはいますよ、よきひとは、受刑者であれ、政治犯禁錮者であれ、ますますよくなるのですがね、全体として、言うなれば、ロシア的な人間性が劣化し始めているのです。一言で言えば、人間愛の喪失です。絶望的です、とゲンリフ大尉は言った。いいですか、わたしはこのサハリン島土着の何世かにあたりますが、だって、わたしの姓は、高祖父の代にグルジアから強制移住させられた出自です。そしてこのサハリン島が新しい故郷になった者の末裔です。シベリア本土だって多かれ少なかれ同じではありませんか。調査の最後に、ヤクーツクの北にある、レナ河上流のハルヤラフ集落の監獄はチェーホフ時代以下の劣悪な収容所だった。あれは北緯六三度でしたでしょうか。わたしも地元のトナカイぞりも凍り付きました。その厳寒の中作業するのですから、もう体が持たない。ロシア中世の信仰者の受難者など目ではないでしょう。そこにも数名の年輩の政治犯がいました。対面で話してみて、とてもこのような最悪の辺境に流されるような罪状ではありません。わたしが足で調査した領域はほんの氷山の一角です。彼らがどれほど未来にとって有益な存在なのか、検察も司法も何一つ考えることなく、ロシア的人材を見殺しにしているのです。ここだけの話ですが、総じて、良心ある現代のロシア・インテリゲントの、そうですね、ポグロムとでも言っていいのではないでしょうか。わたしだって、あの氷のレナ河での作業なら、心臓麻痺で忽ち死んでいたことでしょう。もちろん、良心ある獄吏も管理者もいましたが、それはほんの少数でした。おお、わが国の奥地には、このようにイイスス・フリストスの受難どころではない、ゆえなき受難者がいるのです。わたしの心はずたずたですよ。もちろんわたしの仕事の領域ゆえにではあるのですが、いいですか、わたしはのちの歴史に対して、大文字の歴史に対して、どのように責任がとれるのでしょうか。責任とは、つまり、そののちの歴史へのオトゥヴェート、答え、です。もちろんわたしは愛国者だと自分を思っているのですが、あの老いた政治犯というレッテルのもとで地獄以下の地に誰に知られることもなく、いまだにわが国で、死に追いやられるという、人間の尊厳、そうです、人間の自尊心、ドストインストヴォ、人間の価値を剥奪されているのです。せめて、体罰という過酷な拷問がなされてはいないとは言っても、いや、もっとも過酷なのは、精神的な拷問なのです。

すみません、調査の疲れがわたしをなお激高させているのですが、もっと緊急な報告を急いでしておかなくてはなりません。いいですか、ユゼフ少佐、まだわれわれのサハリン州には広まっていないはずですが、ええ、動員については諸々の問題があったわけですが、それよりも、もう大陸では続々と、受刑者囚人の動員が、契約兵としてですが、進行しているのです、もちろん、契約兵として動員兵になれば、月額二〇万ルーブリ以上です。死亡時には親族へ五〇〇万ルーブリの手当てが支払われるというわけです。で、この受刑者兵で組織される戦闘部隊は、何と、《シュトルムZ》という名称です。Zとはザクリュチョンヌイ・受刑者の意味がありますからね。かつて、チェルノブイリ原発の未曽有の爆発事故に際しては、いうまでもなく受刑者たちが動員されて使役されたのですが、多くは放射能被爆で死亡したではありませんか。あのときは、英雄としてみなされ得たにしても、だって、自分が犯した犯罪の罪を償うというような大義もあったでしょうが、しかし、要するに、国家による犠牲者にすぎなかったのです。いや今回の《嵐《シュトルム》のZ》戦闘部隊と言えば、美名になるが、ようするに、正規軍の前に捨て駒として使われ、ほとんどが前線で死ぬ役目なのです。それに、カネが支払われる。もし無事に生き延びていれば、給料は保証される。しかし、最初の六か月の先頭任務が果たされれば、超法規的に釈放される契約ですが、それは守られていない。いまの戦争が終わるまで戦線をはなれることができない。いいですか、いやしくもこのロシアが、獄中の受刑者までもカネで誘惑して、獄中にいるよりは前線で少しでも自由に生きて死にたいなどといった妄念を誘惑するというような卑しい非人間的発想は、あまりにも醜怪《しゅうかい》ではありませんか。この受刑者戦闘部隊には、正規軍内での服務規程違反者などが、回されるというのですが、これでは一体、ロシアの正規軍とは一体何者なのでしょう。で、わたしが帰島して真っ先に恐れを抱いたのは、さすがにここでは動員の徴兵がきびしく割り当てられて、兵役年齢者は根こそぎもっていかれた事情があったのですからね。ここで、由緒あるアレクサンドロフスク中央監獄から受刑者の契約兵志願者がどっと増えたりするのではあるまいかと。まずは、政治犯は、あるいは殺人の重犯罪者は除外されるとしても、しかし、カネにつられて、そうですね、わたしの見るところ、相当まとまった数が出るように思われるのです。明日にでも、この問題で、ユゼフ少佐、わたしは中央監獄副所長のニコライ・オルロフに面談したいと思っているのです。

そこまで唾を飛ばしながら話したエリシュヴィリ大尉は、さめた紅茶を飲み干した。タバコは灰皿で吸い口だけになっていた。ユゼフ・ローザノフは言った。あなたの言説について、わたしも筋が通っていると思う。この件は、監獄所長のアンドレイ・レオーノフとも話しあうべきだ。ゲンリフ・エリシュヴィリ大尉、あなたが不在のうちに、ここには、いいかい、砕氷船で十二名の政治犯が移送されて来たのだ。どうも、腑に落ちないところもあるのだが、わたしとしては、この偶然というか、やがて後になれば必然であったと判明するような、いいかい、たった十二人だ、しかも三人を除いてはみな二十代、そして三十代は数名。重大な政治犯にしては、疑わしいのだね。

エリシュヴィリ大尉はようやくほっとした面持ちで、荷物からウオッカを取り出した。ハバロフスクの空港で見つけました。フランス製ウオッカです。みなはグラスについで乾杯することになった。サーシャ准尉は腕まくりまでしたが、みなに笑われた。みなで一瓶では、腕まくりするまでもなかった。四人がひとまわり飲みほすと、エリシュヴィリが言った。どうにも不思議ですが、ユゼフ少佐は、左遷だという噂が耳に入っていたのですが、どういうことでしょうか。ユゼフは軽くかわした。そう、左遷かもしれないが、さあ、それは神のみぞ知るです。わたし自身だって知らないのです。ただ一つ、確実に言えることは、戦場の現場に立った者が知る責任、つまり、返答があるということです。いいですか、エリシュヴィリ大尉、そうだね、チェーホフが調査したこのサハリンのアレクサンドロフスクの監獄から犠牲者を送り出してはならない。あはは、エフエスベーの外事部門の支所がそのような見解だなんて、他に知れれば、おお事であるが、どのような命に対してであれ、責任がある。カネのために、遺族への補償金のために、わが命を捧げるという受刑者たち、あるいはどの道死ぬのだから戦場で自由の身になって国家に役立つならというようなニヒリズムの蔓延を食い止めなくてはならない。受刑者はすでに刑に服している。そのうえに自発的だと悪霊に囁かれて、命を捨てるのは本末転倒というものだ。

ユゼフは少し酔った。東部戦線の激戦の光景がよみがえった。真横で首が吹っ飛んだ肉片の飛び散るのが見えた。あの瞬間、わたしが生かされたのはなぜだったのか。直ぐに思いを振り払ったユゼフは、言った。砕氷船で移送されて来た聖像画家の修道士、セルゲイ・モロゾフ、わたしの魂の友だ、彼は十二名の政治犯ではないが、それ以上の危険人物であるとみなされた。冤罪だが、しかし問題はそこにあるのではない。わが友、あのチュダークを守護することが、未来のロシアの見知らない人々を援けることになるのだ。なぜなら、いま、われわれには、聖なるものがすっかり忘却されているからだ。われわれは肉ではあるが、しかし本質は、霊なのだ。そうとも、水と血、というとき、われわれはイイススの洗礼の水と、磔刑《たっけい》の受難の血を思い出すけれども、これをひとびとに行われてはなるまい。イイスス・フリストスお一人で十分すぎるのだ。われわれは命の大本である水だけでいい。血は無用なことだ。霊としての血こそわれわれにいま必要なのではなかろうか。

ユゼフの突然の饒舌ぶりに、みな驚いた。三月の夕べはもう暮れていた。ラウラが灯りをともした。

第三章　ザンギ老のダーチャで

1

その日、初めて三月の雷鳴があって、それが止むと灰色のうねうねした雲の群れが掃討《そうとう》されたとでもいうように潰走《かいそう》し、日が輝き、神々しいばかりの澄んだ青空がひろがり出した。まるで、一時的な雪解けが到来したようだったが、これは先ず三日続くとみなしてよかった。この三日間を逃すわけにはいかない。すべては本当の春まではまだまだ、いくども繰り返される戦いがあるのだ。われわれの下界はまだまだ酷寒の氷河みたいなものだ。その日、ユゼフは午前中に執務室ですべての報告、応答の文書を書き、それを秘書のラウラに渡したあと、ニヴフのアレクシー・ザンギを訪ねる約束を果たしに出かけた。サーシャ准尉の運転する車は古い四駆のランドクルーザーだった。サーシャは得意げに言った。いいですか、ユゼフ少佐、この車は、ずいぶん昔ですが、ヤポニアのオタル港からスクラップとして輸入した代物ですがね、いいですか、どうしてスクラップかというと、中古車を真っ二つに切断してスクラップとして輸入し、さて、こちらに届いてから、一つに戻した。どうです、われわれの応用力は。タダ同然のスクラップをみごとに復活させて、こうしてぐいぐい走る。これが欧米資本主義との違いといっても過言ではないでしょう。車好きはいかようにも工夫する。だって、うちの支所は名ばかりは凄いですが、予算ときたら最低じゃありませんか。ですからね、あなたがよりによってどうしてこの最北へ赴任なさったか、とても訝《いぶか》しく噂になっていたのですが、いいえ、わたしはちゃんと理解しています。砕氷船の薔薇の花は、素晴らしかった。ユゼフは助手席からドゥイカ河が蛇行する広い谷間の光景に目を細めていた。低地は雪に覆われていて、そこを青い氷になった川筋が大きなS字状になって光に反射していた。ユゼフはふっとペルミのあの懐かしいカマ河を思い起こしていた。氷結は同じでも、河の大きさがまったくちがう。あのカマ川は南下してやがてヴォルガに入る。いま自分が見入っているドゥイカは、そうだ、歴史がちがうのだ。そしてタタール海峡に落ちる。それも指呼の間だ。しかし、大きな唯一の川には違いがない。悲しみの川だ。いや、決してそう言うべきではない。ユゼフはサーシャに言った。この元の車体を真っ二つに切ったのなら、もちろんシャフトごとだね。もちろんです。そのあとは、それは溶接の業です。ああ、思い出すね、わたしの子供の頃はまだ、ロシアの車はよくシャフトが折れたね。だから、どの自家用車も、ボンネットに代え用のシャフトを積んでいた。え、そうでしたか。そうだ、粗悪な鉄だからね。しかしみなそんなものだと思って、シャフト折れがあると、自分で直した。図面も一緒に乗せているからね。それを見ながら。まあ、兵役でだれもが一応の訓練はしているからだが。直して走れますか。走れる。二時間もかからずに折れたシャフトを取り替えて、何食わぬ顔で、マリチク、ありがとうね、そう言って走り去った。そう、子供の頃、東シベリアでね。ロシアの悪路はひどかった。それがロシアだった。生きている実感があるね。ユゼフは饒舌だった。サーシャはドゥイカ川の河畔に来た。橋梁はどこだ。しかし橋は見えなかった。もっと中流の方だったのか。しかし、対岸の小丘は前方にきらきらしてこちらを見つめていて、こちら岸からは氷結した川にひとすじの道がついている。車の轍《わだち》あとも見える。犬ぞりが走った跡も遠くに並んでいた。サーシャは言った。ひさしく向こう岸へは渡っていませんでしたからね。じゃ、氷上を行きましょう。

ユゼフはこの瞬間、まるでチェーホフ来島の時のような気分を覚えた。ここいらの七月は鬱蒼《うっそう》と生い茂った原生の大地だったのだ。いま川岸の葦や凍り付いたままの岸辺のヤナギや矮化《わいか》したカシワの低木が陽射しに鳴っていた。ヤナギの枝も随分背の小さいずんぐりしたカシワたちは茶色の葉をつけたまま光に打ち震えていた。まるで光に老いたものたちが拍手を送っているようだったのだ。氷上に出ると、河面が盛り上がって高くなっているのが分かった。ずっしりと川底の水量が部厚い氷層に抵抗して持ちあげてでもいるようだった。サーシャは言った。ドゥイカ川は厖大な土砂を河口に、タタール海峡に運んできますよ。だから、アレクサンドロフスク港は、水深が無くて、大きな船は停泊できない。サーシャはランドクルーザーをぐいっと対岸へもちあげるようにしてのしあがり、そこはもう凍った雪道が始まっていた。両側に測量ポールのように道路の道しるべの木棒が赤く塗られて雪の中に並んでいたし、岸辺には引き上げられた小舟が幾艘も、小屋掛けの中で凍ったまま眠っているように見えた。防水布がかぶされた小舟は遺体のようにも見えた。激しい風雪と海峡の雪嵐の季節だと、ここいらは白い地獄になってしまうだろう。緩やかな傾斜地は少しずつまわりこみながら高くなっていて、この緩やかな斜面地に小屋が点在していた、それはみなシベリア風の木造家で、昔ながらの小ぶりな、入ると大男たちには鴨居に頭がぶつかるような慎ましい灰色になった木造だった。サーシャはアレクシー・ザンギのアドレスを控えていたものの、こんな場所で、その番地など何の役にも立たないのだ。たしか、ザンギ老の家は、丘を登り切ってから背後の森があるあたりだったはずです。サーシャは雪道を苦労せずにのぼった。木小屋やちゃんとした住宅の木造家の屋根からは煙があがっていた。ドゥイカのこの左岸は、集中暖房が来ていないんだね、とユゼフは言った。そうですよ。石炭です。昔の囚人たちが掘った石炭ですがね、まだ露天掘りなので残っています。ユゼフは言った。そうだね、ガスもいいが、こんな北では、石炭の火力が体にいいね。サーシャは言った。しかし、地球環境の点ではちょっとまずいでしょう。あははは、この最北のアレクサンドロフスクで、人家がほとんど石炭の煙をあげている。これは生きるためだ。石炭火力で経済発展をめざすだけの事業とはわけがちがう。ランドクルーザーは左岸の丘山についた。タタール海峡が一望のもとに展けた。そうだね、あのあたりが、ほら、三兄弟岩《トリ・ブラータ》の、あのむこう、あそこらへんに、赤い砕氷船が着いた。ええ、ユゼフ少佐、そして、あなたの心の友、聖像画家のセルゲイ・モロゾフ修道士が移送されてきた。

サーシャは車を止め、エンジンをふかしながら言った。こんな島の果てにいると、何と言っても、奇蹟のような旅人に会うのが、何よりの喜びです。セルゲイさんは修道士でもありますよね。で、ユゼフ少佐、やはりわたしは思うのですが、ほら、アルコヴァの岩窟に暮らしているセルギエフ老隠者に会わせたいと夢見ています。もちろん、島の本格的な雪解けが終る頃でよろしいのですが。子供の頃に一度だけ母に連れられて、セルギエフ長老に会ったことがありましたよ。母から聞いたのですが、セルギエフ老師は、なんでも遠い昔、ドンのカザークの出自で、旧教徒の古儀派だとか。くわしいことは知りませんが、原始ロシア正教みたいなものでしょうか。ドンのカザークというと命知らずの騎馬団のように思いますが、その一方で、絶対的な平和主義者だそうです。じつは、わたしも理解できる年頃でもあるし、一度会って説教を聞いてみたいと思っています。そうだったか、とユゼフは言った。その通りだね。ザンギ老もカフェ《カンダルィ》で言っていたが、なるほどね。サーシャは言った。え、ユゼフ少佐は、あのカフェに行ったのですか。行きましたよ。情報取りですか。まさか。そんな気はさらさらない。たまたま立ち寄ったら、ニヴフのザンギたちがいたのでね。奥が深い洞窟みたいなカフェで、びっくりしたね。

ふたたび二人は走り出し、森を背にした場所で、アレクシー・ザンギの家がすぐにわかった。砕氷船から荷を運んだ犬ぞりの犬たちが、吠えはしなかったが、ランドクルーザーを疑いの目で見ていた。思いがけず大きな横長の家づくりだった。基本的にはシベリア風の家の構えだが、なにかが違うのだった。壁板の打ち付けかたが違うように見えた。沿海にふさわしい家づくりだったのか。小屋も、納屋も、その他もみな雪に埋もれていたが、屋根の雪は残っていなかった。烈風で積もらないのだろう。屋根のレンガづくりの煙突から豪勢な煙があがっていて、それがゆっくりとまっすぐに青空に上っていた。風はすっかり凪いでいた。ランドクルーザーの音に気付いたのか、納屋の前の裸木の下で腹ばいになって休んでいた犬たちがどよめいたのを感じ取ったのか、玄関口から若い娘がとびだしてきた。ユゼフはすぐに分かった。ザンギ老の孫娘のミレナだったのだ。

2

ユゼフたちを迎えたリュドミーラは二人の訪問に驚き、二人を居間に通した後すぐに飛び出していった。祖父は離れのダーチャの改修の大工仕事をしているというのだった。サーシャ准尉は、ユゼフが彼女を知っていたのを訝しく思いながらも、彼女に挨拶し、自己紹介をした。サーシャ・ドブジンスキです。彼女はあわただしく、ミレナです、と答え、二人を窓際のテーブルに坐らせて出ていったのだ。ユゼフは室内を見回し、どこかで見知った親密な雰囲気であることに気が付いたが、それがどこであったのか思い出せなかった。室内はシベリア風の家づくりだが、窓の高さにぐるりと額に入った写真が飾られていた。それはまちがいなく、アレクシー・ザンギ一家の人々、すでに故人となった先代、先々代にちがいない白黒の写真だった。集合写真もあったが、立ち上がって見上げると、そこにはニヴフの人々と多くのロシア人たちも写っていた。ロシア人たちは髭もじゃだった。ニヴフの人々は厳しい顔だが、笑みをたたえていた。サーシャも歩き回りながら写真に見入った。一回りすると額入りの写真は終わったが、その最後に、小ぶりな聖像画が飾られていた。板画イコンだった。一見して稚拙だが、色彩と太い線に明るい力強さがこもっていた。馬に乗った聖人がドラゴンを退治していて、あきらかに聖ゲオルギーだ。そして槍で突かれたドラゴンが三叉鉾《みつまたほこ》のような槍先で真っ赤な舌を突かれて血を流している。そのドラゴンの顔が猫のようだった。ユゼフは遠い子供時代を思い出した。サーシャは漫画《コミクス》みたいですね、と批評した。いかにも原始的ですね。何かが混じっているみたいですね。ユゼフは言った。ニヴフの先祖の血のようなものかも分からないね。北サハリンの少数民族、つまり由緒ある先住の諸民族はそれなりに相当な抗争を繰り返して、部族を守って来たのだ。その最後に、ドラゴンを退治する聖ゲオルギーのイコン画というところがいいね。つまり、ニヴフ本来のおそらくは原始宗教というべきか、民族信仰の神々がいたはずだがね、そこへロシアの正教がかぶさったということだろう。土着人の信仰の自然神のうえに、イイスス・フリストスの信仰がヴェールのようにかぶさった。いや、もともとロシア自身だって、自然の大地信仰の神々であったはずだが、ゆくゆくイイスス・フリストスとその神に帰依《きえ》するようになったのだからね。これらの写真はザンギ老の一族の生きた歴史の、過去の人々の思い出だが、それが聖ゲオルギーへとつながっている。批評的に言えば、フリスチアンストヴォに覆われてしまったということだが、そうだね、ただ自然神信仰だけではやっていけない時代がやって来たということだね。その民族の固有の言語も同様だ。しかし、ザンギ老は、まだニヴフ語を自由に話せる最後の話者かも分からない。ザンギ老はわれわれロシア人よりも気の利いたロシア語をあやつるが、それはもしかしたら、その奥にニヴフ語の命の面影がうねっているからではないのか。そうだ、サーシャ、きみはたしかサハリン島に送られたポーランド人の末裔のはずだが、どうですか、きみはロシア語で自在に生きながらも、もちろんもうポーランド語など話せないにしても、意識のずっと奥底では、きみにおいて失われたポーランド語が、微かに蠢いているにちがいないのじゃないかな。サーシャは答えた。さあ、そんな意識なんてまったく感じたことがないですが、記憶の遺伝という意味ではそれなりにそうであるように思いますが、わたしにとっては遠い遠い思い出の静かな海鳴り程度でしょうね。ぼくなんかは、何民族だの何人だなどきっぱりと線引きして考えたりしませんね。純粋に何民族、何人だなんて馬鹿げています。そう、ユゼフ少佐、民族へのアイデンティティーだなんて、あてにならないですよ。

かなり広い一室を二人で歩き回りながら話しているところへ、ザンギ老とリュドミーラが戻って来た。ザンギが孫娘にお茶の用意をいいつけた。ユゼフたちは丘山から氷海の全貌が見える窓際の大きな木卓に向かいあった。やがて熱い紅茶が運ばれて来た。ザンギは彼女にも掛けさせた。ユゼフはさっそくセルゲイ・モロゾフが静養できる離れのダーチャについてたずねた。ザンギは生き生きした眼で答えた。まず、熱い紅茶をたっぷり飲んだら、ごらんになってください。手伝いの大工も来て、ほぼ完成です。夏のダーチャですが、まだこの三月ではとてもじゃないので、暖房、ペチカを新たに手直ししました、ひょっとしたら、ここよりぬくいはずですぞ。石炭は納屋に山ほどある。修道士さんだって寒くては修行にならんでしょう。まして病み上がりでは、夏のような環境で過ごすのが何よりです。なあに、五月になれば、ドゥイカ川だって氷が解けて、いっきに春と夏が一緒になってやってきます。セルゲイさんはその若葉につつまれて、ものを考え、瞑想し、そうですぞ、わたしどもと異なる客人ですからね、自由自在の、この地上の俗界など歯牙にもかけず、ご自身の聖像画の構想に邁進してほしいですな。わたしとしては、このミレナがいるので、食事や洗濯など、賄い方面はこれに任せてもらいたいです。ダーチャの代金はいただきませんが、食事代だけは月決めで、できれば、五月までとして前金でいかがでしょうか。ザンギが木卓のうえにあったメモ用紙に鉛筆で金額を書いてユゼフにわたした。ユゼフは可笑しくてならなかった。あまりにも少額だったからだ。はい、その代わりと言ってはなんですが、ミレナに少しく教養をつけていただければと思いましてね。セルゲイ修道士に、そうです、五月までこのかわいい孫娘の家庭教師になっていただきたいのです。するとミレナが祖父を遮って言った。おじいちゃん、ずうずうしいですよ。ザンギ老は言った。いいかい、おまえは達者にロシア語を話すし、学校も終えてはいるが高等教育は受けておらん。大陸へいかせる余裕もわたしにはなかった。学びなさい。第一に学べ、第二に学べ、第三に学べ、レーニン。知っているかな。いいかね、レーニンの言葉だよ。ミレナはユゼフたちを見ながら、笑いをみせた。今どき、レーニンですって、これだから老人は困る、というような小声だった。ザンギ老はさらに言った。ところで、セルゲイ聖像画家は、イングリッシュが出来ますか。ユゼフには不意打ちだったが、答えた。当然のことです。そら、見なさい、とザンギ老はミレナを見た。ミレナは答えた。はい、でもわたしはイタリア語なら勉強したいです。何と、イタリアンスキーだって、あの地中海の半島かい?　はい、アレクおじいさん、わたしは南の光にあこがれています。だって、イタリアはルネサンスの国だもの。文芸復興の国よ。ルネサンスって、《再生》という意味だもの。古くさい神中心の世界観から、人間中心の世界、個人の重視、感性の解放、だって本で読んだもの。わたし光、光、光、わたしは本物の光が欲しい。半年以上も冬と氷に閉じ込められているんだもの。だからね、せめてわたしは言葉だけでも光にあふれた言葉を学んでみたいわ。ザンギ老は微笑んでいるユゼフ少佐を見て、両手をひろげ、がっしりした両肩をあげて言った。世代が異なると、こういうことになる、とザンギ老が言った。ふむ、たしかにアングロサクソンの言葉は、わたしは好まないがね。暗いし、響きがよくない。あれは海賊の言葉ではないかな。しかし、現代で生きるには都合がよい。さあ、どうです、かわいいわたしのミレナがこういうのですが、いかがですか。もしや、セルゲイ修道士はイタリア語など解するのですかな。

ユゼフは三杯目のお茶を飲み干して言った。そうですね、いや、きっとできるはずです。というのも、しばらくイタリアまで漂泊して、イタリア芸術絵画、教会芸術を見て回り、それで帰国したところを、ちょうど、特別作戦の発動やら、第一次動員の余波のあとだったので、運悪く、逮捕されて、それで、そのあと紆余曲折があって、いいですか、今回のようなアレクサンドロフスクの流刑となったのですから。リュドミーラさんがそう言うのなら、もっともなことです。わたしが話しておきましょう。リュドミーラは、ブラボーと声を発した。セルゲイ修道士はイタリア語ができるんですね。ユゼフは言った。保証しますよ。いいですか、ロシア人は古来、イタリアを旅して、自国の光を求めることを発見したのです。セルゲイ・モロゾフだって同様にきまっています。ラテン、ギリシャ語を学ばないで、どうしてルネサンス芸術の光が分かるでしょうか。ミレナさん、そのかわり、賄やその他の配慮をよろしくお願いしますよ。セルゲイはまだ言葉が、ややも失語症的な状態ですが、あなたのダーチャで静養するうちに、解けてくるにちがいありません。ミレナの喜びようといったらなかった。ニヴフの古謡にあわせたようなダンスの身振りをした。ザンギ老も破顔一笑というところだった。ユゼフはことのついでに、ポクロフスカヤ教会の《メトリカ》について、そのうち案内をおねがいしますと言い添えた。

サーシャはやや憮然としていたが、ミレナに導かれると気持ちが戻ったようだった。ミレナとザンギ老の案内で、セルゲイが春まで過ごすダーチャを見せてもらうことになった。ザンギの母屋の後ろに雪原が広がり、森の青い影が光をさらに際立たせていた。太い木材の柵木が境になっていて、柵木の戸をあげると、丘の森へ行くひとすじの道があった。歩くにつれて、こんもりした木々を背に、ザンギの夏のダーチャが見えた。夏のダーチャというので、せいぜいのとこ、やや大きめの木造の中二階のある家くらいに想像していたのだが、とつぜん、ゆめのように美しい家が前方に浮かんでいたのだった。左手には白樺林がうねるように伸びていて、右手は海に向かってなだらかに雪野が落ち込んでいる。ダーチャの周りは雪に埋もれた柵木が顔を出し、その雪の中に木戸があって、木戸の脇に大きな、それでも風雪で矮化したとみえる大きな西洋ナナカマド《リャビーナ》の古木が枝をひろげ、赤い実がまだ鈴なりについていた。鳥たちが飛び立った。そのあとは血のように赤い斑点が広がっていた。敷地と言えば、これは相当な広さだった。その広さの中にある館かとも思える静けさだった。開いた木戸をくぐりながら、ザンギがどうです、と自慢げに言った。そうそう、ユゼフ少佐、この家は何かを思い出させませんかね。ユゼフはふと思ったが、その瞬間、ミレナの横にいたサーシャ・ドブジンスキが、分かった、と叫んだ。ユゼフ少佐、ほら、砕氷船ですよ、あの砕氷船の船長室ですよ。なるほどとユゼフは思い出した。セルゲイ・モロゾフと十二名の政治犯を移送してきた砕氷船は巨大だったが、その姿は、艦橋《かんきょう》のように美しく輝いていた。いまにも、この白樺林の中から、眼下遥かなタタール海峡へ下りて行くとでも言うように見えた。そして船体は氷海に舳先を突っ込み、猛然と鋼鉄より岩礁よりも硬い氷塊を切り刻むのだ。しかし近づいて見ると、夏のダーチャはごく普通にあるロシア風の家の造りだった。玄関に階段の上りがあり、その脇にライラックらしい枝ぶりに淋しい植え込みがあった。中ではにぎやかな声がしていた、まだ普請中だったのだ。ザンギは中に招じ入れて、二階に大きな声を投げた。おう、おうと返事が来た。中に入ると、やはりよくあるロシア的な住まいのたたずまいだった。廊下のそとに、手摺のあるヴェランダがあった。屋根はトタン屋根で、鳥の翼のように二重になって母屋から離れへと流れているので、屋根の雪づたいにスキーでもできそうな傾斜だった。ユゼフたちは一階の間取りを見てまわった。居間では修理したというペチカに赤赤と火が入っていた。このペチカの火のぬくもりが、床暖房になって流れている。そのの修理が大変だったのだ。地面が鋼鉄のように凍っていたからだった。バスもトイレも、小さいなりに、きちんとしていた。そしてもう一室を覗いて驚いたが、いや、驚くほどのことはないとしても、どうしてこのような家にピアノがおいてあったのか。このピアノ室はまったく掃除がなされていなかった。ユゼフはザンギに言った。ザンギ老は笑い声をあげた。わたしが弾けるわけがないです。いいですか、驚いたでしょう。だからこそ、あなたの友、セルゲイ修道士にはぴったりですな。実はこのダーチャは久しく廃屋になっていたのを、思い切ってわたしが買い取った。持ち主の遺族は取り壊すにも費用がかかるので、困っていた。そこにつけこんで、ひどく安くわたしが手にいれました。何年もかかって、こんなふうに修理したのです。いいですか、二階に上がって驚かないでください。この家の持ち主が何者であったか、ただちにわかるでしょう。ミレナは一階のペチカの火の燃え具合を見、紅茶の用意を始めていた。急で狭い階段をのぼって、一度だけ小さな踊り場とも言えない踊り場を折れて、ふっと中二階に出たとたん、光が一変した。そして上がり切って、ただちに広いほとんど何もない、戸棚さえない空間に出ると、右端に大きな棺のような木のベッド、そして窓際にはこれまた大きながっしりとした大机があって、その机の横がまた広くなっていて、窓敷居が腰の高さまであった。ユゼフも、サーシャも、その窓辺に両手をついて倚《よ》り、眼下を眺めた。しかも窓は大きくて、大板ガラスはまるで、船の船長室とでもいうようだった。この二階ごと、この窓ごと、ここから広大で純白と青さにかがやくタタール海峡を、このまま渡っているとでもいうように錯覚されたのだ。老ザンギは言った。どうですか。いいですか、この家の持ち主とは一体誰だったでしょうか。自分で設計して建てさせたのですな。階下で、にぎわう声がした。雪庭の離れと納屋から引き揚げてきた手伝いの大工たちだった。ミレナの声がした、お茶ですよ。ザンギ老は言った。ほう、その通り、そうです。船長です。タタール海峡の民間船で定年になった船長がこしらえた生涯の記念碑だったのです。しかしユゼフが答えたのでも、サーシャが言ったのでもなかった。ザンギ老が我慢しきれずに言ってしまったのだ。いいですか、ここで日没を見、あるいは満天の星空を仰ぎ、まるで星を目印に航海しているような老いた船長さんを想像なさってください。サーシャは言った。なるほどのことと思います。満天の星空だと、暗い眼下の海など見えないから、まるで洋上にいるのとおなじですね。ザンギ老が言った。お若い人よ、そう、そこなんです。定年になってもはや現役ではないけれども、死ぬまで困難な航海の現役でありたい。だれだってそう願うのです。肉体は弱いが、魂は強いのです。

3

階下は賑やかな話し声が始まった。ユゼフを呼ぶサーシャの声がとどいた。階下のぬくもりのある、熱い呼吸音も所作も目に見えるような愉快な話し声にもかかわらず、この広い中二階の空間をまるで大地を歩くとでもいうように一歩一歩回りながら、大きなベッドの角かもどっしりした針葉樹材の大机まで辿り、そして今一度、大板ガラスのはまった窓辺に倚って、両手を窓敷居に突いて、凍った海峡を眺めた。空の透き通った青さが氷海に映っていた。ユゼフは思った。ここなら、セルゲイにもってこいだ。今度は大地ではなく、凍っているとはいえ、海を歩くのだ。氷河期の小さなマンモスのように。滅び去ったマンモスたちを思い起こすのもよい。自分が移送されてきたあの赤い砕氷船の船首を思い出すのだ。ユゼフは十二人の政治犯たちが氷上に整列し、点呼をうけつつも、となりの受刑者と屈託なく話に夢中だったゲオルギー・カザンスキーを思い起こした。それから最後に痩せ切ったセルゲイが借り物の毛皮の半コートの前をかきあわせ、船員に腕をとられながらタラップをおりてきたときの悲しみと、それを相殺する喜びに眼がしらが熱くなった。ペルミでの夜を徹した語らいの一別以来、セルゲイ・モロゾフは、ぼくの友よ、まるできみは骨だけになってしまったではないか、しかしながら、明眸《めいぼう》はかかわりなく宙を、というか、はるか彼方を見つめていて、それは放心なのか、意識が動かないのか、ただその瞳は一点の濁りもなく、無心に外界へと注がれていたね。言葉によってではなく、言葉に還元できないような心的現象によって、きみは見つめていたにちがいない。それから、あの老船長がタラップを足早におりてきた。わたしを抱きしめた。そして薔薇の花一輪と高価なツィナンダリのワインをくれた。あのとき、薔薇の花は、セルゲイ、きみにこそ手渡すべきだったね。それから疾走の大わらわが始まった。いまこの夏のダーチャをきみのためにすすめて無料で提供してくれるというニヴフの犬ぞりの御者、荷運びの馬橇の御者たち、その彼らがいまきみをここに迎えるために手弁当で駆け付け、いまこの階下で、にぎにぎしく熱い紅茶を喫しているというわけだ。やがて彼らは、高貴な外国の客人のようにきみのまわりにあつまってきみの旅の思い出話を聞きたがるだろう。国営のＴＶのあざといニュウス画像などではなく、あるいはスマートフォンの小さな画面の動画によってではなく、生きた言葉を介して、世界の現実の像を想像力で、可触的な細部として知ることになるだろう。そうとも、セルゲイよ、きみはここに暮らして、五月五日の復活祭までには病から醒めるのだ。きみはこのタタール海峡が氷結から解放されていく一部始終をここから目撃するだろう。その流氷が歯ぎしりするだけ、互いに戦いながら海流をつくっていくのをうつつに聞くだろう。一体、自然力が治癒の根源者でないなどと誰が言えようか。いいかい、セルゲイ、この海は、もちろん七月の短い夏だとはいえ、喀血しつつも来島したチェーホフが世界の悲しみと不条理を乗り越えることになった聖なるアレクサンドロフスクなのだ。きみは精神の喀血なのだ。このたびの流刑は神がそうなさったと思うことにする。大地に注がれた血をこの海峡で洗い流すのだ。

いま、窓辺に倚って、ユゼフはうつつに眺めていた。ニヴフの犬ぞりが疾走し、ならんで十二人の政治犯をのせた馬橇が白い煙のような息を切らせながら走り、セルゲイと自分とが雪上車引きのボートに毛布をわけあって坐り、ブリザードで舐《なめ》された氷上を歯ぎしりしながら疾走している。その疾走が三つの線状になって眼下に見えていたのだった。イーゼルなど無用だ、この大机のうえで、セルゲイは描くだろう。思わず、ユゼフは右手を心臓にあてて、誓う所作をしていた。まるでかつて、ロシア国歌が斉唱される折々に走った高揚と戦慄感だった。リュドミーラが階段から顔を出して、ユゼフを呼んだ。みんなが、少佐を呼んでいますよ。あの国歌も、あれは個人をして集団のなかにとかしこみ、あたかも究極の幻想の国家という連帯性の中に、その恍惚と寒気、鳥肌が立つような励起《れいき》、心的な超越性へとみちびく麻薬の旋律、そして受難の克服を思わせる一種の悪霊の業ではなかったろうか。しかし、個人が個人でありうるためには、集団という絶対的な多数があってのことだろう。歌の中で、個々人が愛国のために悲劇的ヒーローになりうるのだ。一瞬間でもそのような感情が湧くのも、歴史がそれをうながすのではないのか。英雄と献身。いや、真に英雄は生まれるにしても、それはただ個々人の慎ましい献身によってだけであって、実は存在の喜びではなかったのではないか。ユゼフはこの瞬間、若いヒーローだったジェーニャ・カサートキンと激戦状況の塹壕《ざんごう》戦にあった日々を思い出していた。あの塹壕にロシア国家が天上の、天使たちの炎の喇叭《らっぱ》のように鳴り渡ったとしても、ほとんど無意味《ナンセンス》であったろう。麗しい悲劇的な、かつまた歓喜的な、恍惚感をもたらすあの国歌は、幻想なのだ。意識にもたらされた幻想なのだ。どうして幻想というつくりごとに献身できるだろうか。ユゼフは一瞬の間にそのような思いで、氷海の青い視界から眼を転じて、ミレナの声がゆっくりと流れてくるのに応じてふりむいた。すると階段のうえに顔を出したばかりの彼女が、まるでまだ三歳にもならずにかけまわっている小さな小さなお人形さんのような顔に見えた。ミレナが言った。どうぞ、みんなが待っていいます。セルゲイ修道士のダーチャの完成祝いだそうです。ユゼフは戸惑いさえおぼえながら返事を返した。すぐに彼女の頭が隠れた。

ユゼフは広い居間で皆から迎えられた。紅茶はすでに終わっていて、卓上にはウオッカがならび、チーズやサケの燻製、それにゆでたジャガイモが皿に盛られていた。ユゼフは席について皆を見回した。おやおや、とユゼフは言った。というのも、この建物の普請修理にかけつけていたのは、カフェ《カンダルィ》で出会った人々だったのだ。さきごろ、お会いできました、馬橇ひきのバシャです。ニヴフのザンギ老が言った。ほれ、中央病院のドクトル・ユーリエヴァさんとご一緒のときですよ。このバシャがアルコヴォの岩窟の隠者セルギエフと懇意だと紹介したと思いますがね。ここのところ連日大工仕事してくれましたです。お蔭さまで。何と言ってもですよ、バシャは馬橇や馬方は内職で本来は大工。海側の壁はずいぶん傷んでいたので、根っからやりなおしました。ただ板張りすればいいなんてものじゃないです。おお、バシャ、ユゼフ少佐にちょっと説明してくれなさい。ずんぐりして肩幅のひどく広いバシャはもう飲んでいたウオッカのグラスをおいてから言った。なあに、家の木造枠が組壁になっているということ。普通なら、柱と梁、筋交いでもって建物の荷重を支えるんだが、この家は、全部じゃないが、面で荷重を支えて、外圧を分散させるわけです。ふむ、地震に強いね。いわゆる、ドヴァ・ナ・チェトゥィレ。2×4《ツーバイフォー》ですな。まんず、これくらいの厚味の板、これくらいの幅でね。根気のいる作業です。このサハリン島に大地震があり得べくもないが、いや、それはまずいです。これでも有数の火山島なんですからな。このような砕氷船型ダーチャは貴重な建物です。

ザンギ老が他のご仁のこともいちいち紹介した。となりのピアノがある部屋から、明らかに音程の狂った音がした。ショパンの曲のつもりらしいが、胃の腑がおかしくなるような音色だった。准尉のサーシャが出てきて言った。アレクシー・ザンギさん、ちゃんと調律をしておきなさい。いいですか、セルゲイ修道士が住まうのですからね。おお、聖像画家がピアノを弾くのですか。サーシャは指をぽきぽきならし、弾くかも分かりませんよ。みんなはテーブルについた、あらためて乾杯をした。乾杯の音頭をとったのはザンギ老だった。手短に乾杯の辞を発声して、飲み干すと、さて、と両手をしごきながら言った。

われわれは常日頃、いうまでもなくこのようなチョウザメだかなんだか知らないような大きな半島のような島に先祖代々生きてきてですが、ですから、いつでも奇跡のような人に会いたいと夢見るのです。遥かな大陸から渡ってくるひとびとを、みな、奇蹟の人々のように思うわけです。え、流刑の受刑者でもかって？　もちろん、まことにその人が奇跡のようなひとであったならとひそかに思う次第です。ところで、これまで、わたくしの知る範囲では、聖像画家の修道士さんが、なんの罪でか、われわれのもとに送られて来たというこの事実に感銘する次第です。聖像画家ですぞ。いま、われわれの心に必要なのはまことに心をいやしてくれる聖像画、大いなる、慎ましく謙虚で、しかも品位があって美しくも、また見る都度に悲しみも喜びももたらしてくれて、心を洗うような聖像画なのではないでしょうか。このたび、ユゼフ少佐からの依頼があって、このわたしが所有できた幸運の砕氷船型夏のダーチャにこそ、客人《ゴスチ》を迎え入れ、やがてきたるべき島の五月の復活祭まで住まってもらいたいと願うものであります。これは内密ですが、漏れ聞くところによれば、セルゲイ修道士の受刑者の処遇については、エフエスベーのユゼフ少佐の管轄《かんかつ》だということで、これなら申し分ない状況でありましょう。では長くなりましたが、みなさんのご尽力に心から感謝します。では、みなさん、もう一度グラスをあげて、乾杯！

サーシャは飲むほどに陽気になり、リュドミーラとイングリッシュについて話していたし、カフェ《カンダルィ》の奥の方の洞窟に集まっていた仲間たちがここの手伝いに来ていたので、話題は、もうすぐ目前に迫ったロシア連邦アタマン、と彼らは呼んでいたが、その統領の選挙について議論を始めた。ユゼフは静かに聞いていた。

4

むろん、戦争は絶対悪だ。ユゼフの真向かいに腰掛けていかにも美味しそうに水のようにウオッカを飲み干している人物が言った。ところで、セルゲイさんとやら聖なる修道士画家さんがザンギ老の改修なったダーチャに住まわれることは、実に嬉しいことです。われわれとしても学ばなければならんです。いいですか、わたしは見ての通り、骨相風貌からいって、ドンのカザークの末裔だぐらいは分かるでしょう。そう、エカチェリーナ女帝のおりの、われらがプガチョフの農民反乱とされる、そうですな、あのプガチョフも、実はと言えば、帝国の兵にとられて軍曹くらいですな、しがない境遇にいやけがさして逃亡兵になり、アゾフ海のあたりをさんざんうろついて、酒場で知りおうた十二人そこいらの悪党ども、これまた帝国の犯罪者であったり、しかしこれもまた同様にどうにもうだつの上がらない連中だが、生き急ぐについては何ら後顧《こうこ》の憂いなどないものどもばかり。これらが酒の勢いで密談がなって、急遽、偽ドミトリー、つまり女帝の亭主ドミトリーは生きているとのうわさ、今日的にいえば、情報合戦ですな、これによって、行く先々で農民どもが手製の農機具をもって軍勢に加わった。これの本尊はカザークのあちこちのアタマンだったのですな。プガチョフの腹心だったフロプーシャなどは、これは獄吏の拷問によって、顔半分は潰されてしまっていたので、常に顔の下半分は布でおおい隠していた。これらの詳細は、プガチョフ叛乱史、いや、正確に言えば、われらが国民詩人プーシキンの『プガチョフ史』を読めばその真実が判明しますな。そうですよ、さて、いよいよ最後になって、逃亡の果てに裏切られてふんづかまったこの哀れな道化の如きプガチョフは、むろん、フロプーシャもだが、いよいよ見世物の断頭台で、四つ裂きの刑を執行されることになった。で、その前にプガチョフは四つ裂きの刑の執行を見守るロシア農民ナロードに咆哮の如き大音声で、ふむ、あの小柄な、カザークにしては小柄でやせっぽちの彼ではあったが、こう叫んだ。おのれぇ、かかる狼藉《ろうぜき》のすべてを、神から言いつかって、こらしめるために行ったのだ！　そう叫んで、敬虔に、神よ救い給えと言い、四つ裂きにされた。おお、四つ裂きの刑とはいかなるものか、おやおや、かわいいミレナよ、きみらの世代では知るわけもあるまいが、こういうことだ。いいかね、刑吏の大男が直前にウオッカをあおったのち、刃波がぎらりとひかる大鉈で、まず両足を切断する、まだ絶命しない、次に両腕をズバッと切断する、血しぶきが吹きあがる、ふむ、さて、その切断された両足、両腕はというと、すぐ刑吏の大男の前に穴があって、そこにどっと投げ入れる。残ったのはごろんとした胴体、首つきの胴体だ。で、いよいよ最後に首がずばっと切断される。これはフロプーシャだって同じだがね。そして首は、路上脇に、ふう、どうにもならないロシアの悪路にたてられた棒杭に突きさされて見世物になる。もちろん、首をなくしたプガチョフの胴体もまた、処刑台の下の穴袋に足で蹴込まれる。こうして、偽ドミトリー皇帝ことプガチョフは、まことしやかな詐欺でもって歴史的責任を果たしたのだ。取り巻きの同志たちに利用されているのも、バカじゃないから知ってはいたものの、おのれの反乱統領の役を巧みに演じざるを得なかったのです。ふむ。ほんとは、もちろん故郷のカザーク村には嫁もいるし子もいる、ごく普通の平凡なカザークであったんだが、小器用な言葉の才が災いしたのかしらん。まあ、最後にはペテルブルグまで落とす如き勢いだったが、しかし、その先のプログラムは持っていなかった。偽ツァーリとしておさまることぐらいしか未来がなかった。問題は、ロシアの厖大な農奴的な農民ナロードをどのようにすべきか、まだ彼の時代の歴史的水準では見当がつかなかったと思われるんだがね。おお、そうだとも、ここんところの、ウクライナ本土での戦禍のありさまのことで、いいふらされてこちらにも聞こえてくるが、われらがロシア兵が、ウクライナ人を、生皮をはぎ、殺してその脂肪を喰らっているとか言いふらされているが、べつにこれも一驚すべきことではなかろう。喰らうものなく、なんでも喰らうのが飢餓状況での行動だが、しかし、これはロシア的恥辱であるね。しかし、歴史的に見れば、プガチョフ軍は、みな烏合《うごう》の農民部隊だが、攻め落としたロシア帝国の要塞では、とにかくロシア士官連中は夫人もふくめてだがね、生き膚《はだ》を剥いで殺しているが、農民部隊の悪党どもは、その柔肌のこってりした脂肪を、自分らの深手の傷にすり込んで、ふむ、軟膏じゃあるまいに、されども化膿止めに使って重宝しとったのだ。そうさ、ここサハリン島のアイノだって、そのむかしはサハリンの二メートル、三メートル余の背丈のあるヒグマを毒矢で射殺し、熊の胆から万能軟膏を発明しておったのだから、同じだとはいえども、しかし、人間さまの生皮剥ぎして脂肪を用いるというのは、赦されることではない。ふむ、これは、あるいは遊牧民モンゴルから教わったのかもわからない、しかし人間は、馬や羊ではない。

一気にここまで話して、もう一杯ウオッカを飲み干した。耳を傾けていたリュドミーラはサーシャに身を寄せて、心が縮みあがったのか、目に涙をためていた。そこへ、バシャが口をはさんだ。で、イワン・ドネツキン、あんたの話したいことは何だい。前置きが長すぎる。ザンギ老も言った。いいかい、問題はたしか数日後に迫った大統領選挙のことじゃなかったかな。このダーチャの梁に頭をぶつけるほどの背丈のあるドネツキンは思い出した。おお、そうであった、そここそが本題だった。手伝いに来ていたあと数人も、結論から先に、と叫んだ。黒い目のドネツキンは言い出した。

いいや。話は短くてはいけない。弁証法的になされなければならない。そして哲学的でなければならない。哲学的にということは、たえざる問いを出しつつであるから、話は螺旋《らせん》的で、まわりくどい。最後には自分が何をいいたいのか分からなくなる。しかし、わたしゃ分かっていますぞ。今しがたの話は、わたしのご先祖にまつわる想起とでも言うべきだった。わたしのご先祖のカザーク村は、ドネツクの美しい草原だった。草原と馬だ。屈強な馬だ。騎馬軍団だ。だもんだから、ロシア帝国から誘惑された。そしていいように使いまわされた。大げさと思うだろうが、さきほどのプガチョフ反乱でやられたのち、そのあとから、近々では、ほおれ、独ソ戦の最前線の部隊だ。ベルリンまで行った。それまでの変遷の中で、わたしの一族は離散しつつも、内戦時期には赤軍に追撃され、ほうほうのていで、やっと極東共和国にたどりついた。これがまた夢のような一瞬の共和国だったが、なんのことはない、レーニンたちがソヴィエトを防衛するための時間稼ぎの、緩衝国としての仕掛けだった。さらにわたしのご先祖は、危ない極東共和国から、ついにタタール海峡を渡り、ほれ、この通り、ここアレクサンドロフスクに土着した。のちにソヴィエト軍が入ってきて、わたしらは苦難をなめたが、他のカザークのようにヤポニア経由で、欧米へと渡るつもりはなかった。ここまでが、ロシアの大地だ、ドネツクのあの草原につながっている墳墓の地であるとね。もとより、ドンのカザークは自国を持ち得なかった。いや、わたしゃ、どんなに小さくとも、自国を有するという思想には全面的に肯定してはいないのだがね。諸民族の、少数多数問わず、多様性の連合的な寛大でゆるふんでいいのではないかと思っている。

で、とバシャが酔いで真っ赤になった顔を大きな手で支えながら言った。選挙はどうするんだかな。カフェ《カンダルィ》グループとして考えを決めぬといかん。するとイワン・ドネツキンは隣にかけて聞いているユゼフに言った。ほれこのとおり、あそこの洞窟に集まっては、われわれは未来のことを語り合っているんです。手枷足枷のご先祖の歴史をもっているものだから、つねに過去を問うのです。そう言ってから、彼は言った。

いいですか、今般の戦争、公的命名は、特別軍事作戦とやらですが、あれは意図した誤算でしょう。ついには、プリゴジンだかプリゴリンだかの反乱もどきが生じて、モスクワ進軍があったが、中折れだった。サンクトペテルブルグのいわばビズネシマンがよりによって、民間軍事会社をこしらえて傭兵を紛争地に送り込んでその大地を搾取する闇部隊というのはダメだ。これを現アタマンが利用していたということだが、問題は、このご仁の闇部隊が、ロシアの刑務所から受刑者を契約兵として募集して、数千人もかき集めて、さて、わが故郷の草原大地で、ほとんどが死んだというんだから、あきれ果てる。訓練もなしにいきなり最前線で十分な装備もなく突っ込まさせられた。いや、そればかりでない。第一次動員で徴兵された若者たちだが、これまた碌な訓練をなされず、いきなり最前線で敵の砲弾にやられる。歴史的に言えば、われらがご先祖の如きものだ。この徴兵された初年兵の次が、おそらく受刑者傭兵の出番でしょうな。その次が、まともに一年は訓練を受けた徴兵者。そのつぎが、正規軍。いったいこれはどういうことなのか。消耗戦の使い捨てが、新たな徴集兵であり、囚人兵なわけです。もちろん傭兵会社ワグネルには冒険主義者の悪党どもがまじってあたりまえだが、われらがアタマンはこれを消した。ワグネルがプガチョフくらいになれるような現代ではないのです。さて、これから未来はどうするか。そこでこのたびの選挙だが、もちろん反体制派のナロードはむろん良識のあるエリート知識人たちであるが、これがナロードの感情の根までしみこむには、時間がかかる。数十年はかかる。新しい世代が新しいイデーを育むまでには、ここ十年そこいらで足りるロシアではない。現代の歴史はあまりにも速度が速い。早ければ早いほど、感情の根っこには沁み込まない。保守だ、革新だ、というたい文句はもはや空虚でしかない。現在の環境では、棄権して、自分はこの歴史に反対したのだというのは自己満足にすぎないのではないか。何も現大統領が最善だというのではない。そのように仕組まれた趨勢の軛《くびき》のなかで、あえて歴史的責任を取ると言う意味では、ここで馬を換えないというロシアナロードの諺に従うのがいいのではないか。河中馬を換えず。ドンのカザークの出自の想起にしたがえば、そういうことになるが、この賭けは高くつくだろう。しかし考えてみよう。現アタマンがせいぜい長寿といっても、たかだか十五年くらいであろう。ロシア人の平均年齢からいって、まあ、あのゴルバチョフは八十五歳までだったが、そこいらが妥当なところだろう。わたしの予言では、あと五年であろうか。いや、それまでわたしのほうが天に召されるかも知らんがね。

そこまで言うと、イワン・ドネツキンは、自分の無力をなじり、オイ、オイ、オ、と言いながら涙を流した。ザンギ老が立ち上がってもう一度乾杯を宣言した。われわれは歴史に対してつねに無力であるからこそ、未来があるのであり、待っていてくれるのであり、だからこそ、ここに、超越的な観念が生まれるのではないですかな。聖なるものを忘れてはなるまい。思いがけずも、聖像画家セルゲイ・モロゾフ修道士をここに客人《ゴスチ》として迎えるにあたって、おお、エフエスベーのユゼフ・モロゾフ少佐を前にして、あられもないお話がでたことをおゆるしください。さあ、それでは、見ることもないであろう幻の未来のために、乾杯！

5

その日、三月の中旬のまれにみるおだやかな日和《ひより》の中を、ユゼフはサーシャと一緒に投票日当日の様子を見に市中に出た。一時的な雪解け日和もこれが最後だったのだ。次第に寒気が覆いかぶさってきていた。市庁舎のまわりにはアムールスカヤから投票者たちの行列が続き、驚いたことに、その行列が二重に折り返していて毛皮コートの人群れが無言で重なり合っていた。沿道には警備機動隊の警察車輌が大通りに間隔を保ってのんびりと並んでいた。そこここに私服も立っていた。ユゼフたちは言うまでもないことだが期日前投票をすませていた。市中には音楽が流されていた。寒気を吹き飛ばすような陽気な曲だった。機動隊の警備兵たちは銃を背負ったまま電柱によりかかってタバコをふかしていた。サーシャはそのひとりにタバコの火を借りた。警備兵は自分の吸っているタバコをさしのべた。サーシャはそこから火をもらった。タバコの煙に風が吹いた。サーシャは、どうだい、といった。別に異状はありません、と答えが返った。警備兵は目ざとくサーシャの分厚いコートの襟章に気づいたのだ。朝はこのあたりがぐるぐるまきの行列でした。それじゃ、アレクサンドロフスクの投票率はすごいね。はい、そうでしょう。で、あなたはだれに、とサーシャはタバコをふかしながら言った。ユゼフ少佐は行列に目を細めていた。警備兵は言った。もちろんです、プッチーンです。うん、そうだね、とサーシャは兵の肩を叩いた。ユゼフたちはまた歩き出した。サーシャは言った。いいですか、これがロシアです。ところで、ユゼフ少佐は？　とサーシャは笑みを見せたので、ユゼフは笑うしかなかった。それは言えまいよ、サーシェンカ。で、きみは、とユゼフ少佐が言った。サーシャは、さあ、わたしも言えません。ふたりとも笑い合った。ユゼフは歩きながら話した。そうだったね、一昨日の夏のダーチャで、あれはだれだったかな、あの長広舌に、おお、ドンのカザークの末裔だといったね、かれ、そう、イワン・ドネツキンだったね、さんざん話した末に、河中で馬を換えずってね。言い得て妙だが、あれはたしか、砕氷船が来て、彼らを移送したあと、中央監獄の副所長が、わたしの耳に吹き込んだのとおなじ諺だった。これは、さて、どう理解したらいいのだろうか。サーシャは言った。簡明ですよ。プッチーンしかおらないじゃないですか。独裁者だ、二十一世紀のロシア皇帝ツァーリの復活だといわれますが、では、この現ロシアの、この巨大砕氷船の如き大地の航海士がいますか。反体制、反政権その他その他、知識人、欧米西洋派といっても、あらゆる権力と法の支配をはりめぐらせて、身動きもできないじゃないですか、時期尚早もいいところでしょうね。わたしの若さでは、なあに、自然力を頼りにします。だって、あと二十年たったところで、わたしは四十代そこそこですから、時間をこそ味方にします。いま、わたしはサハリン島の土着民として、このようにエフエスベーに勤務していますが、この先はわからないことです。ただ、このわれわれの巨大砕氷船がいかにして世界の、いいえ、地球規模の氷海を航海できるかです。これが間違いであったなら、沈没する他ないじゃありませんか。で、いっぽう今回の特別軍事作戦の膠着《こうちゃく》状態が、数十万ともとれる死傷者を出してまで、継続中でね。しかし、かれに投票したとしても、これは保留付きなんですよ。強いられたのではないです。河中で馬を換えず、です。いったい、これはどういうことでしょうか。いいですか、ロシアの河ですよ、ここで、騎兵が馬を換えていたら、どうなるでしょうか。それよりも、問題は必至で渡り切ることなんです。そう、あのイワン・ドネツエフさんだかは、カザークのご先祖を思うあまりのことでしょう。馬を換えたばっかりに煮え湯をのまされた連中なんです。私見によれば、馬を換えるのは、たぶん、十年先でしょうね。言うじゃないですか、静かに乗って行けば遠くまで行ける、ってね。が、しかし、いまは静かに乗っているわけではないですがね。

サーシャの金色の口髭が吐く息で白く凍っているではないか。通りに行列はのろのろと一歩刻みで進んではいた。通りの角をまがると、眼前にいかにも美しい正教会が酷寒にもめげず、黄金色のネギ坊主をきらめかせ、そこに雲間から日が射していた。ユゼフはきいた。ポクロフスカヤ教会じゃないかい。サーシャは、もちろんです、と言った。自分はこんなことも知らずにアレクサンドロフスクにいたのか。リュドミーラから教えられた教会戸籍簿《メトリカ》がうつつに眼前に見え、今にも自分がその部厚い、まるで大きな古代中世の教会スラブ語でかかれた古文書のページを緩やかな所作でめくってでもいる感覚だったのだ。その一瞬、激しい偏頭痛に襲われ、微かな眩暈《めまい》にとらえられた。ユゼフ少佐、大丈夫ですか、とサーシャが腕をとった。いや、大丈夫だ。いいかね、ちかくにカフェはあるかい。あります。さあ、行きましょう。サーシャの案内で小さなカフェに入った。この大きな美しい街に、一歩裏に入ると、小さな木造の家々が軒を連ねていて、そのなかに丸太組の古いロシア的なカフェがあった。木のドアはひどく分厚くて重かった。ドアの入り口には太い氷柱《つらら》がさがっていた。中では盛んに火が燃えていた。ユゼフはすぐに水をもらい、胸ポケットから頭痛薬をとりだして呑み込んだ。しばらくして稲妻のようだった偏頭痛が沈静し、ようやくあたりが明るく見え、そのなかに銀色に輝くエスプレッソの珈琲機が見えた。ユゼフは店主の女将さんに言った。とても珍しい。あの機械はどこから。こんもりと太った彼女は言った。はい、サンクトペテルブルグですよ。はい、わたしの故郷ですからね。ああ、そうでしたか、さあ、サーシェンカ、エスプレッソを注文しよう。サーシャは言った。エスプレッソですって。重油みたいな濃縮コーヒーじゃありませんか。そんなことはない、砂糖《サーハル》をたっぷり入れて、ちびちびと飲む。美味しいよ。そうさな、イタリアの味がする。やれやれ、イタリアンですか。しかしサーシャは同意した。注文をすると直ちに、小さなカップでそのエスプレッソが運ばれてきた。どうぞ召し上がれ。三月のマロースにはもってこいですよ。ウオッカはよくないですよ。ここでは五十度を平気で飲む。だめですよ。サーシャは濃いエスプレッソをおそる おそる味わった。やがて美味しがった。おかしそうにサーシャは言った。

なんでしょう、普通のロシアのコーヒーを、カップからカップへ小分けして注いでいるといったようなあんばいです。はい、美味です。ユゼフは学生時代に遊学したサンクトペテルブルグのカフェを思い出していた。ネヴァ川のほとりで。跳ね橋のほとりのカフェで、詩人たちが集って、アレクサンドル・ブロークの詩を朗読していた。ネヴァ川の波が、カフェのすぐまえにある泥濘《ぬかるみ》と葦の繁みにかぶさってきていた。木の階段をおりてカフェに入るのだった。わたしは二十歳だった。わたしは若かった。東シベリアからウラルを越えて、列車の旅だった。亡くなる直前に母が言ったのだ。異母兄に会うのですよ。ただ一人の肉身ですからね。わたしは母の遺言のためにもサンクトペテルブルグに来た以上、彼に会わなくてはならなかった。わたしはフィンランド湾に面したところにあった司法省を訪ねた。しかし異母兄はフランスに出張中で会えずじまいだった。だから、写真だけでしか彼の顔を知らないのだ。エヴグラフ……、そうとも、エヴグラフという名の起源はギリシャ語で、美しく書く、という意味ではなかったろうか。思いもかけない高官だったのだ。あれから二十年にはなったろうか。ユゼフは、サーシャの声を耳にしながら、エスプレッソを飲み、ネヴァ川河畔の葦の繁みに覆われた如きカフェをさらに思い出していた。司法省で会えなかったエヴグラフの面影をいだきながら、市中を彷徨《さまよ》い歩いた末に、カフェを見つけたのだった。カフェに入って窓側の席についたとたん、アレクサンドル・ブロークの詩の朗読が始まった。

いや、サーシェンカ、なんでもない、とユゼフは我に返った。と同時にあざやかにあの夕べのカフェで朗読された詩を思い出した。いま、こんなところでブロークの詩句が思い出されるとは！　おお、なぜかくもあざやかに覚え、諳《そら》んじているのか。ユゼフは、思い出されるままに低い声で、まるで失われた言葉がついに甦ったような驚きで、詩句を口に出した。

不幸にうちひしがれ通りを歩いていた
悲しい月のようなぼくの青春は
蒼ざめた光になって舗道の甃《いしだたみ》に落ち
消えてよろけてそしてよこに飛びのいた

……と、次のスタンザを思い出そうとしたが、もう消え去っていた。ユゼフはもう一度くりかえした。

ぼくの青春は、ともう一度声に出した。サーシェンカ、つい思い出されてね、とユゼフは言った。どなたの詩ですか。ユゼフは窓の外に視線をむけた。窓枠は緑のペンキが塗ってあって、窓敷居にゼラニュームの鉢植えがあった。その曇った窓に月がのぼってきたような錯覚を覚えたが、そんなはずはなかった。三月の日はもう沈みかけていたのだった。ユゼフは、そう、サーシェンカ、きみたちは知らないだろうけれど、アレクサンドル・ブロークだ。初めてですと答えたサーシャにユゼフ少佐は言った。このときユゼフは、このブロークの詩のタイトルがなんであったか、しばらく沈黙し、その蒼ざめた瞬時のなかを蹌踉《そうろう》として歩いた。思い出した、と彼は言った。そうだ、「苦悩の宝石指輪」だ。わたしは二十歳だったがね、十月にサンクトペテルブルグを彷徨い歩いたことがあった。おお、サンクトペテルブルグですか。そうだよ、そのとき、とあるカフェで、詩の朗読が行われていた。そのとき聞いて、すぐに覚えたのだけれど、次のスタンザは思い出せない。よほどわたしの心に残ったのだね。突然、歳月をひとっ飛びして、口をついて出たんだが。ユゼフはそう言い、もう一度、口にして、力点をたしかめるようにして、ほら、強弱弱のリズムで、一行がその三歩格になっているね。ダクチーリという詩型になっている。サーシャは言った。「苦悩の宝石指輪」とは、すごいですが、わたしにはそんな豪華な指輪なんか無理です。ユゼフは笑った。確か、一九〇五年の詩だったと思うが、詩人は二十五歳だった。しかも四十一歳で、餓死で息を引き取ったのだから、若い若い。いや、この詩はだから、二十五歳で書いたんだね。この詩をカフェで聞いたとき、わたしは二十歳だった。そしていまわたしはもうすぐ四十歳になる。サーシャは言った。どうも悲劇的ですね、むかしの人はずいぶん早く亡くなり、早く青春を失ってしまったんですね。〈苦悩の宝石指輪〉を嵌めるからですよね。ユゼフは頷くしかなかった。ロシアの根源にはそれがある、とユゼフは言った。その先は言わず、一拍の間をおいてからユゼフは言った。現代のわれわれだって同じじゃないかな。

このときユゼフ少佐の内部でネヴァ川の波音が詩に交じって聞こえていた。ネヴァ川の岸辺には高いビルが傾いて凹凸の影を投げ、日はとっくに沈みかけてすべてが逆光になっていた。大きな艀船も停泊してある船体たちも沈黙していた。ぼくの青春は終わった、というようにユゼフは読み替えたが、ここサハリン島の最北のアレクサンドロフスクにいながら、この青春の滅びをどうしたらいいのか、何をなすべきなのか、見えたように思った。そのとき窓の外の通りを、聖歌を歌い続けながら野辺送りの人たちが通り過ぎた。窓敷居から、馬橇に乗せて曳かれる凍てついた棺が花輪に飾られて通って行く。窓辺に立ったサーシャが言った。棺が三つです。ええ、戦死ですよあれは。覆い布にロシアの国旗。馬橇につづいて、もう一群れの人々が聖歌ではなく、わが息子たちを返せと声を合わせて叫ぶ女性たちのかたまりがあった。ユゼフも窓辺に倚って見た。多くの母親たちの群れだった。葬列はポクロフスカヤ教会の墓地へ向かっていたのだ。

ユゼフとサーシャはエフエスベー支所にむかって歩き出した。毛皮帽を深くかぶり、防寒コートの幅広の襟を立て、白い息を吐き続けた。死ぬなかれ、死ぬなかれ、というように雪凍りの路面が軋《きし》った。

第四章　セルゲイの転地静養

1

ロシア連邦大統領選挙の結果の祝祭の日はこの島では三月の猛烈な吹雪に覆われて真っ白だった。人々は国の行く末を思いつつも、とりあえずは春までの日々を凌ぐことで再び日々の暮らしの現実に戻っていった。そこで待っているのは、動員されて戦死者となった子息の親族たちの癒えることのない悲しみだけだったが、とりあえず自然がもたらす春への思いだけが慰めだった。ポクロフスカヤ教会に人々は何につけても足を運び、ロウソクを灯し、聖像画の前で祈り、慟哭《どうこく》した。教会墓地は雪と氷で鋼《はがね》のような凍土だったが、おりにつけ島出身者の遺体が大陸から移送されて来た。凍土の墓地には重機で墓穴が掘られる余裕はなかった。中央監獄の受刑者たちが労働に狩り出された。重労働だった。休憩時間が来ると彼らは遺体が詰められている巨大な冷凍庫棟の隣の納屋で暖をとり、熱いお茶を啜った。納屋の木小屋の鴨居の上にはマリアの聖像画が掲げられていても、見上げる余裕などなかった。木小屋には墓掘りのための道具がそろっていた。教会ではミサが行われ、ふとした吹雪の悪戯で寒気に凝縮されたような鼻腔をくすぐる芳香が木小屋のドアから入り込んだ。きょうは、ついこの前に砕氷船で移送されてきた十二名の政治犯受刑者が交代で三つの穴掘り作業に来ていた。

吹雪はますます激しくなる。吹雪の雪ひらは、普通の降雪の雪ひらなら凌ぎやすいのだが、雪は砂塵のように微細で鋭利に顔面を打ちつけては次々に襲いかかった。護送兵の三名が銃を手にして受刑者とともに休憩をとっているが、受刑者の十二名の方が意気盛んだった。いいかい、政治犯はとくべつに何するわけでないから、ここでは体がなまる。戦場での故人たちの埋葬の墓掘りほどいまわれわれにふさわしい労働はないなどと、声がとびかっていた。護送兵たちは制止しなかった。ここでいきなり体罰というわけにはいかない。若い政治犯囚人の言葉には力がこもっていた。そのロシア語は自分たちのロシア語とはちがって、抽象的なのだが焼きたてほやほやのライ麦パンのような香ばしさがあったのだ。護送兵たちはがちがちながら内部が粘土でもつめこんだような黒パンを咀嚼していた。もちろん十二人も同じだが、彼らの言葉が、同じ粘土のような生焼きの黒パンを美味しそうに感じさせるのだ。

三人の護送兵の一人がペーチャというタタール系の若者で責任者だった。猛吹雪が止むまでの時間の雑談の誘惑には逆らえなかった。誰かが、教会の聖像画と福音書に話を交わしていたからだった。わたしだって、もちろん正教徒ですよ。家にだってちゃんと聖像画が飾ってある。そう、聖ゲオルギーが大蛇だか竜だかを三叉鉾みたいな長槍で刺し殺している。おお、それはけっこうだ。声が加わった。で、ところで、その竜というのは誰かな。村人に毎年、若い娘の生贄を要求する怪物ですよ。なるほどね。で、あんたはなんでこの仕事をしているのだい。そりゃあ、やりたいことはあるが、ろくな仕事がない。教育も中途半端だったからね。やっと中央監獄に採用されて生き延びているのさ。熱いお茶を啜っていた政治犯の一人が言った。もっと高給の儲け仕事があるんじゃないか。例えば、契約兵とか。おお、まっぴらですよ。月額二〇万だかっていう奴でしょう。べらぼうですよ。人殺しも自分が死ぬのもまっぴらごめんです。なぜだい。そりゃあ簡単です。汝殺すなかれ、ですよ。わたしは正真正銘の正教徒ですよ。ま、そこそこ盗みとか、オルガルヒのような大規模なのはだめだが、そこそこなら、汝盗むなかれ、汝姦淫するなかれと言われたって、すこしだけ見逃してほしいもんです。しかし、殺しはだめだ。じゃ、戦争はだめだね。もちろんです。だめです。絶対にかね。ふむ、まあ絶対にですね。おお、そうかね。そうでしょ。それじゃ、昨今の特別軍事作戦の戦争行為はどうなんだい。あれには、TVその他の情報をみていると、一理も二理もあると思いますが、しかし突き詰めて考えるとだめでしょう。じゃ、どうしたらいいのかい。そりゃ、インテリゲンチャ、エリートのみなさんが先刻承知でしょう、それでアレクサンドロフスクまで送られて来たんだから。じゃ、ずばり言いましょうか。これは他にもらしたらダメです。即刻停戦です。とにかく知恵をしぼって停戦。何が何でも停戦。いいですか、国の国境線、領土がどうのこうのときれいごと言っても、われわれナロードにとっては、どうだってかまわない。自由に行き来して一緒になって儲ければいいだけです。わたしはご先祖がここに送られてきたクリミヤ・タタールの末裔ですがね、ちょっとの民族の違いで殺し合うのはわりにあわないと思っていますよ。で、監獄の警備兵とはね。いや、あんた、だから知識人はだめだ。そういう意味ではない。わたしの大学なんです。おお、ロシア帝国有数の由緒あるアレクサンドロフスク流刑囚監獄がきみの大学だっていうのかい。そうです。だって、給料を得て、それでかつがつ暮らして、人間を学べるからです。そのうち、本土に渡ります。クリミアに帰りたい。南の美しい海にね。

マリアの小さくて稚拙な聖像画が入口の切妻にかかっている木小屋のなかでの会話は吹き荒れる吹雪の音にかき消された。十二名はノルマを達成するために再び吹雪の墓地の空き地に出て、穴掘りを開始した。教会から鐘の音がまるでレース模様の刺繍のカーテンになって聞こえて来た。十二名の政治犯は白い土竜《もぐら》のように剣先スコップを上下させると、盛り土がまわりに出来、それも白くなり、掛け声が鐘の音と競い合っているようだった。ちょうどそのとき、教会に保存されている教会戸籍《メトリカ》の問い合わせに途中立ち寄ったユゼフ少佐と部下のサーシャ・ドブジンスキが、墓掘り人夫労働をしている十二名に出くわした。二人はこれから、いよいよ今日、中央監獄の病棟から解放されて、ユゼフ少佐の管轄下に移されることになったセルゲイ・モロゾフを車で迎えに行くところだった。教会の周囲は木立があって吹雪はそれなりに弱かったが教会墓地の空き地は吹きさらしだった。地吹雪だった。それでも白樺の若木たちが吹雪を遮ってくれていた。四人ずつ一組で穴を懸命に掘っている横を通りかかったとき、ユゼフ少佐はごく当たり前のように挨拶の声をかけた。ユゼフのい い声は吹雪にも拘《かかわ》らず、墓穴に紛れて落ちたのだ。穴の底から、毛皮帽に眼だけを出した顔がユゼフを見上げた。ユゼフとサーシャは吹雪で眼があけられないくらいだった。ユゼフは大声で叫んだ。護送兵のペーチャがすっ飛んで来て挙手した。目ざとく外套の襟章に気がついたのだ。ユゼフは言った。護送兵、きみの名は。はい、ペーチャ・アップフマノフです。いいかね、今日のノルマはここでよろしい。これから中央監獄に向かうが、オルロフ副所長に伝えておく。大事な客人たちだ、酷使してはならない。ペーチャ・アップフマノフは、ふたたび挙手し、答えた。わたくしもそのように思っておりました。少佐殿、感謝します。ペーチャは首にぶらさげた呼子を吹き鳴らした。今日の作業は終了！　みんな墓穴から上がれ、あがって、体をあたためよ！　ふたたびペーチャが駆け戻ってユゼフに挨拶した。オルロフ副所長にくれぐれもよろしく。まだ少年のような小柄なペーチャ・アップフマノフは感激していた。ユゼフの隣にいたサーシャ准尉がペーチャに握手した、手袋は部厚いミトンだった。

ユゼフたちは身をこごめながら、教会墓地の入り口に停めてあった四輪駆動車へと急いだ。エンジンをかけ少しふかしているあいだにサーシャは言った。彼らはほら、砕氷船で移送されてきた政治犯連中ですよ。袖口に赤い布切れをさげていたでしょう。ユゼフは、おお、と思った。では、あの穴の中に、ゴーシャ・カザンスキーがいたのか。そうか、まあ、近く面談することになる。きょうは何よりもまず、セルゲイの晴れがましい出迎えだ。で、サーシェンカ、花束は用意したんだね。もちろんぬかりありません。何の花かな。車は走り出した。サーシャはワイパーを猛烈に作動させた。真白闇《ホワイトアウト》だった。アレクサンドロフスクの三月の花屋は、どうにもこうにも。やっと薔薇の花を見つけました。なんとまあ、ユジノ・サハリンスクから届けられた温室ものです。ロシアの三色。赤がロシア人、白がベラルーシ、青がウクライナ。しかしながら、さすがに青い薔薇の花はなかったので。いつか青い薔薇の花もうまれるでしょうかね。ドゥイカ川の岸辺までくるともうほとんど道の見分けがつかなかった。赤いポールも見えなかった。吹雪のスケーターたちが氷結した川面を踊り狂っていた。吹雪の状態を確認してのち、ユゼフたちは中央監獄に向かって走り出した。中央監獄でセルゲイを預かったら、ただちにニヴフのザンギ老に犬ぞりでも馬橇でも、ドゥイカの右岸まで出すよう連絡しよう。

ユゼフは激しいワイパーの軋り音を感じながら思いに沈んだ。そうとも、アレクサンドル・ブロークの詩の言葉の通りだ。ブロークは四十一歳で死んだ。あの内戦のさなかではなかったか。われわれロシア人の青春はたちまちにして終わるのだ。わたしだってもうブロークの死んだ年まで迫っている。わたしの青春は鳴りやんだのだ。終わったのだ。おお、思えば、つい昨日のことだったと思われてならないのに、そうだ、ペルミの春が、いや、ペルミの夏が、そしてセルゲイ・モロゾフと出会って別れたのが、わたしの青春の終わりだったのだ。わたしが国家のエフエスベーを投げ打って、志願兵となって行く末も見えない義勇軍に身を投じたのも、あのときすでに自らの青春の終わりに抗いたかったからに違いない。いったいわたしは何に抵抗していたのだろう。死んでも構わないつもりだった。もし神のご加護があれば、生きながらえるだろうと、賭けていたのか。わたしにはなにも失うものはなかった。愛する妻子がいるわけでもなかった。父も母ももういなかった。わたしはこの世の孤児にすぎなかった。戦場に死に場所と同時に生き場所を、青春の末期を見出したのだ。しかし、それは戦場の実際をこの肉体と精神で経てみると、幻影にすぎなかった。ヒーローなど虚構だった。青春の終わりは死と血の地獄図だった。しかもそれが白兵戦で個々人が切り刻むような、そうとも、余りにも人間的すぎる生と死の戦いなどではなく、厖大な砲弾と戦車で破壊しあう、あたかも仮想現実のゲームのような結果の血の海だった。人間という兵士は、仮想現実によって破壊されるただの消費物にすぎなかった。ローマの剣闘士たちのほうがはるかに人間だったのではないか。ワイパーの真っ白闇に猛吹雪は消音された砲弾の破片のように次々におそいかかっていた。そして、幸運にも、神のご加護、いや、自然の摂理のご加護があったのかどうか、間一髪の秒差によって、気がつくとわたしは生きていた。そして愛国の情熱に飢えたジェーニャ・カサートキンも一緒に。気が付いたときは、広大な青空に雲が浮かんでいた。世界は異《こと》もなく存在して、雲になって流れていた。あの瞬間、わたしの青春は終わっていたのだ。しかし、まだわたしは終わったという事実を受け入れたくはなかったのだ。だって、まだわたしは十分に若く、力も残り、さらに力がましていくのを感じていたからだ。そうとも、こうも言えるのではないか。青春の終焉とは、まことの愛情への、愛への岐路であったということではないのか。わたしはごく普通に日々人々が感じて悲しみ喜びするような愛について鈍感だった。わたしは絶えず超越的な、絶対的愛を抽象的に追い求めていたのではなかったか。もしや、ほんとうのわたしというのは、愛を知らず愛を拒絶する非人間であろうとしたのではなかったのか。わたしが初めてセルゲイ・モロゾフと明かした夜の前までは、わたしは弱い人々を愛惜しつつも侮蔑している、そうとも、いわばスタヴローギンのコピーであったのではなかったか。十分すぎる愛に恵まれて育ったのに、どうしてそのような冷たい魂が凝固したのか。青春の終わりの後を生き延びるには、どうしたらいいのか。まことのひとの愛情を探し求めることではないのか。青春とは、生きるも死ぬも意にかいせず紙一重を平気で疾駆することだったが、それでは愛は見えない。そうとも、青春の終わりとは、まことの愛の旅の始まりではないのか。わたしはそれをセルゲイに賭ける。

すこしも収まる気配をみせない猛烈な、タタール海峡の北から吹き付けて来る吹雪は中央監獄の高い壁にそって渦巻いていた。サーシャの運転する四駆の車は、吹雪の中を門衛の小窓から誰何《すいか》され、ゲートが開き、車寄せのアーチ下に入り込んだ。窓々に点々と小さな灯りがともっていた。市街の懲役労務から真っ白い亡霊のようによろよろの列になって帰獄してくる受刑者は、手足に重い鎖や、部厚い板のカンダルィを嵌められているように見えた。車寄せで降りたとき、吹雪が切れ切れになったその明るさの中を、スコップやツルハシ、箱ぞりのロープを引きずった一隊が、外庭で整列させられた。点呼の声が響いた。呼子が空気を切り裂いた。点呼の最後に、十二、ヂヴェナッツッチ！　という響きが聞こえた。ユゼフたちが出会った、ポクロフスカヤ教会墓地で地元出身の戦死者の墓掘り作業に出ていた、あの十二人だった。護送兵の一人が目ざとく、ユゼフたちの車を認めて走って来た。あのペーチャ・アッフマノフだった。少佐殿、どうかオルロフ副所長にお忘れなく言うてください。ユゼフは頷き、笑みを添えた。ペーチャはなれなれしくも、どなたを迎えに？　と言った。サーシャが答えた。きみたちにはもったいないくらい、高貴なひとだ。聖像画家修道士だ。アッフマノフは言った。おお、やはり。わたしは病院棟で会ったので知っています。ひとことも話さない。無言修行の修道士ですね。旧教徒の隠者ではありませんか。そうでしたか、それでは失礼します。

2

ユゼフはサーシャと一緒に支所まで帰って来た。吹雪は、というより烈風はおさまる気配がなかった。三月の下旬のここの吹雪は長くて三日は勢いを失わないですからね、待つことだけです、とサーシャは言った。サーシャはユゼフの執務室のソファで重いコートをかぶって眠りについた。雪が吹雪いて積雪になるのではなく、地吹雪になって、地上の雪を吹き曝し舞いあげて疾駆するのだから、その微塵の氷の砂礫《されき》のごとき結晶体が、下から吹きあがり、頭の上を吹雪の川になって流れ去るのだった。若くて健康なサーシャはたちまち寝入ったのだ。ユゼフはデスクに向かって静かに背もたれの椅子に身をあずけていた。セルゲイを迎えたときの様子が画のように、いまここでのように見えるのだった。

　ユゼフたちを迎えてくれたのはオルロフ副所長だった。待っていましたぞ、と彼は言い、ユゼフの片腕をつかみ、右手でユゼフの二の腕を嬉しそうに叩いた。これでわたしもほっと安心ができます。三人は向かい合って円形テーブルについた。オルロフは言った。ええ、セルゲイ修道士は、アハハ、死ぬる気配なんてありませんよ。ただ病であることはその通りだが、静養しだいでしょう。ところで、と彼は話題をそらした。ま、選挙の祝祭は終わりました。異論あれこれとは言っても、ここで馬を乗り換えるわけには行きませんよ。ナロードだって、そこは腹にいれています。欧米諸国がどう言おうと、彼らはわれわれロシア人の本心を理解できないでしょうね。そりゃ、分からないでしょう。歴史的にもわからないでしょう。河中で馬を換えず、というのはただたんに危ない渡河《とか》に際してよりよい馬に乗り換えれば合理的だというような考えではなく、我慢して渡るということでしょう。これはどこだってやっているんじゃありませんか。いま、われわれには目下、この馬しか、おらんのです。名馬とまでは言えないでしょうが、ここだけの話、馬はわれわれがつくるのです。だから時間がかかる。十年二十年はかかる。その間われわれは受難者となって我慢する。まあ、限度というものがあるが、まったく根治《こんじ》的にはいかなる機も内部から起こってはいないとみるべきでしょう。昨夏でしたか、さる道化者がモスクワ進軍をしましたよね、あんなもので内戦、内乱が起こるような情勢ではないのです。とどのつまり、民間契約兵たちの軍は政権と妥協して、進軍を中止した。わたしは去年まで大河オビの上流域の、そうです、クラスノヤルスクの監獄に奉職していましたが、いいですか、東ドンバスでの戦闘のためにと、なんとわれわれのところまで受刑者の募集にやって来て、脱法的ですが、しかし政府・ロシア軍との癒着でしょうね、法的に違法ではなく契約兵の募集を行った。その結果が、わたしどもの監獄から数十名が応募し、そのあと聞くところによるとろくな訓練もなされず、装備も不十分のまま最前線の捨て駒にされ、彼らは全員戦死したのです。いや、戦死というよりも、味方によって殺されたといってもいいでしょう。重犯罪者たちだから、まずは死して罪を償ったというような見方もあるでしょうが、しかしですよ、これは恐るべき事態です。いいですか、いかに古来、ろくでなしの悪党ごろつきのロシアといわれようとも、いかなる犯罪者もいったん刑に服しているのですから、カネと刑期をチャラにするという甘言に誘惑されて最前線に丸裸で砲弾銃弾の餌食にされるというのは、いかに、民間軍事会社の、そうですよ、ビジネスだといって、はいそうですかというわけにいかんでしょう。契約兵になった受刑者の中には一瞬甘い希望の火が点ったにせよ、いや、終身刑のまま獄中で死んでいくくらいなら、六か月間だけでも自由の娑婆である戦場に出て、一か八か、博打に賭けてみるか、というような心情もわからないではないが、われわれとしてはあのときは、煮えくりかえる思いでした。やれやれ、つい愚痴になりましたね。そこでですがね、わたしは今後、もしこのような事態が、わがアレクサンドロフスク監獄において発生するようなことなら、断固として阻止したいのです。それはレオーノフ所長の信念です。しかし退職後、新所長にどのような人物が着任するのか。問題はそこです。

ところで、とオルロフ副所長はふっと笑みを浮かべて言った。大事なことを言い忘れていました。ロシア連邦刑執行庁からたしかに正式の文書が届きました。聖像画家修道士セルゲイ・モロゾフは、禁錮刑三年の受刑期間においては、アレクサンドロフスクのエフエスベー支所長ユゼフ・ローザノフ少佐の管轄下におかれるものとする。ね、こういう明快なお達しです。執行庁の長官命令だとみてよろしいでしょう。正直言って、わたしはこのような事案は初めてのことです。実に驚きです。が、わたしは嬉しいです。実は、わたしは手をつくしてかのセルゲイ修道士関係を調べてみましたが、禁錮三年だなんて途方もないことです。イタリア書籍、それも世界になだたる、そうですよ、プーシキンと同時代のイタリア最大の詩人の本を隠し持ってロシアに再入国したという罪だというのですから、笑ってしまいます。時代錯誤にもほどがある。清廉潔白な芸術家にして修道士のどこが恐ろしいのでしょうか。しかし、いつの時代も恐ろしいもので、ひょっとしたら無意識裡に、言うなれば権力の下の実務機関において、彼のような人間がいるということ自体を恐怖しているのかも分かりませんね。

ユゼフはオルロフ副所長の饒舌を静かに聞いていた。オルロフ副所長は、はっと気がついて、おお、遅いですね、と時計を見た。ペーチャ・アッフマノフを呼びなさい。秘書が飛び出した。ペーチャが息せきってやってきた。おお、ペーチャ・アッフマノフ、きみは政治犯係だから、セルゲイ修道士にも気持ちが通じようではないか、すぐに行って、病棟の獄吏に言いなさい。ペーチャはユゼフたちがいるのに驚いた。ユゼフは軽く頷いた。ペーチャは駆け出して行った。地吹雪は音立てて、管理棟のこの執務室の窓に押し入ろうとしては後退した。副所長室にはペチカがあって石炭がくべられ、春のようにあたたかかった。サーシャ准尉は暇をもてあましてか、室内のあちこちをながめていた。自分もなにか一言発言したげだったので、ユゼフは促して言った。そうですか、それではやはりセルゲイ修道士はイタリア語が出来るわけですか。オルロフ副所長は笑った。もちろんじゃないかな。われわれがプーシキンを今日でも読めるように、聖像画家としてのセルゲイ修道士は、すらすらとは言えないまでも、読めるのだよ。無教養な連中にはそれがたまらないほど厭なのだろうね。ははは、逆恨みだね。イタリアルネサンスを嫌悪しているというべきかな。どうですか、ユゼフ少佐。ユゼフは言った。そうですね、イタリア文献所持ということで、そうですね、あそこはローマ教皇のカトリックの本山でもあるし、また、歴史的にファシズムの悲惨な経緯があるので、それらが無教養のあまり、短絡したのではないでしょうか。

いまユゼフはあれもこれもと思い出していた。机上にマンダリン色のシェードのランプがともっていた。サーシャはソファで眠り、イタリアの夢でもみているのだろう。若いということだ。元気になったセルゲイに、夏のダーチャでリュドミーラがイタリア語を教わるのを嫉妬する夢でも見ているのか。ユゼフは立ち上がり、窓辺に倚った。窓ガラスは吹雪の凍った雪ひらで何も見えない。ユゼフは指で霜花を削り取った。小さな闇の孔がのぞいた。地吹雪はドゥイカ川の河口に向かってもう一つ地上ではなく中空の川のように流れていたのだ。灯台の灯りがマッチ棒の火のように見えた。ユゼフはこの小さな闇のむこうにセルゲイ・モロゾフの顔を思い重ねた。この瞬間、ユゼフは胸の奥に名付けようのない悲しみと平安と、同時に神々しい光の淡い反射を見た。副所長室に大きなノックが二度あって、わが友セルゲイ・モロゾフの両脇を、ペーチャ・アッフマノフが右に、左には白衣の看護師、そして後ろに背をのばしたオットセイとでもいうような獄吏がひかえて、入室した。ユゼフは立ち上がった。砕氷船から下船して雪上車ひきのボートに二人で坐って疾走してから、もうすでに三月の下旬になってしまったのだ。セルゲイのことを一日とて忘れることはなかった。実際にユゼフの日々は実務の数々に忙殺されていた。モスクワとの連絡、あるいはシベリアの各地域からの報告と精査、それにひんぱんにここサハリン島の首都ユジノ・サハリンスクのエフエスベーからの諸問題が報告され、その調整にも忙殺されていた。そのなかで唯一の、そうとも、言うなれば、聖なる想念と言えば、セルゲイのことだったのだ。ユゼフたちの前に立ったセルゲイ・モロゾフはすでに冬の毛皮コートを羽織っていた。両肩に羽織っていて、まるで外套の方がセルゲイよりずっと重力があって、彼を小さくさせているように見えた。セルゲイは沈黙のまま、オルロフ副所長とそのとなりにいるユゼフ・ローザノフを見つめた。しかし、ユゼフかどうか認識していないかに見えた。ユゼフは大きな響く声で言った。セルゲイ、ぼくだ、ユゼフ・ローザノフだ、きょうからきみは、春の復活祭が来るまで、静養して、病をいやすのだ、おお、セルゲイ、分かるかい、ぼくだ、ユゼフだよ。背の高いセルゲイは大きな声に聴き覚えがあるとでもいうように、ユゼフをじっと澄んだ瞳で見た。そして、戯曲の、テクストのト書きのような数行があってのち、〈間〉と書かれているような間合いで、唇が少し動き、そのあと音節にならない母音が発せられた。セルゲイ、ぼくだよ、ユゼフだよ、ぼくはきみに奇蹟を待っているのだ、さあ、セリョージャ、この先はぼくとともにあるのだ、春までに復活しよう、そう言いユゼフは、涙をこらえかねた。オルロフ副所長は、おお、ジャルコ、かわいそうだ、と小声で言い、立ち上がり、政治犯係のペーチャ・アッフマノフに命じた。よろしい、少しでも早く、静養のためにその夏のダーチャにお連れし給え。サーシャは言った。はい、もう、ニヴフのザンギ老には連絡を入れました。もうそろそろ、車寄せに犬ぞりが到着していることでしょう。そう言って、セルゲイの脇を通り廊下を駆け出した。オルロフ副所長は白衣の病棟獄吏に聞いた。で、だいじょうぶなのかね。はい、だいじょうぶです。声は出せないですが、すべて分かっているものと思います。いまはひどく緊張しています。転地療法は効果的です。おお、そうでないと意味がない。で、セルゲイ修道士の毛皮コートは、どうしたのかね。中央監獄からの貸与かね。いいえ、こちらの賢いペーチャの手配です。訊かれたペーチャは満面の笑みを浮かべて言った。余分にあるのものですから、半年間の賃貸とさせていただきました。買うとなると、大変です。冬をしのげばいいだけです。貸し料は、そうですね、管轄者のユゼフ・ローザノフ、つまり、エフエスベー支所の費えとさせていただければ、申し分ありません。オルロフ副所長は大きな声で言った。ペーチャ、なかなかやるじゃないか。ユゼフはペーチャに頷いた。セルゲイはだまって聞きながら、それらが聞こえているのかどうか、上の空のようでありながら、まるで静かな風が、春風がそこに姿になって佇んでいるみたいになって、とても遠い所へ心を運んでいるようにみえた。すっかり痩せ細っていた。顔もまた痩せて見えるが、それもまたユゼフには本来のセルゲイの骨相に思われた。サーシャが靴音をカッカと鳴らして戻って来た。ザンギ老の犬ぞりが着きました。ユゼフはオルロフ副所長に説明した。すでにドゥイカ川の岸辺まで、車を出したのですが、猛吹雪で、車で渡河するのは危険だと判断したのです。ニヴフのザンギ老なら犬ぞりで、セルゲイ・モロゾフを無事に届けられます。オルロフ副所長は言った。砕氷船で囚人たちが移送されてきたときの、犬ぞりのアレクシー・ザンギだね。おお、知っている。さあ、行きましょう。サーシャが声をかけた。そしてセルゲイ・モロゾフに寄り添った。吹雪は廊下の隙間にも狼藉をもたらしていたが、いくぶん勢力が弱っているらしかった。すると、セルゲイ自身がみなの先頭になってゆっくりと歩き出していた。門番係が大きな重々しい玄関のドアを押すと、吹雪が雪煙をもたらした。玄関の車寄せの前に、ザンギ老の犬ぞりが待っていた。ザンギ老は雪にまみれた犬たちをなだめてのち、こちらに小走りになった。そして、先頭のセルゲイを、どうぞ、修道士セルゲイ殿、こちらです、と声をかけたが、おお、セルゲイは犬ぞりには注意を払わず、そのまま、フェルトの深いオーバーシューズのゆっくりした歩みで吹雪の中に立ち、まるでそのまま中庭から出て行くように見えた。彼のまわりで吹雪が渦巻いた。ユゼフは後方からセルゲイを見た。この瞬間ユゼフは自分の両眼に涙があふれて視界がうるんで見えなくなった。

ユゼフは吹雪の切れ間にセルゲイの神々しい姿を見つめ、そしてこちらに向かってふりむいて歩きだしてくるその姿がだんだん大きくなるのを感じた。思わずユゼフは、スヴィヤトーイ、という言葉を声に出したのだった。聖なる、という意味だったが、それは神によって恵まれた存在の神々しさであったか、気高さであったか、白く覆い隠そうといくら吹雪がもがいても、その神々しさにはかなわないのだ。そうとも、聖なるかな、という〈スヴィヤトーイ〉とは、まちがいなく、〈スヴィエト〉、つまり、光という言葉が根源ではないのか。

と同時にユゼフは、おお、おお、と大きな悲しみに打たれた。そして思った。つい一年そこそこの過去のことなのに、ウラルで出会ったときのセルゲイではもはやないのだ。あのときのセルゲイは、太陽の光のような動であったではないか。あの動の輝きはもはやない。そのかわりに、神々しい静けさだ、その静けさには、世界すべての喜びと悲しみの一切が埋葬されているのではないか。悲しみの一切を、挽き臼で挽きに挽いて、粉々にして、この雪の結晶のかたちにして輝かせているのではないのか。そうとも、ぼくらは終わったのだ。いや、終わったのはぼくらの青春だった。いかな時代にあっても、その歴史にあっても、かならず青春は終わる。だとすれば、われわれは、白い聖なるセルゲイよ、いまもういちど、太陽の焔のような青春の後始末を、戦争の後始末の如くに、どうすべきなのか。もう一度、生き直すことが可能なのか。

吹雪のなかを砕氷船の舳先のようにセルゲイは戻って来た。ザンギ老の犬ぞりの犬たちが優しく一斉に吠えた。先頭犬は小ぶりながら黒犬だった。ペーチャもサーシャも、そしてユゼフも吹雪の中で、ザンギ老の犬ぞりを取り囲んだ。セルゲイは矩形の犬橇に坐った。セルゲイは黙ってうしろを見上げて振り返り、ユゼフと眼を合わせた。セルゲイの眼には涙があった。セルゲイの後ろに、犬を操るザンギ老が滑り木の金属に足をかけて立った。ザンギ老の声が飛んだ。ニヴフの言葉に違いない。犬ぞりはまっしぐらに走りだした。

3

そしてユゼフは眠りに落ちた。幸せな眠りは深く、どんなに短くても目覚めるときに時がなかったとでもいうように感じるが、ユゼフの眠りは音の聞こえない吹雪のようだった。ソファはサーシャが眠っていたので、ユゼフは奥の調査室にあるアームチェアに深く腰をおとしてそのまま揺られながら眠りに落ちたのだった。その浅い早い流れの夢のなかで、彼は吹雪から逃れて洞窟の中に逃げ込んでいた。それはタタール海峡のデ・カストリの小さな曲がった砂州のような入り江を対岸に、指呼の間にみるような懸崖にある洞窟だった。いつの時代かオホーツク人たちが海獣漁に来てひと夏暮らしたとでもいうような洞窟だった。洞窟の入り口からは絵のように吹雪の舞いが見えた。その洞窟の中にはロウソクの灯りが常夜灯のようにともされ、おそらく、吹雪の彼方からの入り江からは小さな灯台のように灯りが見えるのに違いなかった。デ・カストリの凍港に赤い船体の砕氷船が停船していた。ユゼフは、あのサマーリン老船長の砕氷船がどうしてまだデ・カストリで停船しているのかと訝《いぶか》しんだ。いや、このタタール海峡は恐ろしい吹雪なのだ。ユゼフは洞窟の壁龕《へきがん》におかれたロウソクの明かりのもとで大急ぎで手紙を書き始めたのだ。彼は肩掛けの将校鞄から用紙をとりだし、鞣革鞄《なめしがわ》を膝に乗せて書きだしていた。いったいあなたは何を書いているのですかとでもいうように入り口から吹雪が曲がって入ってくるが、ここまでは届かなかった。書きながら彼は泣きじゃくっているように洞窟に影が動いていた。腕の仕草が、肘の角度が洞窟の凹凸の岩に折れてうごいた。三月は終わったのだ。そして四月が来る。わたしは冬の終わりに入るのだ。春の始まりに向かって待っているのだ。しかし、わたしの青春はここで終わったのだ。すべての後悔が、自分がどうにかしてもどうにもしてあげられなかった人々の顔が、すべての無念さが、すべての無力さが、すべての罪深さが洞窟の闇に、ロウソクの炎によってゆらめきながらユゼフのまわりで、いや、非難するのではなくただただ悲しみのいっさいによって小さな渦の流れになって巡っているのだった。幾つもの野辺送りの人々が過ぎていった。そのなかに棺を支える自分の姿もあった。ユゼフは三月の猛吹雪に泣きじゃくっていた。偏頭痛によって眼窩が太陽の黒点のように見え出し、目が半分見えなくなった。ユゼフは闇の洞窟の中で眼を閉じた。眼を閉じると、自分自身がもう一つの洞窟になった。洞窟の中で、わたしの青春は終わったのだ、という自分の声が、すすり泣きが、土砂降りの雨のようにひびきだした。思わず知らず彼は、神よ、という言葉にすがった。この先わたしはどうすればいいのでしょうか。何を為すべきなのか。何を好きだと見なせばいいのですか。ユゼフは用紙に鉛筆を走らせていた。もちろん彼は、彼自身の家系の人々がどのような若さでみなこの世を去ったかを知らないではなかった。自分でも四十歳がこの世の限りだと思わざるを得ない家系だったのだ。もう自分には時が無い。残された時はほんの少しだ。その時間で、残された使命と人としての責任のすべてを行わなければならないのだ。洞窟の口を巧みに突破した吹雪の先兵たちが襲ってきたが、彼に届くまえに雪ひらも風も落ちた。すべての後悔によってユゼフの心は打ちひしがれ、声も出せずに泣きじゃくっていた。

気が付くと彼は、ここが夢の中だとはっきりと理解していながら、夢の中で、ヴァレリー修道士に手紙を書いていたのだった。返信は遅れに遅れていて、もしや、ヴァレリー修道士はこの三月に倒れているのではあるまいか、いや、あの方のことだから、そんなことはあるまい。わたしはとにかくセルゲイ・モロゾフの消息を伝えなければならない。

親愛なヴァレリー修道士、ついにわたしはセルゲイに会い得ました、彼は生きています。生きています。砕氷船《ニネリ》号で、わたしのアレクサンドロフスクに移送されてきました。これは奇跡です。しかし、彼はひとことも言葉を発することができません。しかし、すべてを理解しています。シベリアの監獄のたらい回しによって、どのような薬物を投与されたかいまは判明させられませんが、かならずわたしは彼を救い出します。だってそうじゃありませんか、わたしたちはこの時代の双生児ではないでしょうか。そしてその双生児の、同じ時代の青春は間違いなく終焉したのです。では、その終焉のあとをわたしたちは、もし命が残されているとしたら、いったいどのように生きるべきなのでしょうか。わたしは最後の友として、セルゲイとともに在ることを選びます。彼の言葉が失われてしまうならば、当然のことながらわたしもすすんで言葉を失い、そのなかで生きることをよしとします。もちろん、わたしは、それはセルゲイも同様ですが、三十年そこそこの短い歳月の歴史、いや歴史などと言えるものではないにしても、可能なすべてを、自分なりに、限界を知りながら成就してきたつもりでしたが、その結果は無惨そのものであったかも分かりません。蟷螂《とうろう》の斧、といったところでしょう。いいですか、敬愛なるわたしのヴァレリー修道士、わたしの家系の男子はほぼ四十を境にして、みな旅立っているので、わたしにもまた残り時間があるとは言えないのです、これはまるで古代ロシアで、占い師から脅かされているようなものですが、この迷信をわたしは否定しません。それほどにわたしの家系には罪深さが累積されているようです。滅ぶべくして滅んでもしかるべき家系の農奴制時代からのつけとでもいうべきものとわたしは妄想しています。わたしは、いまわたしの三十代の最後の日々に、思い返してみていかなるまことの喜びも覚えずに、ただひたすら先へ先へと疾走してきたのです。まるで祖先の精神的負債から逃げるようにですが、そしていま、つい今夕に、無事にセルゲイ・モロゾフをわたしの管轄下に救い出せて、やっとわたしはまるで自分自身をも救い出したように思ったのです。わたしがこれまで行ったどのような善悪の行為よりも、もっとも真の愛にふさわしい行いを成就できたように思うのです。わが心のヴァレリー修道士、あなたもご存じのように、わたしはこのロシアで悪名高い権力構造の裏方、闇の権力の悪霊の巣であるところのエフエスベーの有能な若い世代の能吏として青春のすべてを、もちろん、子供時代を除いてですが、青春のすべての価値を権力構造の幻影にささげてきたのですが、ペルミのあなたたちとの出会いが、そのわたしの幻影の虚妄を目覚めさせてくれたのです。あのときのセルゲイの途方もない自由と明朗さの精神によってです。

いいえ、普通に言うところの、彼にあらわれる敬神によってではありません。彼の、イコン創造への尽きない探求心において、わたしは目覚めさせられたのです。いいですか、わがヴァレリー修道士、わたしはあの権力構造におけるキャリアの昇進においては少しの不安もなかったのですが、それがセルゲイとの出会いによって、それもただ一、二度に過ぎない語らいによって、わたしの青春の一切が虚妄であったことを知らされたのです。セルゲイに、あなたにもし出会っていなければ、わたしはこの世の、ただただ現実のみしかこの地上には存在しないとする人々の権力欲望、その闘争の中で、動物としてのみ生きることになったでしょう。わたしが突然、エフエスベーを辞して愛国の義勇兵に身を投じた動機についてはは真実をまたの機会に話すことができると思いますが、そのことでわたしは真の戦争の現場にたって、死を実際に経験し、権力の発する言葉のすべての虚妄と虚偽を知ったのです。そして奇跡的に生き延びてのち、わたしはふたたび元の古巣に、昇進して復職したのですが、その結果が、わたしのいまの、このサハリン島最北のアレクサンドロフスクにおける、未来を想定したオホーツク海における戦略的調査なのです。しかし、わたしはこれをどのように可能とするか、権力の側から考えれば、問題は決して困難ではありませんが、しかし、わたしはすでにこれをも懐疑しています。チェーホフが絶えず、《未来》を思いながら、あの時代にしかできなかったことを、作品として書いたのですが、あの《未来》はただ夢のような心の思いに過ぎなかったとしても、それは世界支配の国家的権力問題の醜悪とは似ても似つかない、清らかな反措定であって、それは人間が人間である限り、真実を失うことはないのですね。だって、わたしたちは野のユリの花を見ただけで、生きる希望を持つのですから。ですから、いま、わたしはこのわたしの青春の終わりを、この地で、あと一年、いや三年になるかどうか、セルゲイとともにいることで、たんに青春の終わりではない、新しい青春の《ヴァヴラジェーニエ》、そう、イマジネーションをこの世界にもたらしたいのです。いいですか、どんなに現代が長生きになったといわれるにしても、神は、自然は、わたしたちをそのように創り出したのではないでしょう。ことに、われわれロシアの大地の人々は、心ならずも生き急ぐ運命にあるのです。そして善悪のすべてを行いつつ、しかし最後には、懺悔《ざんげ》して、はにかみながらとでもいうように、自分の名に呼びかえて、自裁するのです。もちろん、どうしてわたしが自裁などすることがあるでしょうか、わたしたちは生きて生きて最後まで生きて、自然から生まれた者として、歴史の中で、いや、大きな強い歴史の中ではなく、小さく弱い歴史の中で、後のひとびとの中の物語という歴史のなかで、その野に咲き乱れる花のように死ぬのです。それでいいじゃありませんか。どうして、古代のローマ皇帝や英雄に化身する必要があるでしょうか。わたしの青春の終わりは、セルゲイの青春の終わりに重ねられ、二乗されるのです。

ああ、愛するヴァレリー修道士、わたしはこの手紙を夢の中で、たしかにこのチビた鉛筆で書いているのが分かっているのですが、目が覚めたときに、はたしてこの手紙はいったいどこに残っていることになるでしょうか。

追伸です。親愛なヴァレリー修道士、あなたの手紙でダーシャ・イズマイロヴァの移住についてしっかりと分かりました。四月になったら、わたしは州都ユジノ・サハリンスクまで重要な懸案で行く予定です。わたしはダーシャ・イズマイロヴァに会います。

三十代最後の日に……

ユゼフ・ローザノフ

4

ユゼフは四月初めの仕事に忙殺され始めた。一昨日に見たはずの夢のなかでヴァレリー修道士に長い手紙を書き、あまつさえ二人で語りあっていたことなど、すっかり忘れ果てていたが、今朝、アパルトマンを出る際に、小さな聖像画を見上げた瞬間に、夢の手紙のどこかの一行を詩の一行のようにはっと思い出した。聖像画は大事にしてここまで携えてきたセルゲイ・モロゾフの制作だった。もちろん、二人がペルミで語らったときの記念にセルゲイから贈られたものだ。セルゲイは心なしかはにかんでいた。ええ、習作以前と言ってもいいのですが、自分ではしかしここに何かしら今この時にしか描けない真実があるように思っています。でも、いったいぼくはだれに向かってこれを捧げるつもりで描いたのかさっぱり分かっていないのです。セルゲイはそう言った。一見して、アンドレイ・ルブリョーフの《トローイッツァ》に似通っていたが、しかし、構図は同じでも何かが奇妙に異なっていた。ルブリョーフの平安な静謐の色彩の音楽が聞こえなかったのだ。今、出がけにセルゲイだけの三位一体の天使像を見上げてユゼフは思った。土台、古代中世ロシアのルブリョーフとは生きる時代があまりにも違い過ぎるのだ。今この現代の如き、超資本主義の悪食の世界とくらべると、いかに血まみれで残忍窮まる古代中世であるとはいえ、ルブリョーフたちの聖像画家たちの祈りがまるで異なるのだ。こちらでは、血と恐怖、死を乗り越えようとする人間の悲しみが、抽象的な記号によって見えなくさせられているのだ。凍り付いたようなドアの把手をつかみ、ユゼフは思いがけず、《オト・クロヴェーニエ》だ、と声に出し、まだマイナスの七度ばかりの通りに出た。そうだ、これが《啓示》という言葉だ。あるいは《天啓》と言ってもいい。つまり、覆いをはぎとる、ということだ。おお、ルブリョーフの時代のロシア古代中世人にとっては、この《オト・クロヴェーニエ》によって生きられたのだ。しかし、いまのわれわれは、記号によってすべて覆われていて、本体が見えなくされているのだ。ユゼフは毛皮外套に身をつつみ、部厚いミトンを手にはめ、支所に向かっていつもの通りを黙々と歩いた。教会が見え出したとき、もうあのカフェ《カンダルィ》が開店して煙突から黙々と石炭ストーブの煙をあげているのが見えたのだ。凍てつく寒気であればこそ、風が行く手からおりてくるので、珈琲や紅茶の濃い匂いが鼻腔に遠くから運ばれてきた。ユゼフは時計を見た。まだ充分な時間がある。ユゼフは馥郁として、すこし焦げたような匂いに誘惑され、カフェの看板前で立ち止まり、ドアを開けた。入口横の空き地に馬橇がとめてあった。馬は一頭だけで、馬衣をかけられてじっと立って眠っているようだった。直ぐにユゼフは、ザンギ老たちが朝一番で集まっているのだと思った。ユゼフは多忙で、あの後セルゲイがどうしているのか、ドゥイカ川を渡って訪ねる余裕がなかったのだ。ユゼフは急いで飛び込んだ。通りにはもう人々が朝の忙しさで仕事に向かって急いでいた。車もエンジン音を立てて行き交い始めていた。決して生き生きと喜びに満ちて急いでいるわけでないのはすぐにわかるが、そのうちに、日々の変哲もないような繰り返しの日常の細部が、次第しだいに、喜びをつくり出すはずだったのだ。

飛び込んだユゼフ・ローザノフを奥の洞窟部屋から発見したザンギ老が、歌うような掛声を発して、駆け寄って来た。二人は席についた。でっぷりと肥えてまるで処刑獄吏のような体躯の店主が、おお、おお、と笑みをたたえてやって来て注文を聞いた。ザンギ老が、彼をポリャドキンと呼び捨てにして、さあ、急ぎなさい、ユゼフ少佐に、濃いのを、いや、珈琲でよろしい、あんたの出がらしのような紅茶では礼を失するからね。店主はやはりにっこり笑って、クフニャに引き返した。奥の洞窟席ではもう数人が、仕事があるのかないのか、集まって談義に夢中のようだった。ユゼフは握手するザンギ老に一昨日の礼を述べ、窓際の席で向かいあった。犬ぞりじゃなかったんですね、とユゼフは言った。まさか、こんな日にわざわざ犬ぞりは走らせない。馬橇に便乗させてもらってね。早々と珈琲が来た。ザンギ老はポリャドキンに奥から自分の紅茶茶碗を運ばせた。

ユゼフは時計をもう一度確かめてから言った。で、アレクシー・ザンギ、セルゲイの様子はどうですか。大過ありませんでしたか。ザンギ老はぎゅっと親指を立て、次に、ぐっとVサインを見せた。ユゼフは言った。おお、よかった。申し訳ないが、どうか手短に、話してください。気に入っていましたか、あの夏のダーチャが。そうそう、砕氷船型のダーチャでしたね。

ザンギ老は話し出した。はい、あの猛吹雪の中、わたしの犬たちは賢いものばかり、何の苦も無く無事につきましてね。砕氷船型ダーチャにお連れいたしました。なあに、わだくしの愛孫のミーレチカが万端整えて、ダーチャはばんばんペチカを焚いて、ぬくいくらいにしておいてくれましてね。それに夜食も用意してです。いや、真に不思議な印象の客人でした。わだくしも実に多くのロシア人その他に出会うておるけれども、かような印象、雰囲気の方は初めてですな。なんというか、実に淡い、淡いのでがんす。つまり、空気みたいな、いや、見えない風みたいにですね、それでいてあの上背のしっかりとした体格が、ふむ、随分痩せているけれど、まんず、食べさえすれば元に戻る。わたしらにはとっておきのぷよぷよした脂身が保存してあります。ニヴフの妙薬とでもいいましょうか。これを摂取しなさるとエネルギアがじわじわと出てきますぞ。ふむ、淡い光がまわりにぼうとかぶさっています。しかし、何にしても、言葉が出ないのにはちょっと困りますな。神経がやられているのでしょうかね。しかしながら、接しているうちに、セルゲイ・モロゾフ修道士は、われわれの言う事がみんな分かっているのだと感じられるのです。ただ、声を大きくして話すとですがね。わだくしはこのような年ですから、この世の喜びは、奇蹟のような人に出会うのが何よりもの喜びでありますよ。ふむ、故郷を思い出させてくれるとでもいうのでしょうか、いや、これは一知半解ではあるんだが、福音書的にですな、なんだかこう、野のユリの花を思い出させてくれるとでもいうような。ふむ、特徴的際立った特徴とか、ハラクチェルみたいなもんじゃあなくてですね、そう、風情ですよ、趣きですな。むかしのロシア人が持っていたようななんとも寛大な慈《めぐ》みやかな、そして心が、そうですな、夏の朝に沐浴する川の水のような、さあ、どうです？　わたしは惚れ込んでしまいました。ミーレチカはもう喜びに輝いています。お世話したがるので、出すぎんように注意しているところです。ああいう方は、聖像画家でもあり信仰者でもあるのですからね。

　ユゼフは濃い珈琲を小さいカップから飲み終えた。で、尊敬するアレクシーさん、なにか気になる点はありませんでしたか。ザンギ老は、ふむ、とうなってから言った。そうそう、昨日は晴れ上がって、まるで春がひと月早くやってきたようだったですが、ミーレチカの話では、あの広い窓辺に椅子をよせて、飽きることもなく何時間も、ミーレチカがお茶をとどけに二階にあがったときまで、タタール海峡を見つめていたそうです。で、一言も言葉を発しない。え、あそこから何が見えるかですって。もちろん氷海だけです。まあ、四月の中頃になれば動きだすのでしょうがね。ギシギシと轟音やら歯ぎしりやら我勝ちの闘争本能やら、氷塊が割れて砕けて互いにのしかかり、敗者は沈没してそのさきで浮かび上がりしてですな。しかし、いまどきはひたひたとした氷海の平原です。それで、分かったとミーレチカが言っていましたが、あれはわたしに似て賢いですから、察しがついたのでございます。つまり、ほら、あの三兄弟の岩《トリ・ブラータ》があるじゃないですか、セルゲイ・モロゾフさんは、あれを何時間もじっと見つめて飽きないでいるという次第です。で、ついわたしとしては、発見できたのです。いいですか、ユゼフ少佐、セルゲイ修道士はあの三兄弟の岩を見ながら、何事かを考えているのではないでしょうか。いや、これは、ひょっとしたら、あの自然の三兄弟の岩を、ほれ、トローイッツァの三位一体、父なる神と子と聖霊の似姿に見ているのではあるまいかと。で、わたしは根が卑しきところがありますからね、五月五日の復活祭までの滞留中に、もし可能ならば、紙でも板切れでもいいので、あの三兄弟の岩を、《トローイッツァ》となしたような聖像画の一枚を、せめてデッサンなりともいただきたいというような卑しい思いを抱いた次第です。ダーチャの借料も賄代金もいりません。

ユゼフはさすがにもう時間だった。店主のポリャドキンが来た。支払いを済ませてザンギ老に礼を言った。とても嬉しいです。セルゲイの言葉の方は、失語症ではないらしいそうで、だとすれば言語障害の神経ですが、これとても自然の力、内なる力と外なる力によって、お任せする他なく、わたしはすこしも絶望していません。治るときは治る。奇跡があることを、わたしは信じていますよ。だってそうじゃありませんか、奇蹟は、百分の一秒のスキをついて、成就するのです。そのような希望を抱くことが、つまり人間ではないでしょうか。今朝は急ぎますが、近くあなたの砕氷船型ダーチャを訪ねます。セルゲイと一緒に、三兄弟の岩を窓から何時間でも一緒に眺めていたいものです。ついでですが、アレクシー・ザンギさん、あなたには別件でぜひともお願いしたいことがあります。それについても近くお会いできる折に。

ユゼフはザンギ老と別れ、通りに出て、埠頭に通じる四辻で、早朝の労務に行く囚人の隊列に出会った。工具をかついだ三十人くらいだった。銃を肩にした護送の警備兵たちは寒さ凌ぎに両腕で自分の体を叩いていた。十字路に立ち止まると先頭の護送兵が音頭をとって、《ロシア国歌》を歌い始めた。声は最初おずおずと、次第に声が大きくなり、一つになり、あたりに響きわたった。思わずユゼフ少佐は虚を突かれた。歌は二番目の歌詞に移った。南の海から極地の果てまで我らの森と野は広がった　汝はこの世で唯一のもの！　神に守護された母なる大地よ！　ユゼフの心身が戦慄した。しかしどうしてここが神から守られた祖国でありえようか。しかし紛れもなく祖国でなくてはならないのだ。懐かしい故郷でなくてはならないのだ。されどいまわれわれはその故郷に本当に似ているだろうか。彼が通り過ぎて河口へと向かって行くと、次に、少数の隊列とも言われない囚人の列がやって来た。ユゼフはその先頭に、中央監獄の政治犯警護のペーチャ・アッフマノフの顔を見分けた。総勢十二名だった。ユゼフは通りのこちら側で彼らを見た。アッフマノフは目ざとくユゼフを認めて、挙手をしつつ、大きな声で、おはようございます、ユゼフ・ローザノフ少佐！　と叫んだ。先頭にいた囚人の一人がユゼフを見た。そして思わず手を振った。おお、とユゼフは思った。まちがいなく、あのゴーシャ・カザンスキーだったからだ。彼らはペーチャ・アッフマノフの号令で、まるで自分たちはこれしか持ち歌が無いとでも言わんばかりに、《カチューシャ》の陽気な恋歌を歌いだした。通行人の太った小母さんや婦人たちが白い息を吐きながら、カチューシャの歌に唱和した。神に守られたわが祖国の大地も結構だが、一人一人個人のレベルの恋人を思う歌謡の方が心に優しかった。十二名の政治犯囚人たちは腕に赤い切れをつけていた。晴れ上がった日が始まった。教会の鐘はとっくに鳴り止んでいた。

5

ユゼフは執務室に入った。小さな所帯とはいえ隣室のフロアは広く、すでにゲンリフ・エリシュユヴィリ大尉、サーシャ・ドブジンスキ准尉、それに秘書のラウラ・ヴェンヤミノヴァ、それに昨日着任したばかりの少尉ロジオン・ロマンが仕事にかかるところで、午前の紅茶を喫しながら談話していた。ロジオンはすぐにロージャと愛称で呼ばれ、強面《こわもて》にかかわらず社交的だった。ユゼフ・ローザノフは彼らに朝の挨拶を交わした。サーシャは、で、どうでしたか、とセルゲイの様子を聞いた。ユゼフはザンギ老から今朝訊いたばかりの情報を知らせた。正解だったように思うがね。なるほど、窓からね、三兄弟の岩を眺めているとは。はて、ここの窓から彼らが見えたのでしたか。サーシャは紅茶カップを手にしたまま窓辺に倚った。窓ガラスは吹雪のあとの汚れで縞模様がついていた。おお、見えます。あんなでしたかね？ロジオンも窓に来て見晴るかした。氷海だとなんだか小人じみて見えますね。岩の子供みたいな。可愛いおとぎ話。いいですか、もうじきに海明けになったなら、あなただってびっくりするでしょう。はい、わたしは空路で着任したので、まるで気が付きませんでした。そこへ、ゲンリフ大尉がデスクについたままで言った。それにしても、ユゼフ少佐、われわれの所帯はなんという家族でしょう。だって、みな出自がまちまち。多民族そのもの。わたしは、グルジア、つまりジョージア、サーシャ、きみはたしかカザークの末裔、ロジオン・ロマンはラテン系だね、そして、ラウラさんは、ドイツ系ユダヤです。まことのロシア人だなんてどこにいるんでしょうか。いや、わたしの言いたいことは、これがわれわれの歴史の収穫だということです。スラブ民族だ、そのうちのロシア民族だ、ウクライナ民族だ、などなどなんて一口に言うけれど、それはあやしい。捏造、虚構ではありませんか。ユゼフ・ローザノフ少佐は、はて、まことのロシア人ですか。ユゼフは濃い口ひげのエリシュヴィリに笑った。それはそうだ、わたしは、ここだけの話だが、暇になったら、ポクロフスカヤ教会の《メトリカ》つまり信者出生戸籍簿を調べてみたいと思っている。ということは、このアレクサンドロフスクに深い縁があるということですね。もちろんです。革命時代の、ふむ、白衛軍の流れですね。まあ、そのようなことでもある。しかし、ここで、みなは残念ながらと言うべきか、喜ぶべきことか、血脈のかかわりなく、ロシア正教徒でしたね。教会にはほとんどいきませんがね。教会の髯もじゃの大男の司祭たちが嫌いです。そこへ、コンプーテルに向かっていたラウラ・ヴェンヤミノヴァが加わった。わが家はプロテスタントのルター派でしたが、わたしはこちらに来て、どういうわけか正教徒になりました。全然意識的ではなく自然にそうなったのです。とても自然に近いという気持ちがあってです。でも、特別に信仰が深いわけでもないです。でも、惹かれます。

紅茶を一杯喫して、こんな話題の後、みなは各自の仕事に戻った。ユゼフは執務室で、ふっと自分も窓辺に立って行った。凍りついた白い眼下を眺望すると、今まで思ってもみなかった幻像が浮かんで見えた。ここの丘の高台からは低地の谷間にドゥイカ川の河口部の大きな腰部のような蛇行部まで、点々と三角屋根の木造の大小さまざまな小屋が向きもまちまちに無秩序にちらばっていて、こちらの右岸の岸辺には小さい丸太造りの正教会が立ち、そのそばに工場らしい上屋根が大きく続いているのだった。左岸の入り江には河岸段丘の丘がせり出し、その裾に海がひろがり、そのすぐ先に三兄弟の岩が左から右へ順次小さくなって三つの三角形の帽子のような岩頂が突き出している。波は激しい流れだった。ユゼフは窓の外に、チェーホフ上陸のときの光景を、いまこの氷海に重ね見ているような気がした。ふむ、とユゼフは思った。ここの人口が九千人余りだとして、二百年余も過ぎるということは、とユゼフは目をこらした。三兄弟の岩礁は子供らがこしらえた氷の雪人形のようだった。生きているのではなく、海の波を知らずにたっぷりと冬眠しているのだ。ただ、風だけはわずかに季節の移ろいを感じさせているのだ。眼下の低地はそれなりに古い木造家屋の横丁を残しながらも現代の建築による市街が構成され、色彩も、黝《くろ》ずんではいるが虹色の色彩がまざっていた。ユゼフは思った。今日はあのあたりで、あの十二人の若い政治犯受刑者が労務作業をしているのだろう。水洗トイレの不具合の穴掘りとか、人家の雪除けとか、道路の確保とか。まあ、休憩には寛大な住民の家に入れてもらって、お茶ぐらいの饗応にめぐまれるだろう。歴史の過去をうけついでいるとすれば、当然の相互扶助といったところだ。孤独な獄房で政治観念にのめり込むばかりでは体が持つまい。強い労働で鍛え上げられてこその思索ではあるまいか。差し入れの書物も、監獄図書の本もいいが、それだけでは数年、持つまいじゃないか。きみたちにはまだ数十年の先の未来が待っているのだ。

ユゼフはデスクに戻った。セルゲイからはどのようにあの小さな三兄弟の岩が見えているのだろうか。仕事の整理にとりかかったところへ、ノックの音が大きく聞こえると直ちにゲンリフがやって来た。二人は窓際のソファに向かいあって腰かけた。彼は言った。秘密裡ですが調査したところでは、国防軍と、もちろんモスクワですがね、ここサハリン州の中央監獄の囚人受刑者の契約兵応募については、何らか取引があるにしても、われわれとしては決してそのようなことが起こらないように、レオーノフ監獄所長には言っておかなければなりません、副所長のほうは大丈夫です。それでなくとも第一次動員で本島の貧しい連中が、若いのがごっそりと持っていかれ、最前線でずいぶん死んだ。辺境州なら殺してなんぼのものと思っているのです。ユゼフは言った。分かっています。一人も契約兵の応募はさせない。で、受刑者執行庁の上部とはよく連絡がついているのかな。ゲンリフは言った。はい。シベリア調査の際に、連絡を密にとって、いい方向になっています。そうでしたか、とユゼフは言った。執行庁というのは、ロシア連邦の各地方に点在する監獄の監督を行う機関だった。ユゼフは訊ねた。で、ゲンリフ大尉、例の移送されて来た十二人の政治犯だが、禁錮刑五年、七年、四年などなど、あれはもう少し検討して、執行庁に具申できるのではないだろうか。はい、ユゼフ少佐、わたしも同意見です。彼らはわたしも調書を熟読しましたが、れっきとした冤罪です、見せしめの流刑です。これは執行庁で再考できる案件です。分かった、とユゼフは言った。要するに民間傭兵会社と軍との癒着だが、これがわれわれのアレクサンドロフスクを狙い撃ちにされてはたまったものじゃない。問題はこの夏場にかかわる。即時停戦はあり得ない。古代中世ロシアの大公たちのように両者相見《あいまみ》えて抱擁しあうような時代ではない。ゲンリフ大尉は言った。いいですか、この我が国に、いくら資本主義に屈したからといって、民間傭兵会社が政商として幅をきかせているなど、もってのほかでしょう。国防軍が正規軍で堂々と戦うべきでしょう。さらにゲンリフは提案した。あの十二名を個別に面談してはいかがですか。レオーノフ所長の許可は簡単ですよ。あの若い、そうです、わたしと同じ世代の彼らをこの極北で禁錮五年だの七年だのと、とんでもないことです。それにしても、あの聖像画家セルゲイ・モロゾフの処遇が、あなたの管轄下に一任されたという事実には、奇蹟のように思われました。いったい、どこからでしょうね。ユゼフは言った。そう、それがわたしにも見当がつかない。最高検察庁からなのか、それとも教会筋からなのか、しかし、シベリア獄をたらい回しにし、薬物中毒にして、最後はアレクサンドロフスクに流してよこすとはね。でも、わたしにとってはすばらしい神からの贈り物だったと思っている。ゲンリフは言った、はい、わたしも感銘しています。修道士セルゲイ・モロゾフがあなたの心の友であったと知って、この悪党ロシアもまんざらすてたものじゃないと思いました。あはは、天下のエフエスベーの吏員にして、このような言説はここだから言えるようなものですがね。ユゼフは少し遠い眼差しになった。

それから、思い出したようにユゼフは言った。そう、ペルミ時代にわたしはあるサロンで偶然そのときセルゲイ修道士に出会った。あれは、彼を拘束しに教会の宿坊に行き、その拘束が間違いであったと判明したあと、わたしが私淑している上官が開いている月例サロンで、ばったりとセルゲイに再び会った。その夜は、語りあかした。だから、実際に会ったのは二度だけだった。それがわたしの人生というか、運命を変えた。ゲンリフ大尉は言った。はい、知っていますよ。おやおや、さすがにガーリャは調査魔だね。はい、それほどではありません。蛇の道は蛇ですからね。ユゼフはさらに言った。そこでね、わたしは一つちいさなサロンを思いついたのだ。セルゲイ・モロゾフを囲むサロンだ。知っての通り、彼はいまなお言語機能を失っているが、市中央病院の精神科医のロザリア・ユーリエヴァの見立てだと、回復可能だというのだ。

ブラボー！　とゲンリフ大尉が飛び上って叫んだ。その声にサーシャがドアから顔を出した。いいですか、と言ってソファに掛けた。ゲンリフはさらに言った。サロンだ、サロンだ！　で、名前をどうしますか、そうとも、いいじゃないですか、サロン《三兄弟の岩》なんて素敵だ！　実にシンボリックだ。力強い。ロシア的だ。ユゼフは言った。任せます。わたしも賛成だ。サーシャは何がどうか分からなかったらしいが、賛成です、三兄弟、いいじゃないですか。で、何をするのですか。その間にただちに意気込んでゲンリフ大尉が執務室を歩き回りながら言った。いいですか、われわれは人口一万足らずのこのサハリン島最北の都市で、人は明らかに口に出さずとも、われわれ少数を恐るべきエフエスベーの手先くらいに思って、おびえている。こんなでは本来の任務が果たせない。常日頃、わたしはもちろん芸術や哲学、文学その他の領域について無知ではあるけれど、わたしの貧しい心をなぐさめてくれるのは、この現実そのものの重力ある苦しい暮らしではなく、常に芸術へのあこがれなのです。だったら、いいですか、このアレクサンドロフスクの劇場に、どうしてモスクワの芸術劇場が来て、チェーホフ劇を披露してくれるでしょうか。来るとしたら、どさ廻りの二流どころなんです。では、それはなぜでしょうか。つまり、われわれの側に問題があるのです。われわれ自身の中に芸術への志向が高まらなければ、モスクワ芸術座は来てはくれないのです。隗《かい》より始めよです。そうです、諺にも言うじゃないですか、復活祭までに治るから泣くんじゃないと、母親が子供に言うじゃないですか。復活祭まで、そうです、ユゼフ少佐、われわれ一丸となって、セルゲイ・モロゾフに失われた言葉を復活させようじゃありませんか。そこへサーシャが割り込んで言った。なるほど、復活祭まで！　賛成です。それじゃ、サロンの場所は、ニヴフのザンギ老のあの夏のダーチャですよね。それならわたしがピアノを弾きましょう。ショパンでいいですか。まてよ、あれは調律がまるで出来ていない。さっそく手配しましょう。

　ユゼフはまた遠い眼差しになった。ありがとう、ガーリャ、そしてサーシャ。で、ふと思いついたが、わたしにアイデアがある。精神科医のロザリアさんが言っていた。セルゲイ・モロゾフが母語のロシア語を取り戻すには、逆に、イタリア語がいいのではないかというヒントをくださった。つまり、地中海の光ある言葉が、もちろんこれはセルゲイがイタリアの旅で学んだ言語だが、その言語でもって彼を包み込むことで、やがて、われわれの重くて暗鬱な母語ロシア語への小径を用意するということだろうね。われわれの偉大な宝でもあり欠点でもあるロシア語に、光をもたらすのだ。その時、セルゲイは光あふれるイタリア語の音楽から、そうだね、たとえばチャイコフスキーとか、神秘主義的なスクリャービンとか、激しくも抒情的な爆発的なショスタコーヴィチとかに帰還するというようなことだと思うのだが、どうだろうか。サーシャが言った。えっ、誰がイタリア語をやるんですか。ユゼフは言った。それは、わたしはだめだが、ロザリアさんがやってくれるでしょう。おお、精神科医のあのロザリア・ユーリエヴァですか。

ユゼフはやっと遠い眼差しから、やや灰色がかった褐色の瞳を向けた。彼女は言っていました。ついこのあいだ、二月だそうだが、イタリアで、ダーチャ・マライーニという著名な女流作家の新作本が手に入ったのだそうです。夢中で読み終えたと言っていました。

そこへ、今度は秘書のラウラ・ヴェンヤミノヴァが顔をだした。そしてにっこり笑いを浮かべて言った。ええ、ダーチャは現代イタリアでノーベル賞の候補の筆頭に挙げられているんですよ。今年で、そう、八十七歳だったかしら。すばらしい方ですよ。実は、びっくりなさらないでくださいね。彼女の新刊《Vita mia》、つまり、《わが人生》は、わたしがロザリアさんに貸してあげたんですよ。新任のロジオン少尉が顔を出して言った。わたしも読みたいです。サーシャが言った。ロージャ、きみはイタリア語が読めるのですか。フランス語でしたから、たぶん大丈夫でしょう。ユゼフは言った。驚きました。ラウラさんはイタリア語が読めたんでしたっけ。それなりにね……。だって、わたしの名は、《月桂樹《ラウラ》》、つまりラテン語のラウレアから来ているの。自分の名の由来の言語を知らないでは、恥ずかしいでしょ。

ええ、ヴィータ・ミーアは、サンクトペテルブルグの若い友達がいち早く手に入れて、サハリン島に送ってくれたのです。まだ駆け出しの映画監督ですよ。

第五章

輝ける青春の終わり

1

その夕べのこと、偏頭痛《ミグレーニ》に悩まされたユゼフは秘書のラウラに残務を任せ早めに官舎に帰宅した。ちょうど家政婦のジンカ小母さんが階段をどっしりと重い足取りで下りて来て、帰るところだった。おお、おお、ユゼフ少佐、と彼女は言ってユゼフを抱擁して、話し出した。ボルシチの深皿のわきにちょっとメモに残しましたけれどね、と彼女はびっくりした顔で言った。それがですよ、ユゼフ少佐、客人がとつぜんやってきましたですがね、あなたさまにお渡しするようにと預かったのですが、ちょっとこわくなりましてね、ともかく、その包みは、イコンの蝋燭台の下においておきました。ユゼフもまた思いがけない報せに、少しも思い当たる節がなかった。彼女は言った。孫たちが夕食を待っているので、わたしは急ぎますが、わたしゃ、真に驚きましたですよ。上品このうえない、優雅なお方で、あれは相当な身分のお方ではないでしょうか。あなたにお渡しするようにとね。で、わたしにまでお土産を頂きました。なんと、と彼女は手提げ袋からチョコレートの箱を取り出して見せた。なんとまあ、モスクワものではありません、サンクトペテルブルグのチョコレートです。見も知らずの客人が、こんなわたしにまで、お世話になっていますね、ということですから、恐縮のあまり、わたしはちぢこまりましたが、嬉しくてなりませんなんだ。サンクトペテルブルグのチョコレートだなんて、州都にでも行かなければめったに手にはいりません。ユゼフはもどかしかった。で、その客人はどういう人であったかと聞いたが、さっぱり要領を得ないのだった。で、直ぐに帰ったのだね？　はい、中庭までお見送りに行きましたが、とても立派な車が待っていて、すぐに乗り込まれて走り出しました。ええ、そうそう、軍服でした。まだお若い方でした。やれやれ、名前も聞いておらなかったとは。これはいかにも不用心な油断だったとユゼフは思った。分かりました。それじゃ、ジンカ小母さん、ありがとう。ではまた木曜日に、お願いですよ。そう言ってユゼフは急いで階段を駆け上がった。

ユゼフは急いでイコンの下の蝋燭台の下においてあった紙包みをもどかしく開けた。そのとたん、ユゼフの偏頭痛は嘘のようにひき、そのあとに青空のような澄み切った視界がひらけた。それは、ジェーニャ・カサートキンからの手紙と、いくつかの資料、そしてモスクワの土産だったのだ。ユゼフはコートを脱ぐのも忘れ、夕べのスチーム暖房が遠くからコトン、コトン、ガタンと響く音を聞きながらジェーニャ・カサートキンの手紙に目を走らせた。カサートキンの手書きの書跡はブロック体だが、まるで筆記体のように滑らかだった。急いでしたためたのにちがいない。

――敬愛するユゼフ少佐、わたしの手紙に吃驚なさることでしょう。いま、家政婦のジンカさんから鉛筆と紙をいただいて急いで書きます。今日は、わたしはカムチャツカからアレクサンドロフスク郊外の空港に飛んで来ました。小さなプロペラ機です。カナダ製です。これからすぐに手配の車で、ユジノ・サハリンスクまで走ります。むこうで、重要な審問をして（軍の幹部とです）、すぐにまたユジノ・サハリンスクから空路でウラジオストクまで帰ります。そのあとはシベリア鉄道でモスクワまで、まあ、冬の旅です。重い問題を抱きしめた冬の旅です。親愛なユゼフ少佐、あなたほどの方が、こんな氷漬けのアレクサンドロフスクにいるなんて、なんと笑止なことでしょう。しかし、わたしたちは何年でも待っています。わたしは現在、中尉のままですが、シベリア極東軍の政治コミサール権限者で、軍関係の癒着構造の調査を行っているのです。ですから、最高検察庁とも密な関係があるのです。詳しいことは伏せますが、国防省とあなたのエフエスベーとの権力バランスについても微妙な難題について、わたしは関与せざるを得ない立場にあります。

わたしは直接にあなたの支所に赴くわけにはいかず、このようにお忍びで、というべきか、（笑）、あなたの官舎に駆け込んだのですよ。お元気のようで、嬉しくてなりません。ジンカさんからふと聞いて驚き、また嬉しくてならなかったのですが、おお、あの聖像画家のセルゲイ・モロゾフ修道士が、やはり、こちらに流されて来ていたのですね！ それは大いなる苦難でしたが、しかし、何という運命の贈り物でしょうか！ 吹雪の夜に、そうでした、タガンローグのミレナ谷の廃院でヴァレリー老修道士にお会いしたことを、ゆくりなく思い出しました。あれから一年と少し。何と時の流れの早いことでしょう。一体、われわれは何者によって、これほどに生き急ぐはめになっているのでしょうか。あのとき、わたしはあなたのメールの手紙のプリントをヴァレリー修道士にお届けしたのでしたね。いまこうして書きなぐっているところにジンカ小母さんが熱い紅茶をふるまってくれました。

もう時間です。今回はお会いせずに発ちますが、かならずやわたしはやって来ます。あなたのこちらでの行動については、それとなくわたしのほうにも、実は伝わっています。真実はともあれ、尊敬するユゼフ少佐、痩せても枯れてもナロードの味方であるべきエリートのロシア・インテリゲントのはしくれとして、わたしも未来の人々の人生に、新しい幸いに献身したいと覚悟をきめています。暗黒の宇宙空間にぽつんと一人だけ浮かんで生きるような絶対的孤独から脱しなければなりません。余談ですが、わたしはまだ恋をする余裕もありません。結婚して幸いなる家庭を営むような夢さえもありません。未来の人生がわが妻、愛しい伴侶だと思うことにして、三十代へと突入します。親愛なるユゼフ少佐、わたしはあなたのこの室内を無断で見回し、お許しください、簡素過ぎてまるで修道僧のようではありませんか、（笑！）そして、奥の室に、小さなイコンを見出しました。何という温和さでしょう。まちがいなく、セルゲイ・モロゾフが描いたイコンに違いないと直感しました。そうそう、マガダンからカムチャツカまでは、砕氷船で行きました。《ニネリ》号という名でした。不思議な老船長、アレクシー・サマーリン氏と知り合いました。それで、あなたがセルゲイ・モロゾフを迎えに来たという話を耳にし、奇蹟だと思ったのです。おお、幻の聖像画家セルゲイ・モロゾフに宜しく！

追伸。ここに添えた極秘リストは読後焼却なさってください。

K・Zh

懐かしいジェーニャの慌ただしく大急ぎの声を聞くようで、ユゼフはおやおやと思った。若ければ、とユゼフは思った。早いのだ、すべてが早い。たちまち成長する。その道しるべが、ほんとうに行くべき道のものなのかどうか疑わない。自分だってそうだった。大きな幻影に包まれていた。しかし、もうわたしの青春は終わったのだ。新しい青春はジェーニャ・カサートキンでいいではないか。時代と世代によって、われわれの青春はそれぞれ異なって当たり前のことだ。彼は夢中に走っている。国家の軛《くびき》の中で、それなりに重要だと思われる役目を与えられて、しかしそれを懐疑することはない。なぜならジェーニャはジェーニャなりに、使命感に燃えたっているからだ。若かったときの自分が今の自分に書き送った走り書きの手紙のようだった。ユゼフはウラルのペルミ時代が懐かしかった。雪解けのウラルの山々、川、森、そして夢のような古風で典雅な都市、人々、しかしもはやウラルはむかしのウラルではない。

ユゼフはジンカ小母さんがこしらえていった賄のキャベツスープをあたために立ち上がり、熱い紅茶を淹れ、黒パンに厚く切ったバターをのせた。深皿には小さく切ったカルトーシュカや人参がまざったサラダがあった。ユゼフは少し塩をふりかけた。ユゼフはスープを大きなスプーンで啜ったが、口ひげにスープの汁がついた。白いテーブルクロスのうえにナプキンがあった。ユゼフは口を拭いた。アレクサンドロフスクに着任した日からユゼフは、それまでは無髯であったのを、ひげをのばし出したのだ。特別に理由があるわけではなかったが、髯なしだと、何かがここではさびしかった。それにここではユゼフは目立った。ここの人々の中で目立たないようにするには、髯づらのほうが好ましかった。伸ばしてみると、気持ちが落ち着いた。ここの住民人口のなかでは、それでなくともエフエスベーの吏員というのは目立ちがちだった。ことに冬になると、髯づらの方が野性的だった。ユゼフは急にむかしのロシア人になったように思った。スープのついた口髭を拭くときに喜びがあった。自分がそれとなく緩慢な所作をするようになったと思った。ジェーニャが、自分をロシアのエリート・インテリゲントだというふうに定義するあたりが可笑しかった。自分だってペルミの頃は、髭こそはやしていなかったが、そうだったではないか。ロシアを背負っているような気概だった。ユゼフはたっぷりとバターを載せた黒パンを咀嚼《そしゃく》した。紅茶には少しだけウオッカを垂らした。砂糖はたっぷりと入れた。この歳になって自分はただ一人、こんな酷寒の夕べに、黙々と黒パンを噛んでいる。この黒パンはジンカ小母さんが自宅で焼き上げたパンだ。皮が薄く、中は牛肉のようにやわらかだった。ライ麦の牛肉といったところだ。よほどのことでないとユゼフはレストランや食堂で外食することはなかった。人々の中で食事をすることがなかった。そしてまた家族と一緒にということも夢の夢だった。

食事をすませて、ユゼフはソファにかけてもう一度ジェーニャの手紙を読み返した。手紙に添えてあった資料のリストを読んだ。読後にリストを焼却してくれとあったが、その内容は、ユゼフの方ではすでにゲンリフが調査している内容と重なっていた。立場上、ユゼフたちも密接にかかわらざるを得ない案件だったが、綿密な証拠固めが必要だった。ユゼフはリストを焼き捨てた。政治権力の裾野の現実に触れざるを得なかったが、早急にできるような問題ではなかった。ジェーニャの手紙から、やはり、砕氷船の老船長の話が懐かしかった。ジェーニャのことだから、セルゲイがここに移送されてきたときの次第をこまごまと聞きだしたのだろう。ユゼフは船中でのセルゲイの様子についてはほとんど知らなかった。老船長のサマーリンも自分に特別詳しく話してくれたわけではなかったが、移送中も一言も言葉を発しないセルゲイ・モロゾフのことを、訝《いぶか》しいと言うより、聖なるひとであるように思っていた節があった。まるで、セルゲイのような世代の者を慈しむとでもいうようにだ。思い出しながら、はっと、思いがけずユゼフは、トルストイの「幼年時代」の初めのほうで、母が子供のトルストイに言ったという言葉を思い出していた。〈お前は顔が醜いからせめて心だけは美しくなさいよ〉。たしかそうだった。亡き母が言ったのだ。たしかにトルストイはあの顔だから、しかし、ほんとうにそうだったのだろうかな。あれはトルストイ一流のアイロニーだろう。すると突然、それがユゼフ自身への言葉のように思い出されたのだった。母が息を引き取る前に、おなじことを自分に言いはしなかったかと、ユゼフは一瞬の閃光のように思い出した。あはは、わたしはそんなに醜い顔立ちではなかったはずだが、しかし、死にゆく母がどうしてそんなことを言ったのだろうか。ユゼフは立ち上がり、鏡の前に立った。髭面の男が立っていた。まるで荒地の農民のような顔が自分を見つめていた。それからユゼフはヴァレリー修道士に返事をまだ書き送っていなかったことを、気がかりながらも、忘れていたわけでないが、しかし忘れていたようにも思い、手紙をしたためる弾みがついた。そうとも、ヴァレリー修道士はタガンローグのミレナ谷でこの冬をどうやって生きているのか。おお、そして、あのダーシャ・イズマイロヴァがこのサハリン島に移住しただなんて、どうしてそのような勇気があるのだろうか。ユゼフはデスクに就いた。机上にはいつもの燭台がおいてあった。室内灯を消し、ロウソクに火を点けた。小さな炎が揺らめきだし、橙色の円光が机上に生まれた。ユゼフは机上にある用紙をひろげた。インクは凍っていない。軸ペンがペン皿にのっていた。彼は書き出した。ペン先が軋った。

2

——わが愛するヴァレリー修道士、四月のわが氷島の辺土よりお手紙を差し上げます。おお、わたしは何という失態でしょう、あなたの父称をすっかり忘却しているだなんて、しかし、お許しください。わたしにとってはヴァレリアン修道士と発するだけで、ほっと安心感が生まれるのですから。どうして父称などと、父の名を継承する必要があるでしょうか。父は父であり、子は子として真の個人であるほうが毅然としていられるように思うのですが。天涯の孤児としてわたしは生き死にせざるを得ないのですから。いきなりこのような話に、あなたは、しかし笑ってくださるに違いありません。

さて、あなたのお手紙をいただきながら、かくもご返事が遅れ果てました。しかしあなたは寛大に赦してくださるにちがいないと、わたしはひそかに思っていたのです。現代のこの二十一世紀初頭二十年代の人間の時間感覚はどうしてこのように超速に激変したのでしょうか、いや、させられたのでしょうか。それはもっぱら人間を自然から分断してたんなる記号化することで、未曽有の新《ネオ》奴隷社会を実現する想像を絶する企みなのだと思います。おお、わたしはこのような人間の時間の破壊に反抗します。わたしの心身はいわば自然界の法則に即してこそ人間であるように思わずにはいられません。滅びの門へ突貫している現代人は、まさに豚に入って海に雪崩《なだ》れて溺死する悪霊の如き存在でしょう。わたしは遅れること、待つことの希望、想像力、そして愛の深まりを求めています。敬愛なるヴァレリー修道士、まず真っ先にお知らせすべきことは、ここに移送されて来たわが友セルゲイ・モロゾフを無事に迎えることができたことです。彼は生きています。生きていますよ。ただ、言葉を全く発することができない状態ですが、これは医学的に神経系統の病によるのではなく、心的問題であることが、こちらの医師ロザリア・ユーリエヴァの所見で明瞭になりましたから、問題は時間です。そう、時間です。どれほどの時間がかかるのかは神のみぞ知るですが、わたしは確信しています。奇跡が行われることを。だって、いいですか、セルゲイほどの人間一人癒すことができない自然であるのなら、この世界に神は存在しないという証明になるのではないでしょうか。すべてのひとびとにおいても同然です。彼はこの五月の春の復活祭までには、少なくとも、いくつかの言葉を口にすることが出来ようと思っています。砕氷船で運ばれて来て、わたしは彼を、こちらのニヴフのザンギ老の離れ、夏のダーチャで病を養うことができるようにしました。しかもです、一体、どういうことなのか、わたし自身にも定かでないのですが、セルゲイ・モロゾフの流刑者としての処遇の管轄はわたしにいっさいゆだねられたのです。これにはわたし自身も驚きました。いったい、だれがどこの段階でそのように決定されたのか。その決定者がだれなのか、さっぱり分からないのです。しかし、そうである以上は、そこになにか決定的な判断があったに違いありません。歴史というのはいかにも不思議でよく分からない判断があるものでしょうが、それは神が行うのではなく、だれか権力者の一人が、なんらかの理由によって、その理由が実に迷信的な、いや、あるいはまた実に明晰な論理によってかも分かりませんが、とにかく誰かが、セルゲイ・モロゾフに愛を注いだのか、それとも彼の未来を、呪術的に、いわば預言的に評価したものなのか、いずれにしろ、わたしにとっては友の命が救われたことに感謝してしきれるものではありません。彼は必ず、春の復活祭とともに、甦るのです。そのときの、彼の言葉が待ち遠しいのです。いいですか、彼が、ただ、一言《ヴェスナー》、春、と発しただけで、世界は一変するのだと思います。そうです、イヨアンが福音書物の冒頭で、太初に言葉ありき、と記した宣言のように、わたしたちは最初から幼児のように言葉を発して学び直すべきなのですね。セルゲイは生きています。わたしは先だって、この島の最悪の猛吹雪の夕べに、セルゲイを中央監獄からザンギ老の犬ぞりで夏のダーチャまで送り出しました。それ以来、わたしは雑事に追われて、まだ訪ねていませんが、ザンギ老によれば、夏のダーチャの窓から、これはドゥイカ川の左岸段丘にあるのですが、もちろんわがチェーホフもまたここはよく知っていますが、この丘のダーチャの窓辺に終日坐っていて、アレクサンドロフスク湾のタタール海峡を眺めて見飽きないでいるそうです。まだタタール海峡は氷に閉ざされています。一体、言葉を失ったセルゲイは何を一日中じっと見つめているのでしょうか。いいですか、ヴァレリー修道士、今唯一の朗報は、彼が生きていること、氷海を見つめ続けていること。しかも彼の視界の眼下には、ここの岩礁湾でよく知られた《三兄弟の岩》と名付けられた三つの岩の三角の頭が並んでいることなのです。彼は飽きることなく晴れた日には、朝日も夕日も浴びて輝くこの三者の岩を、見つめ続けているのです。だからこそ、わたしは、あなたのミレナ谷の修道院の壁に、この先描かれるはずであろう聖像画について、空想がはばたいてなりません。このオホーツク海、タタール海峡の三兄弟の岩が、まさか三位一体、あのトローイツァの新しいイコンの原型になるのではないかなどと想像をたくましくしています。しかし、問題は、壁画に描かれるその聖像画そのものではなく、そこまでの道のりの思索だろうと思うのですが。それまでに、彼のことですから、容易に筆をとることはないでしょう。しかし、その時間の中で、目には見えなくとも、描かれるはずの聖像画は、光の交差になってあなたのミレナ修道院の壁に届くのではないでしょうか。セルゲイ・モロゾフの生《ジーズニ》についてはわたしにお任せください。わたしは、今に至って、この地で、この流刑地に彼が送られて来たことを運命として、そうです、わたしの人生の贈り物として受納しています。

おお、ヴァレリー修道士、わたしはこの酷寒の凍土の大地のほんの一隅の白い都市で、時として魂の鬱状態に陥りながらも、セルゲイとともに生きることの喜びを感じています。それから、ああ、敬愛するヴァレリー修道士、ここで告白しますが、わたしの青春は終わったのです。わたしはようやくそのことを見出したのです。そしてセルゲイの分身になったと思えば、ヴァレリー修道士、わたしたちがペルミで出会い、あの夕べ、教会の宿坊であなたの詩の朗読を聞き、語り合い、おお、その前に、あなたたちはわれわれによって拘束され、嫌疑が晴れて釈放されましたね。そのあとでしたね。ペルミのエム・ヴェ・デ署長のコンスタンチン・モコトフのダーチャのサロンでお会いできましたが、あの時こそ、わたしの最後の夏であったのだと、いまこの氷島に生きて、わたし自身もまた自ら望んで左遷にも似た異動を選んだのですが、おお、わたしの青春はあのペルミの夏で終わったのだったと、あらためて知ったのです。あれが、最後の夏だったのです。わたしはこの春で三十代を終えます。おそらく人生の半分以上をここまでで過ごしてしまったのです。そうですね、わたしなりの幻影に導かれて、ここまで来たのですが、わたしはその幻影に別れを告げるべき時なのです。

《幻影》は青春を生き急がせます。おお、去年《こぞ》の夏よ、ただ一年前の夏であったのに！　わたしはあなたとセルゲイ・モロゾフとの邂逅ゆえに、何という幸運と、同時に不幸であったというべきか、幻影の道しるべにおいて、良心において、挫折したのです。否、敗北したのです。それこそがわたしに勝利をもたらしてくれたのです。もちろん、あなたは、勝利も敗北も区別してはならないと言うでしょう。その意味は、人生において、歴史において、どうして勝利と敗北を明確に分けることができるだろうかという論理故にですね。われわれは決して勝利の勝者が、そして敗北の敗者が、というふうに見做すときにこそ、欲望の悪霊が入り込むからです。われわれが真に生きるのは、勝利や敗北の野辺ではないからです。われわれは過酷な現実において必ずや勝者と敗者を区別して考えて、心が折れてしまうのですが、それはあくまでも現実の領域においてであり、しかしもっとも生き生きとわれわれが生きているのは、意識における自由なる飛翔においてなのですから、そこにまでわれわれは現実を介入させてはならないのです。その時こそ、大地は滅びるのです。意識の想像力が、夢想が滅びる時、大地が滅びるのです。ヴァレリー修道士、そうではないでしょうか。どうして、野の花たちに勝利や敗北があるでしょうか。強食弱肉の生き物たちにとってならまだしも、生まれおちて愛と聖性を有する者にどうして勝者や敗者があり得るでしょうか。

で、わたしはあの夏、エフエスベーを投げ捨てて、義勇兵となって、それも本当を言えば、愛国という、民族と国家という幻影故に、わたし自身が試されたということだったのです。あそこでひと夏のうちに、あっというまに幻影が打ち砕かれたのです。不条理な死が、一瞬ごとにすぐそばで見つめていたのです。まったく生に対して無関心な死が、しかもそれをもたらすものが、民族という抽象的な捏造であり、幻想としての、法によるところの国家であり、しかもその国家という制度の抽象性が、絶対的な僭称神《せんしょう》となって、遠くで、戦場の彼方で数字的なゲームに打ち興じていたのですからね。われわれには具体的な死しか存在しないのです。あのとき、同じ戦場で、わたしは若い友である義勇兵と一緒に、奇蹟的に生還できたのです。そして壊れて、もう一度生き直すためにと説得されて、アゾフのタガンローグのエフエスベーに昇進して復帰したのです。しかし、もはや、依然とおなじ自分ではあり得なかったのです。親愛なるヴァレリー修道士、憶えていますか。ペルミでモコトフ署長のサロンで、あなたのダニール修道院の、そう、アリスカンダル老師でしたか、あの夕べ、講演をなさったですね。そうです、ドストイエフスキーの『悪霊』の話に言い及び、《ロシアはスタヴローギンだ》と断言したのでしたね。あのときの戦慄はわたしを打ちのめした！　わたしはわたし自身の内部にさえ何らの罪もないはずなのに、わたしもまたその一人であるのだという確信に至り、わたし自身を罪びとにしたのです。身震いするほどの犯罪者にしたのです。しかし、いまにして思うのですが、それもまた一種の幻影だったのです。わたしはいま、この氷島に暮らして、それなりに国家機関の末端で働き、任務を果たしながらも、自身の欲望の根源に、スタヴローギンのようなニヒリズムを感じる瞬間が、千分の一秒、閃《ひらめ》いたとしても、それこそが過剰なる幻影だとして、見つめることが出來、そしてそのようなドストイエフスキーの命題を排除します。言うべきなら、むしろ、いかに現代世界に神が不在であり、いやもともと神の存在の措定など捏造なのだと見做すにしろ、こう言うべきであったのではないでしょうか。少なくとも、ロシアは、というのはロシアの大地はわたしの故郷であるのですから、少なくともロシアこそは、イイスス・フリストスなのだと言うべきでなかったでしょうか。また、こうも言うべきではないでしょうか。各人がイイススであると。あるいは、各人が、ラスコーリニコフを追うようにして流刑地に行き、彼がその幻影から癒えていくのにつつましく共にあった小さな痩せたあのソーニャ、あの彼女こそがロシアなのだと。そこからこそロシアは癒えることができるのだと。

おお、それでいま突然、思い出したのですが、あの夕べに、ペルミの教会の宿坊で、ヴァレリー修道士、あなたはパステルナークの詩を朗読してくれましたね。そう、一九一四年の、あの第一次世界大戦時の戦場詩篇です。そうです、あの最後の夏に、わたしは義勇兵に志願して、あの詩篇そのものというような砲弾の下にあったのです。ただ剥き出しの死と生が、茫然とした無意味の殺戮の中で、葛藤しているだけで、英雄も何も、理想も何も、何一つ存在しないのです。人間に尊厳をもたらすものはと言えば……。四肢のふっとんだ友の肢体を塹壕の中で見つめるだけで、涙も出ないのです。

この話は悪夢以外ではありません。いいえ、あの日、あの時、あなたは、ヴァレリー修道士、憶えておいでしょうか、最後に、なにかもっと短いパステルナークの詩を朗読して欲しいと言ったのは、わたしの記憶では、セルゲイ・モロゾフだった！　憶えていますか！　するとあなたは、まるでアンコールを待っていたとでも言うように、慇懃《いんぎん》に、礼を言って、テクストもなく、一篇の詩を朗誦なさったじゃありませんか。そして、わずか十二行の短い一篇《風》を朗誦し終えると、この詩は、詩人の『ドクトル・ジヴァゴ』の最終章の詩篇第八番なのだと仰ったのです。一度耳にして、わたしはすぐに覚えました！

わたしは終わったが　きみは生きている
そして風は不平をかこち泣きながら
森とダーチャをゆさぶっている

たしかこうであったと覚えていますが、いまこのお手紙を書きながら、わたしはこの詩から、はっきりと、あの時とは全く違うように理解できたのです。これはわたし自身のことだったのです。わたしの青春は終わったのだということなのです。しかし、きみは生きている。この〈きみ〉というのは女性形ですね。お、これは愛するラーラであり得るでしょうが、しかし、いまわたしにとっては、この女性形の〈きみ〉とは、わたしにとっては、〈青春〉という女性形でしょうが、いま、このわたしには、わたしは終わったが、青春は生きている——というように聞こえるのです。つまり、わたし自身の青春は終わったが、青春そのものは生きている、という風にです。さあ、ヴァレリー修道士、あなたはロシア語のあと、どういうわけか、少しはにかむようにして、同じ詩を、イタリア語で朗読したのでしたね、憶えていますか。いま、それも記憶の中から、おお、そうだった、あのときあなたは光のある響きで、パステルナークの詩《風》をイタリア語で朗読したのだったと。

Io sono gia morto e tu vivi ancora,
E il vento, co gemiti e pianto,
fa oscillare il bosco e la dacia.

わたしはこの響きをいまなお鮮やかに覚えています。おお、ヴァレリー修道士、ここわたしの氷島に流刑されて来たセルゲイ・モロゾフは、イタリアの旅先で、そうです、わたしが東ドネツクの戦場にあった頃、イタリアの光の中を流離《さまよ》っていたのです。彼もまた、あの夕べの、ただ一度しかなかったあの夕べに聞いた光の響きの言葉の中を、旅をしていたのです。そしていま、言葉を失って、シベリアの獄をたらい回しにされ、精神病院に回され、さらに移送され、ついにわたしが偶然に赴任したこの地に流されて来たのです。そうです、ロシア人が、孤独なロシアの聖像画家が、彼の地の聖像画の数数を見て回り、光の負債を抱えるようにして、この重い大地に帰って来たのです。この大地の重さこそ、セルゲイの言葉の喪失の根源ではないでしょうか。しかし、この大地にも春が来て、夏が来ます。光の洪水がやって来ます。

おそらく、わが友セルゲイ・モロゾフもまた、彼においてもまた、青春は終わったに違いありません。しかし、きみは、つまり青春は、生きているのです。そして風が森を、ダーチャを揺らしているのです。

ユゼフはここまで一気に書き、ロウソクの炎が蝋涙にむせんでいるように思った。紅茶は冷めきっていた。それから彼は、追伸を小さく書き添えた。ヴァレリー修道士の健康を祈った。さらに、さりげなくだが、ダーシャ・イズマイロヴァについて触れた。近く調査の所用でユジノサハリンスクまで行くことになるので、運があれば、彼女に会えるかも分からないと書き添えた。それから、この手紙は公務の書留便にすること、中には三〇万ルーブリの小切手を添えたこと。小切手はタガンローグの中央銀行で換金できること。願わくは、五月の復活祭に修道院の費用に使って欲しいと。そして、ユゼフはもう一行付け加えた。わたしの俸給は、民間軍事会社の受刑者契約兵の一か月分より多いこと。ここではわたしには使い道がないこと。ユゼフは小切手にサインをし、小切手帖から一枚をはぎ取った。窓に倚って重いカーテンを寄せると、すぐそこまで星たちが集まって瞬《またた》いていた。ロウソクの炎が揺れ、ユゼフの影が天井に映った。

3

ユゼフはそのあと眠りに落ちた。夢の中で、イタリアの光の言葉が聞こえていた。

わたしはすでに終わったが　きみはまだ生きている
Io sono gia morto e tu vivi ancora　イヨ・ソーノ・ジーア・モールト・エ・トゥ・ヴィーヴィ・アンコーラ

ユゼフは地平線まで続く、一つの里程標もない大地の終わりを歩いていた。二人は疲れ果て、もう息も絶え絶えだった。二人は丈高いブリヤン草の中に日陰を求めて休んだ。友は身を横たえたまま言った。わたしを残して行け。この時、ユゼフはそう言っているのが自分自身なのかそれとも友なのか、一瞬判別がつかなかった。ユゼフは友に言った。わたしは終わったのだ、わたしは死んだのだ、しかしきみは生きている、さあ、わたしを残して、行け！

友は泣きながら、立ち上がり、ユゼフを残して先へと歩き出した。
その後ろ姿に雲が流れていた。
その後ろ姿は、もはや友の人影ではなく、青春の似姿だった。

常に、必ず、すべては終わる。
しかし、似姿は終わらない。生き続ける。
風がユゼフをブリヤン草に埋葬した。
しかし、きみの青春は後ろ姿を残して先へ進んで行った。
風は歌っていた。

ユゼフは思い出していた。
あの若かった夏の日、わたしはサンクトペテルブルグで
イサーキー大聖堂の円屋根の上の回廊に立って
下界を眺望した
きみは言った
隣のアングルテール・ホテルで詩人のエセーニンが縊死《いし》したと
生きることは珍しくない、まして死ぬことはと。

ユゼフはネヴァ川の風に吹かれていた光に吹かれていた。
青春は鳴りやんだのだと、
そしてもうかたわらにそう告げた人の影はなかった。

ユゼフは思った
自殺で人生の幕を下ろせるならばと――
しかし、思い出せ、
首に巻かれた電気コードと遺体と
泣きべその死に顔を！
おお、有名であることのかなしみよ
ユゼフは大聖堂の階段を駆け下りた。

いまユゼフは夢の浅瀬を
足をひきずりながら渡っていた。
わたしの青春は帰って来ない
たしかにわたしは終わったのだ。
にもかかわらず
わたしらは反転しなければならない
まだ四幕までいかないうちに
わたしの青春は終わったが
その四幕は急ぐことはないのだ。

書き上げるのはわたしではない
未来のきみなのだから。

否、わたしの青春は　きみはまだ生きている
ただわたし自身の中から立ち去っただけだ。

わたしは
もう一つの新しい青春とともに
ふたたび
風の中の
ブリヤン草の大地を横切る。

第四幕の幕は
燃えあがる日没だ。

そして満天の星空の野辺送りの歌だ。

そうだ、セルゲイがわたしの青春の形見ではないのか。ユゼフは夢の浅瀬を渡り終えた。たとえ未来がわれわれの貧しかった青春をほめたたえることが決してなくとも、わたしは友とともに輝ける第四幕の幕をおろすのだ。

第六章 "Vita mia"――言葉の光をきみに

1

週末にはセルゲイを訪ねたいのだ。山積している仕事のことと考えてみれば、ユゼフ自身の未来を考えると徒労にすぎないのだという確信が生まれ始めていた。ユゼフは執務室の窓辺に立ってタタール海峡のアレクサンドロフスク湾口を眺めた。まだ氷海ではあったがなにかがゆるやかになっているのが遠目にも分かった。氷層の下で、かすかに、しかし大きな力でゆっくりと動いているような感覚が、この丘の上のユゼフを喜ばせていた。氷海がかすかに軋みながらどこかで徐々に微細なクレバスをつくっているような感覚だった。それがユゼフの思念に作用した。ユゼフが処理している多くの徒労に終わるかもしれない調査情報についての見解が、意味もなく罅割《ひびわ》れていくような感覚だった。こうして、そうとも、得体の知れない大きな幻想としての、その幻影によって現実を意のままに動かす国家という怪物に、小さな獲物をせっせと貢いでいるにすぎないのではないのか。いや、これらを自身の人生と未来のための肥やしとできるとでもいうのか。これらの記述書類の情報は生きた人々の記録だが、幻影の祭司たちにとってはたんなる記号にすぎない。無色な砂粒にすぎない。これらの砂粒はベトンに溶かし込まれて国家の建造物の土台になる。暗鬱な憂愁に冒されながら、しかしユゼフには広々として青みがかった白い氷海の層が表面だけでもざらついて不均等な平面になり、ことに目を眇《すが》めて眺めた三兄弟《トリ・ブラータ》の岩のまわりは黝ずんで、へこみだしているように見えるのだった。太陽が三兄弟の岩を熱し、その余熱が氷塊を静かに溶かしているに違いなかった。セルゲイはどうしていようか。同じように彼もあの三兄弟の岩を、ドゥイカ川左岸の丘の上から飽きないで見ているのだろうか。いったい、どういう思念が動いているのか。だって、言葉が出て来ないのだから、言葉によって思考できようわけがない。いや、とユゼフはつぶやいた。言葉による思考は論理的にちがいないが、しかし、ほんとうの人の心の動き、感情の動きを、すべて言葉で言い表わせるものだろうか。自然界の生き物たちは植物にしたって、動物はもちろんのことだが、われわれがいう言葉ではないが、それ自身の発明になる、コトバを会得しているのだ。ユゼフは、植物の花たちが交わすコトバのことを夢想した。人間だけ特有のとてつもなく発達した言語ではないが、自然界で生きるのにはそれなりの発達したコトバにちがいないではないか。人間の心の動き、意識などとまで言うべきではないまでも、それはわれわれの微かな感情のようなものにちがいない。それが彼らのコトバであってもいい。セルゲイは人間の言葉の大地を秘めていながら、ひょっとすると植物たちの花のような言語で一切を感じ取っているのかもしれないではないか。その大地まで人間の声が届いて、まるで種子が突然芽をだすようにその声が知られたときに、ゆっくりと返答がかえってくるのではあるまいか。それは心の感情なのだ。逆に、われわれ自身は、この根源的な太古的な感情を記号化し過ぎてきてしまったのかもわからない。それはこうも言える。人が何かを心込めて祈るとき、それはもちろん最初はたとえばイイススのような言葉でもって祈るにしても、祈りが深まるとき、もうそこに言葉は存在すまい。つまり、血が通って生きている存在そのものであって、それを言葉で分節できようがないではないか。瞑想の人をつかまえて、何を考えていたのかと問うことはばかげている。

ユゼフは窓辺に立ち、少し心に晴れ間が出たように感じた。と同時に秘書のラウラが入室してきた。彼女は窓辺のユゼフ少佐とならんで白い海峡をながめて言った。声が弾んでいた。ほら、ユゼフ少佐、雨ですよ、ほらほら、四月の初めての雨、おお、雨ですよ！　ユゼフは驚いた。雨はドゥイカ川左岸のセルゲイのダーチャがある白樺林の上に、いつの間に生まれてひろがったのか、灰色雲のうねりから、光の驟雨とでもいうように降りだしていたのだった。三兄弟の岩にも光が差し込んだまま、小さな虹までがかかっていた。おお、とユゼフは言った。初めての春の雨だね。いいえ、ラウラは言った。サハリン島の四月は春にあらずですよ。ユゼフは言った。しかし、やはり春の雨です。喜びましょう。ユゼフは遠くの雨の行方を注視したが、こちらの市街には雲は流れていなかった。雲の流れは濃い灰色に膨らみ、タタール海峡を南下しはじめていた。で、とユゼフは秘書のラウラに言った。ところで、ラウラ・ヴェンヤミノヴァ、いま、ふっと思い出したのですが、プーシキンが決闘で亡くなったのは何歳だったかな。ラウラはすぐに答えた。はい、たしか三十七歳だったと思いますが、いや、三十八歳でしたか。ええ、決闘で、ダンテスの卑劣な銃弾で腹部を撃たれて。三日三晩苦しんで亡くなった。はい、現代なら外科手術で助かったんじゃないでしょうか。でも、ユゼフ少佐、プーシキンがどうかしましたか。ユゼフはまだ氷海のうえに降る驟雨の雨脚が光って斜めに走っているのをながめたままで言った。わたしより三歳も若い。んん。ほら、友のヴィヤーゼムスキー公爵の詩句、〈生き急ぎ、心急《せ》く〉でしたか、ふっと思い出しました。ラウラは、おやおや、とだけ言った。どうしてロシア人はこうなんでしょうね。わたしは遅れをとりました。ラウラは笑い声をあげた。生き急がず、心急かず、ですよ、ユゼフ少佐。ロシア人の人生は四十歳が折り返し地点です。女性だっておなじです。そりゃ、もうこんなにおでぶちゃんになってしまいますが、心は青春以上に成長しません。ユゼフも笑った。そうだ、聖像画家のセルゲイ・モロゾフも、あの初めての雨を見ているだろうね。この雨を見た人々に幸いあれ。

デスクに戻るとラウラが伝えた。今日は三つの予定があります。一つは、あのニヴフのじいさんが面会にくるということ。もう一つ、これは最重要ですが、十二名の新しい政治犯受刑者の面談です。最初に三名です。だれだれですか。はい、ゴーシャ・カザンスキー、パーヴェル・グレチコフ、もう一人はヤン・チュダーエフです。セルゲイ修道士を見舞う時間は間に合いませんが、どう致しますか。ユゼフは言った。わが心の友、セルゲイが優先です。三十分でもいいのです。日が落ちないうちに、サーシャに車を出させましょう。するとラウラ・ヴェンヤミノヴァは言い添えた。ユゼフ少佐、差し支えなければ、わたしもご一緒できるでしょうか。ラウラの灰色がかった褐色の瞳が見つめた。おお、嬉しいです、セルゲイだって喜ぶでしょう。もちろん、言葉は言えませんよ。ラウラは突然ユゼフを抱擁した。そうです、いいですか、ユゼフ少佐、わたしはサンクトペテルブルグ育ちです。わたしは聖像画家セルゲイに是非会ってみたいのです。ユゼフは言った。おやおや、サンクトペテルブルグとセルゲイとどんなつながりが？　はい、イタリアです。地中海の光です。だって、セルゲイ・モロゾフは地中海世界の光を身をもって見て回り、それでもこの暗鬱な寒い大地に敢えて帰って来て、その結果がこのような運命になったのですから。わたしは、セルゲイ修道士の、いいえ、聖像画家のセルゲイ・モロゾフさんから、彼が感じとった光の幾分かでも語ってほしいのです。もちろんその面影であってもですが、言葉によらずとも、彼の存在そのものによってですわ。ええ、光の恵みのいくばくかでも。さあ、ユゼフ少佐、あなたはどうお考えか分かりませんが、芸術家としてのセルゲイ・モロゾフさんは、不条理窮まる逮捕のあげく、刑務所や狂院やら、シベリアをたらい回しに引きずり回されて言葉を失ったというよりも、むしろ、このわたしらのあまりにも重い大地の重力によって言葉を失ったのではないでしょうか。ルネッサンスの光と自由を魂で知ってしまった以上、ご自分の言葉の力に絶望なさったのとちがいますか。でも、彼の母国《ははぐに》は、この暗くて重い、過激な悪霊の取り憑きやすいロシアなのです。彼は言葉を失ったのではないのです、そうではなく深い聖なる沈黙なのではないでしょうか。

ユゼフはラウラのこのような考えに動かされた。ええ、一緒にセルゲイに会いましょう。どうしてすぐに言葉が必要でしょうか。そうですね、初めに言葉ありき、も真実ですが、その言葉の復活再生の、新しい誕生のためにはどれだけの年月が必要でしょうか。いまは、生きてくださっているだけで、もう十分すぎるのではないでしょうか。仰る通り、彼の言葉は死んではいないのですね。言葉が生まれ変わるのを待っているのでしょうね。ユゼフは彼女の赤らんだ顔を見た。マスカラの睫毛がぬれて光っている。鼻が赤らみ、鼻声だった。ユゼフは言った。それじゃ、日が暮れる前に、三十分でもいいですね。サーシャにランドクルーザーの車を用意させておいてください。その前に、アレクシー・ザンギの面談をやりましょう。ザンギ老には待たせてあるという。ラウラはすぐに呼びに出ていった。

ザンギ老はにこにこしていた。応接の間で、勧められるままにソファーに坐って言った。ユゼフ少佐、ご機嫌よろしくありますな。耳当てのついた兎皮の真っ白い冬帽をぬいで膝の前にのせたが、頭がてらてらに光っていた。ひときりなであげてから、さらに長いあごひげをしごきながら言った。もちろん、セルゲイ修道士はあなたをお待ちです。おお、今日ですか、嬉しいです。はい、食事も、小鳥程度にはしておりますよ。ただ、ひねもす、窓辺の椅子にかけて、飽きることなくいつまでもタタール海峡を眺めています。もちろん、一言も、言葉を発しませんのだが、ほんに一瞬ですが、アとかウゥとか、唸るような声を発しはします。わたしは嬉しくてなりません。吉兆でしょう。赤子が声を出そうとするようなあんばいです。そのときの表情は、まるで怒っているみたいに眉に皺を寄せて、でも、それも一瞬で、またもとの健やかさ、というか、無感動のような平板さに戻ります。そしてまた氷海を見つめるのです。ええ、わたしの勘では、けっして悪くはないですな。何かがセルゲイさんの奥深くでもう一度何かが発生しているのですよ。それがなんであるか、わたしのような俗人には想像がつきません。おお、お忙しいところに、ついつい、聖像画家セルゲイさんの近況に及びました。ええ、私どものダーチャではすべてが順調です。そこで、きょうのお願いの儀は、実は別件です。わたしらは、エフエスベーときくだけで忌避感情にとらわれてしまいますが、ユゼフ少佐さんであればと思って、お願いがあります。われらはいうまでもなく、庶民であって、実直なナロードです。しかし、ここに至っては、というのは、サハリン島からは余りにも遠い大地における今時の、いうところの特別作戦の現況と将来について、あるいはまたこの情勢をとりまく世界諸国民のロシア観、あるいはその知識について、ここはたっての願いですが、われわれのカフェ《カンダルィ》の洞窟派の同志たちに、一つ講義をお願いしたいのです。ほら、カフェの奥でわれわれが常日頃集まって、議論を交わしているわけですが、いっこうに出口が見つからないのです。いいえ、ご存知の通り、われわれはもう年で、それなりにこの州の歴史にいくばくかなりと関与した者ばかり、冥府の土産にもと、今現在と未来の似姿について、いい話を、夢のような話の一つ二つは、あの世の渡し守に差出して、少しは現世の罪を軽くして渡してもらいたいのですがね。そりゃあ、天使たちに迎えてもらう者たちではないですが、この先の未来がいつどのようになるのかを、土産に持っていきたい。いや、もう少し言えば、われわれの残りの命の時間を、お役に立ててこそあの世に生きたく思うのです。

ラウラが運んで来たカップからザンギ老は熱い紅茶を啜《すす》った。ユゼフは楽しそうに耳を傾けていた。おや、アレクシー・ザンギ、おっしゃった〈洞窟派〉というのは、どんな意味ですか。ザンギ老は言った。いやいや、特別に意味があるわけですが、あの奥の小室が、きたない垂れ幕のごときカーテンがあって、洞窟めいているからです。はい、われわれの思索のアジールです。人に聞かせるわけにはいかないような激しい言語が飛びかいます。野蛮極まりないとでも言うべきでしょうか。おっほほ、定めし、エフエスベーに聞かれたら、たちまちテロリストに手配されるような言説です。老ザンギはつと、ぎらりと光る眼つきになった。ユゼフは少しも驚かなかった。ハラショー！　とユゼフは言った。ええ、それでこそロシアでしょう。プガチョフの反乱農民たちが、政府の軍人、婦女子、皆殺しにして、皮を剥ぎ、その脂肪を自らの傷跡にぬりたくって治癒させ、なんでもありのナロードであったわれらの、そう、まさにわれらの古い歴史ですが、同時に、彼らカザークらには妻もおれば子もおる、普通の人間だった。いいですか、それらのこともひっくるめて、われわれは考え直すよい機会です。そうでしたね、たしか、アレクシー・ザンギ、あなたはおっしゃった。ほら、アルコヴァのどこでしたかタタール海峡を見下ろす断崖の岩窟に、セルギエフという隠者が籠っていると。イイスス・フリストスの〈洞窟〉と関係連想があるのですか。それとなく旧教徒の古儀派の隠者のような気がするのですが。ザンギは言った。おお、そうであったかも知れません。たしかに、洞窟の中で幼子イイスス・フリストスは誕生し、そしてやがて磔刑になり、遺体は石の洞窟に葬られ、そこから復活する。ふむ、それはそうでした。いや、ロシアは洞窟なのです。ロシアは死の洞窟の歴史じゃありませんか。誕生の洞窟でなければならなかったのに。わたしはこの通り、この地の先住の民であるニヴフの末裔ですが、これでもやはりロシア人なのです。愛国者なんです。ロシアの根源をどうにか救いたいのです。今現在のロシアのアタマンではダメです。かといって、有望なアタマンはいないのです。

フー、と老ザンギはため息をついた。ユゼフは妙な気持ちになった。わたしの青春は終わったのだ。わたしは新しく誕生しなければ道はない。ユゼフは言った。アレクシー・ザンギ、たしかに承りました。わたしでよければ、お話しいたしましょう。わが友セルゲイ・モロゾフに対する敬意に感謝して、今度はわたしがお役に立ちましょう。おお、そうです、わたしは、これはまだ思いついたアイデアにすぎないですが、セルゲイ・モロゾフの心を慰めるために、あなたの夏のダーチャで、そのような話を披露するサロンを開きたいのです。どうですか、あなたの《洞窟派》の面々も集まったらいかがでしょう。ザンギ老は、何と！ と叫んだ。危ないじゃありませんか。ユゼフは笑った。いいですか、わたしはここのエフエスベーの頭ですよ。どんなリスクがあるでしょうか。ザンギ老は言った。警察、中央監獄、その他、市庁、などなど。ユゼフはなお笑った。エフエスベーの権限が上位です。

ザンギ老がようやく立ち上がったとき、ユゼフは言った。アレクシー・ザンギ、今日は初めての雨が降りましたね。兎皮の冬帽をかぶったザンギ老は言った。はい、待ちに待っていました。でも、まだ猛吹雪の一つや二つ、来ます。ユゼフは言った。日が暮れないうちに、セルゲイ・モロゾフを見舞いに伺う予定ですが、週末か、明日になるかも分かりません。

2

午後になった。面談特別室でユゼフは待っていた。離れたデスクには秘書のラウラが、ノート型のパーソナル・コンプテルを置き、記録をとる用意ができていた。時間はじつに正確だった。大きな声が響き、アレクサンドロフスク中央監獄護送兵ペーチャ・アッフマノフであります、ご要請なる十二名中、ご指名の三名を連れて参りました！ 入りまーす。ユゼフ少佐は席を立って、ドアに迎えに出た。恐縮至極であります、と護送兵は挙手したので、ユゼフはひげだらけの笑顔で、あははと笑った。きみだったか、ペーチャ・アッフマノフ、こんにちは。ハイ、オルロフ副所長から委細承っております。わかった、そう緊張しないでいいですよ、ペーチャ。きみにはずいぶん迷惑をかけるが、感謝しています。ハイ、ユゼフ少佐。なにしろ、サハリン島北門を守るエフエスベーのアレクサンドル・サハリンスキーの支庁ですから、緊張せざるを得ません。ユゼフは彼の後ろに並んでいる三人を確認した。すぐに中に入って着席するように勧めた。ユゼフはだれがゴーシャ・カザンスキーであったかすぐには判断がつかなかった。三人とも同じようにひげを生やしていたからだった。三人はあわてず急がず、ものなれた様子で静かに腰を下ろした。ユゼフ少佐はペーチャに言った。ペーチャ・アッフマノフ、そうだね、小一時間ばかりの面談だから、もしなにか市中でついでの用事があったら、時間がもったいないから、時間を有効に使っていいですよ。ペーチャは、おお、と言い、ありがとうございます、と言った。では、よろしく。一時間後に戻って参ります。おお、母から頼まれた買い物があったので、助かります。どうぞ、行きなさい。ペーチャはふたたび挙手して、大急ぎで飛び出した。ユゼフは席についた。この瞬間、決して忘れていたのではないが、タガンローグの庁舎で三人の審問を行ったときの光景を、まるで絵のように思い出した。ユゼフはラウラに言った。そうだね、ソーネチカに熱い紅茶と、そう、例のドイツのバウムクーヘンを添えて持ってくるように言ってください。ラウラは、まあ、というような大きな目で、三人に目配せするようにしてから、室を出て行った。

ユゼフは少し緊張しているように見える三人に言った。さあ、みなさん、この時間は、いいですか、審問でも取り調べでもありません。われわれの再会を祝うささやかな宴です。紅茶と、バウムクーヘンでね。すると三人のひげの笑顔が見えた。ユゼフはお茶が来るまでゆっくり話し出した。おお、さぞびっくりしたでしょうね。まさか、このアレクサンドロフスクで再会できるなんて。これは偶然の運命にしては出来過ぎているかに思われるが、いや、われわれの人生には、決して、珍しくはないでしょう。ユゼフは三人を見回しながら、真ん中に坐っているのが、三人とも同じようなひげづらだが、間違いなくゴーシャ・カザンスキーだと分かった。分かったので、ユゼフは彼を見つめて言った。ああ、ゴーシャ・カザンスキー、そうですね、どうか君呼ばわりにしていいですか、ゴーシャ・カザンスキー、きみも無事に生き延びてきましたね、三人とも、おめでとう。ゴーシャ・カザンスキーは生き生きした明眸でユゼフに言った。われわれは何という幸運でしょう、こうしてふたたび、あなたに巡り合えるなんて、誰が思ったでしょうか。おお、感謝します。ユゼフは言った。実にお会いするのが遅れてしまいました。本来ならもっとすぐに面談できたのだが、あれやこれやで、この四月上旬になってしまった。しかし、こうして相会えば、時間の遅れはもう過ぎ去ったことでしょう。今この時間が新しい時間と言うべきですね。実は、ゴーシャ・カザンスキー、砕氷船できみたちが移送されて来た日に、わたしはすぐ間近で、きみたちが整列し点呼を受けている様子を見ました。そのとき、きみに気づいた。あれには吃驚しました。きみは点呼にもかかわらず、となりのだれとだったか、笑顔で話していたじゃありませんか。それを一瞬見て、わたしはきみたちがすこしもへこたれていないと分かったのです。そこへユゼフの話を遮って、ゴーシャの左右に掛けていた二人が、ええ、わたしです、ウラルのヤン・チュダーエフがわたし、そう言うと、右に掛けていたのが、わたしは、エカチェリンブルグのパーヴェル・グレチコフです。そう言って、三人は顔を見合わせた。どのひげづらにも嬉しそうな微笑が埋まっていた。ユゼフは言うまでもなく。中央監獄の受刑身上書の資料から、この三名が、タガンローグで審問し、無罪放免にしたウラル人だと知ってはいたが、このサハリン島まで共に流されて来たという事実に、なにか神秘的な符合さえ覚えていたのだった。親和的な空気がやわらかに満ちたところへ、ソーネチカとラウラが熱い紅茶の大きな金色のサモワールをかかえて入って来た。サモワールは大きなテーブルの上にどっかりと坐った。電気ではなく、炭火が入っていてお湯を沸かしているのだった。ラウラはサハリン陶器の青い模様の入った茶碗と皿、そしてバウムクーヘンの入った深皿を並べた。白い厚手のテーブルクロスには花模様が織り込まれていた。砂糖壺には粉砂糖がたっぷり入っていた。そしてスプーンは、そのスプーンを並べるとき、ラウラは三人に向かって言い添えた。若いみなさん、このスプーンは、どなたが使ったスプーンのレプリカだと思いますか？　すぐに三人はスプーンを手にとり、はてはて、とつぶやき、目を合わせた。どなたが使ったか、というと、昔の著名な流刑者か、いや、まてよ。ラウラはにこにこして見ていた。時給で働いているソーネチカはサモワールに附いている濃縮紅茶入りの金属容器を外した。これを茶碗に垂らし入れ、そこにサモワールから熱湯を入れるのだ。ラウラは困りましたね、と言った。ユゼフは言った。ラウラ・ヴェンヤミノヴァ、いきなり謎かけとは。そう言って、室のニッチに飾っておかれていた、ダックスフントの置物を取りに立ち上がり、その胴長で、短脚、大きな垂れ耳の陶器製ダックススントを手にもってきて、テーブルクロスの上に置いた。さあ、これならどうかな？　その瞬間、ゴーシャが手を挙げて言い放った。誇らしく、喜びに満ちた明朗な声が響いた。アントン・パーヴロヴィチ・チェーホフの愛犬ですね！　そうです、そうです、正解ですわ、とラウラが言った。するとゴーシャの両隣のヤンとパーヴェルがまるで子供のように同時に言った。アントン・パーヴロヴィチ。どうです、そうでしょ、チェーホフの使ったスプーンだ！　あなたはこんなところで生きている！

ソーネチカ、きみもみんなと一緒にお茶をいただきなさい、立ち上がったユゼフは言った。ささやかながら熱い紅茶で、そうです、いにしえの歴史においてモンゴルからロシアの諸侯に献上された、いとも貴重なチャイで乾杯！　希望と長寿を祈って乾杯！　人生と友のために乾杯！　過ぎし日の悔恨のために乾杯！　今度はゴーシャ・カザンスキーが立ち上がって言った。未来のわれわれのために乾杯！　夢の如き連邦の大地のために乾杯！　貧しくとも心豊かなナロードのために乾杯！　母のために、妹のために乾杯！　ラウラ・ヴェンヤミノヴァも言った。自分の一個だけのスプーンをチェーホフに贈った炭鉱の懲役囚人のために乾杯！

もうすでに時間だった。肝心の語らいの機会はゆっくり定期的になされることをユゼフは約束した。早朝から零下二十度の酷寒の中で労働を終えてここに迎えられた三名にとって、この再会は生きる励みになった。ユゼフはゴーシャを抱擁した。やはり痩せていた。ひげづらの容貌はそれとなくアメリカ亡命から帰国したときのソルジェニーツィンのようにとがって見えた。思わず、ユゼフはゴーシャの耳元に囁いた。おお、神のご加護だ、おお、リーザがですか。ユゼフは言い足した。ええ、また次の機会にお話しできるでしょう。慌ただしく護送兵のペーチャが息せききって飛び込んで来た。時間厳守です！　ユゼフは見送りに車寄せまで出た。さすがに寒い風が出ていた。護送の車がマフラーから悪いガソリンの黒い煙を吐き散らしていた。ゴーシャはユゼフに握手して言った。はい、われわれも午前中に現場ではじめての雨に濡れました。春が来ます。海峡も氷が解けさるでしょう。初雪もいいが、冬の終わりの雨もいい、希望があるからね。そう言ってユゼフは、ヤン・チュダーエフ、パーヴェル・グレチコフとも握手を交わした。

ユゼフは見送った。日はすでに丘の市街の背後にある白いギザギザした稜線の上に傾いていた。そうとも、わたしには彼に大いなる借りがある。わたしが生き急いだ罪の結果だ。しかし、わたしには彼ら三人を、いや、あの十二人を釈放しうる論拠がある。しかし、ここは急ぐことはない。ここでなら、死ぬことはない。ともあれ、三人は戦場から生きて帰った。そしてふたたび逮捕され、ここに流刑となったが、それは生きているということだ。生きていればこそだ。受刑庁への申し立てもこの先は可能なのだ。この一年をどう乗り切るかだ。

3

三人を見送ったあと、入れ違いに河氷を見に行ったサーシャが戻って来た。ドゥイカ川の氷が緩んで、前回のように車で河氷は渡れないと分かったというのだ。サーシャは言った。幹線道路を行き、迂回してドゥイカ橋を渡って左岸づたいに行きましょう。急がないと日が傾きます。せめて日没前に着きたいです。セルゲイ修道士も待っているに違いありません。

この時ユゼフは執務室でラウラと語り合っていた。サーシャも話を聞いた。ユゼフは言った。ねえ、ラウラ、わたしは別れ際にゴーシャの耳元に、リーザの名を言ったのだけれど、あれでよかったのかな。ほら、あなたのダーチャ・マライーニの新著のことでわたしは知ったのですが。ラウラは言った。もちろんですよ、ほら、この本です。ラウラはすぐに自分の室からダーチャ・マライーニの本をもってきてテーブルに置いて言った。表紙の装幀は、さすがにイタリアのデザイン力はシンプルですわ、この美しさにはかないませんよ。ほら、右手にダーチャさんの少女時代の写真、そしてごらんなさい、赤で、著者名の DACIA MARAINI そしてその下にタイトルが海色の青で Vita mia つまり〈わが人生〉ですね。わたしたちのロシア語なら、Moia zhizn' です。そしてほら、そのすぐ余白小さく黒い文字で、Giappone, 1943 とあるでしょう。一九四三年　日本、そして、収容所での一イタリア人少女のメモリアル、とあります。おお、出版社は有名なリッツォーリ社。

ユゼフは言った。出版はつい最近、二月だとかとおっしゃいましたよね。そうですよ。ええ、嬉しいことに、あのリーザ・カザンスカヤが、おお、おお、まさか、まさか彼女が先ほどのゴーシャ・カザンスキーの縁者、いや、実の妹さん？　おお、なんという奇遇、おお、何というべきでしょう、思いもかけなかったこと！　ユゼフは言った。まさにその通りだったのです。わたしだって、先日のあなたの話の符合に驚いたのですがね。ええ、確認できてよかった。そうです、彼の妹だったんですよ、あなたがサンクトペテルブルグで知り合いになったレンフィルムの若い監督というのは！　あそこはモスクワのモスフィルムとちがって貧乏ではあるが、芸術の矜持と自由についてはしたたかな人々が結集しているのだとわたしは聞いています。で、彼女のアドレスは？　ラウラは言った。ええ、ただレンフィルムの監督部屋のナンバーだけで。ユゼフは言った。そうでしょう。たしかレンフィルムは、どんな著名な監督でも、みな平等に、小さなお猿さんの檻みたいな小部屋で仕事しているんです。映画大学の学生たちがボランティアで集まって手伝っているんですよ。おお、わたしは若かった。わたしも何のつもりか、有名な監督の作品のとき、はりぼての書き割りづくりに参加したことがありました。ユゼフは微笑した。何というロシアの広大無辺な運命の符合か！

サーシャはひどく感激していたが、すぐに時計を見て、さあ、もう行かないと、丘のダーチャに着く頃に日が落ちてしまいます。どんなにセルゲイ・モロゾフが待っていることか！

ユゼフ少佐、遅れますよ。ユゼフは立ち上がった。するとラウラ・ヴェンヤミノヴァもダーチャ・マライーニの本を手にして立ち上がって言い添えた。わたしもご一緒してよろしいですね。おお、もちろんです。マライーニの本をたずさえて。サーシャが駆け出して行った。ラウラもユゼフも寒気がぶりかえす夕べのために、身支度をした。ラウラはとても高価な貂《てん》の毛皮帽を深くかぶった。支庁の留守番はゲンリフ・エリシュヴィリ大尉と新任のロジオン・ロマン少尉だった。送り出すゲンリフは言った。三名の政治犯面談については、オルロフ副所長あてに報告書を作成しておきますよ。あれで彼らはおっかなびっくりですからね。安心させましょう。

いいですか、ユゼフ少佐、わたしからも聖像画家セルゲイ修道士によろしく言ってくださいよ。実は、わたしもセルゲイ・モロゾフを介して、そう、なんと表現すべきですかな、それとなく、神のご加護をいただきたいものだとね。

サーシャの車は後部座席にユゼフとラウラを乗せて走り出した。外気はまだ陽に暖められていたものの、零下七、八度はあるだろう。市中の歩行者は三々五々、ふくらんだ買い物袋を両手に提げ、ひきずるように通り過ぎた。毛皮コートやさらに膨らんだダウンを着ているせいで、山のヒグマの子供らのようだった。ラウラとユゼフ少佐は先ほどの話のつづきを始めた。聞き耳を立てるサーシャはときおり振り向いた。分かると相槌を打った。幹線道路の大道はそれでもあちこちに危険があった。凍った轍を外れて路肩からいきなり氷河のような雪堆《せきたい》に突っ込むことになる。雪堆は除雪車で寄せられているが、氷海の壁になっている。そこに果てしなく電柱がつづき、電線は四月の空におおきく撓《たわ》んだフリルのようだった。しかもどこまでも疎林と白樺、さらに懐《ふところ》に針葉樹の黒緑をびっしりと抱え込んでいた。やがて右手にドゥイカ川の蛇行部が開かれた。凍っているが、ところどころに青い水の裂け目がのぞきはじめていた。

ユゼフはラウラの話を聞いていた。ラウラは歌うような声で話していた。ユゼフにはふとポーランド語の響きにきこえる瞬間があった。というのも、発音の輪郭が、ふとヴェネツィアガラスを叩いたときの甲高さに聞こえるからだった、要するに、母音がとても短い。子音が鋭かった。それでいて、リズムは歌うようだった。ええ、どうしてリーザ・カザンスカヤと友達になったかですって？　ラウラは言った。とても簡単です。出会いはいつも偶然です、ふと出会う。そして別れる。その一瞬の出来事ですね。すると、必然に昇華する、とでも言うべきかしら。出会いの本質は、言うなれば、そのさりげない出会いを人生の必然に変換できるその一点において成就するんですよ。わたしたちは人生の暮らしや歴史において、厖大な出会いに恵まれるけれども、そのうちのほんの一部分によって生かされているんじゃないかしら。わたしがリーザ・カザンスカヤに出会ったのだって、それが出会いにならずに終わった出会いに過ぎなかったかもわかりません。でも、そこに一瞬が割り込んだんですよ。そう、啓示のようにね。光の雨しずくのようにね。

わたしは故郷のサンクトペテルブルグに帰省しましたでしょう。ユゼフは言った。おお、そうでしたね、急な休暇でした。ええ、とラウラは言った。母を養老サナトリウムに見舞うためでした。七十七歳です。母は二流でしたが、それなりの児童文学作家でした。それで文学者作家の養老サナトリウムに運よく入れたのです。そのとき、彼女は、もちろん老齢の斑《まだら》なぼけが生じていたのですが、きゅうに、はっきりと明瞭な意識になって言ったのです。それが、なんとまあ、ダーチャ・マライーニという名前だったのです。いいかい、ラウラ、サンクトの本の家で、ダーチャの本が出ていたら、かならず買っておくれだよ。もうわたしはイタリア語が読めなくなっているけれど、あたしの代わりに読んどいておくれだよ。次に来るときは、いいかい、その本の話を聞かせておくれ。約束ですよ。なあに、親孝行だなんてちっともいらないけれど、だって、おまえ、よくまあ好き好んで、オホーツク海に浮かぶサハリン島まで移住するだなんてことを思いついたのやら、そんなとこからここまで飛んでくるには費用も大変だからね、とにかく知らせておくれ。ダーチャ・マライーニの健気で明るい精神について……。もちろん、わたしは、直ぐに、はい、はい、約束しますよ、と言ったのです。で、わたしは、もう安心したのかふっと眠り込む母に聞いたのです。ママ、どうしてダーチャ・マライーニなの、ってね。すると彼女は目を開けて、澄んできらきらした目で、何だい、おまえは知らなかったのかい、実はね、彼女はわたしと同い年なんだよ。でも、わたしはこのロシアじゃ、彼女のような作家になれなかった。いや、後悔などしていないよ。

そこまで話したところで、サーシャは振り向いた。おお、やっとドゥイカを渡る橋ですよ。じゃ、渡ります！　左岸沿いに走って丘のダーチャへ向かいます。

ユゼフは言った。なんだか、わたし自身が耄碌《もうろく》したような気分ですよ、おお、そうでしたね、ラウラ・ヴェンヤミノヴァ、あなたの休暇のことはすっぽりと忘れていた気がします。おお、ついこのあいだのことだったのに！　ああ、そう言えば、ユジノ・サハリンスクから飛んだのだった。ハバロフスクで連絡をもらいましたね。いいんですよ、ユゼフ少佐、あなたは心の友、セルゲイ・モロゾフのことで一杯なんですから。ユゼフはドゥイカ川の氷とわずかな亀裂を窓ごしに眺め、ラウラは丘裾のやせほそった白樺林を眺めていた。で、とユゼフは言った。ラウラはふたたび続けた。ええ、ほら、サンクトペテルブルグ大の、運河沿いの通りの本の家に、わたしはすぐに立ち寄ったのです。あんまり本が多いので思わず悲鳴が出るくらい。ここでは、なんとまあ、書店といってもね。それで奥まった小さな一室で、そこは外国文学の室で、たくさん並んでいました。平積みではなくて、書棚に収まっている本ばかり。すぐにイタリア語の本はありました。ええ、その時ですよ。わたしは彼女と出会いました。わたしはただ一冊だけ書架に収まっているダーチャ・マライーニを見つけた。濃い橙色の背表紙に、白抜きで、しかもとても小さな文字で、DACIA MARAINI つづいてもっとポイントを落としたこぶりな白抜きの文字で　つつましく、Vita mia ってね。あった、とわたしは喜びのあまり、手を伸ばしかけたその瞬間、その一冊が、まるでね、ルネッサンス絵画の手のような、美しすぎるふっくらとした手指が、そうです、まるで天使の翼とでもいうように止まって、そっとその一冊を抜き出したのです。わたしはぎょっとして、直ぐ左となりを見ました。ああ、とわたしは嘆声をあげました。いや、一瞬遅れた悔しさで、叫んだのです。するととなりの若い娘さんが、わたしを見つめ、見つめながら、あなたも？　と言ったのです。

ユゼフは引き取った。なるほど、それがリーザ・カザンスカヤだったのですね。サーシャの運転は丘の狭い道を慎重に登り始めていた。ええ、それで、立ち話しで交渉に入ったのです。可笑しかったわ。結局わたしが買うことになった。わたしたちは古くからの友だちのように、直ぐ近くのカフェでお茶を飲むことにしたのです。残念、リーザ・カザンスカヤはわたしよりずっと背が高くて、それが遅れをとった理由だったとね、あとで笑いあいました。ええ、わたしは、急がないので、まず、リーザさん、あなたが読み終えたらサハリン島まで送ってくださいねと渡したのです。ユゼフは訊いた。おお、彼女はイタリア語が堪能なんですね。ええ、わたしもそれなりに出来ますが、彼女はもっとだったのにびっくりしました。何でも、監督の仕事なので、どうしてもイタリア語は必須だったのですね。ユゼフは言った。で、彼女が読み終えて、あなたに返してよこした。はい。でも、ひとつだけ、問題がありましたよ。ほら、わたしは名刺など渡せませんね。エフエスベー勤務だなんてね、これは警戒されるでしょう。それで、アパートのアドレスのメモをあげたのです。

サーシャの声がふりむいた。着いた、という言葉を、彼は気取って、ポーランド語で、エステシミ、と言った。われわれは存在する、という言い方だった。イタリア語に負けないつもりです、とサーシャはザンギ老の家の前で車から飛び降りた。小屋の柵の前に犬たちが行儀よく坐っていた。小屋の中で鶏たちが走り回っている。サーシャは言った。しかし、ザンギさん宅は、水道が来ているわけはなし、水はどうしているんでしょうかね。すると向こうから大きな声がした。裏の森のなかからザンギ老と三人が猟銃のサックを肩掛けにしてやって来た。鉄製のカンジキが腰にさがって鳴っていた。

ザンギ老はユゼフたちを迎えた。おお、おお、これは賑々しい、やっと来なすった。嬉しい。嬉しい。なあに、今日は、朝早くからヒグマの巣穴の見当をつけてきたところです。おお、こんにちは、ドブジンスキ准尉。なんだって？　ふむ、水はどうしているかだって。そりゃ、きみ、井戸じゃよ。サーシャは言った。こんな高さで出ますか？　掘れば出る。サーシャは、はあ、と言った。鶏は？　ザンギ老は言った。冬の卵じゃよ。小屋はぬくくしているので、いくらでも産む。セルゲイ修道士には栄養が必要だ。

4

みんなはとりあえずザンギ老の母屋に、ペチカの床暖房で暑いくらいの居間に入った。入ったとたんにぎやかな子供らの声が聞こえ、一番先になって小さな、まるで金髪のお人形さんのような女の子が笑い声をあげながら走り出て来た。三歳くらいだろうにまだ二歳そこいらなくらい小さかった。その後ろから、その姉らしい子が追いかけてきたのだった。またそのあとから、そばかすのある痩せた少年が、少年といっても十歳そこいらだろうか。ほんのりと暗い表情だった。

彼らは不意のお客に吃驚して見上げた。オイオイオイ、とサーシャは言った。こんな可愛い小さい天使さん、いったい、きみは何歳ですか。すると小さな金髪に、その金髪を後ろで編んだ小さな天使は、まだ笑いが、その無心な笑いが、この世界がどんなに素晴らしい喜びに満ちているかその小さな身体一杯で感じているように、はじけ、そして指を立てて、三歳だよ、そう言ったのだった。言葉はもっと発達しているのが分かった。三人の子らはすぐにまっすぐな顔になって、居間のラフカに並んで坐った。小さすぎる天使の子は、足が床にとどかなかった。そこへ奥から、ザンギ老の孫娘のリュドミーラが顔を見せた。ザンギ老は言った。リュドゥシュカ、セルゲイ修道士はどうしておるかい。彼女はユゼフ少佐に気づいて、嬉しそうに答えた。はい、生きています！　とてもぐっすり眠っています。ずっと夢でも見ているように。おお、よかった。ユゼフは言った。ミレナ、ずいぶんお世話になっているが、ほんとうにありがとう。きょう、やっと見舞いに来られた。でも、きみはスーパーのカッサの仕事は？　いいえ、セルゲイ・モロゾフさんが優先です！

さきほどの小さな天使の子が、生きている、生きている、といってまた笑い声をあげ、姉にたしなめられた。でも、わたし見たわ、ちゃんと生きている、すうすう息をして眠っているよ。熊撃ちの身なりをほどいたザンギ老は連れの仲間にお別れを言った。あと数日だね。巣穴の見当はついたが、油断はならない。明日、もういちど山に入るぞ。仲間たちは帰って行った。ザンギ老はあらためて、ユゼフ少佐、秘書のラウラ、そしてサーシャに言った。うちのリュードチカがいますから、なんの心配もいらんです。ところで、と彼は秘書のラウラ・ヴェンヤミノヴァに言った。先だっては執務室までおしかけてお世話さまでした。あなたもセルゲイ修道士に会いたいとですか。彼女は、言うまでもありません、と言った。だって、いいですか、わたしはセルゲイさんが病から癒えるのを心底祈っているのですからね。ザンギ老は言った。わたしらみんなそうです。さあ、それではダーチャに参りましょうか。で、出ようとすると、ラフカに掛けていたそばかす顔の痩せて青白い顔をした少年がたちあがり、ザンギ老に言った。ぼくもいいですか。ぼくも聖像画家のセルゲイさんに会ってみたいです。おやおや、とユゼフは言った。少年は言った。ぼくだって役に立てます。ああ、おお、と老ザンギは言った。ユゼフ少佐、ここだけの話ですが、このアナトーリーの父親は、何と言う不運か、第一次の動員令でとられて行き、亡くなったんでがんす。な、トーリャ、おまえは《少年少女の家》に入ったんだが、気に染まず逃げ出してきた。ユゼフ少佐、このトーリャはいまドゥイカ左岸の知人の家で暮らしております。

ユゼフもみなは、賛成した。トーリャはユゼフにならんで立って小さな声で言った。いいですか、ぼくは十八になったらサハリン島を出て大陸に行きます。ユゼフは言った。希望があるね。でももっと学ばないといけない。はい、ぼくは聖像画家のセルゲイ修道士から学びたいと思います。いろいろ苦難を経たひとでしょう？　サーシャは痩せたアナトーリーの手を握った。そうだよ。でも、きみにはまだ八年もあるね。つまり、きみには未来が待っている。われわれナロードの味方は時間だよ。え、ナロードって、民衆という意味ですか。ユゼフは言った。まあ、われわれ、この大地の平凡な人々のことだ。エリートという種族には、とユゼフは口がすべった。必ず悪霊がささやきかける。いくら学んでも、エリートの誘惑に負けるな、トーリャくん。ユゼフはこのトーリャ少年をどこかで知っているように思った。雪道はザックザックと鳴った。

　ダーチャへの道は四月とはいえ、ここいらはまだ残雪と氷だった。雪はもう堅い雪で締まり、白くくぼみのめだつザラメ雪の表層だった。ザンギ老を先頭に登って行った。リューダは小さな女の子の姉妹と母屋に残った。白い息をフーフーつきながら、ラウラは言った。ええ、大人から見ると、あの子たちはまるでお人形さんのように小さい。彼女たちから見ると、わたしたちは巨人に見えるのかしらね。背の高いユゼフは言った。ほんとうにあの子は小さかった。駆け回るハリネズミちゃんみたいにね。天真爛漫。無垢、さあ、何と言ったらいいのか。ユゼフに言われて市中の花屋で買った薔薇の花束を手にしたサーシャは言った。そうです、現在世界で評判の悪いロシア人だって、あの無垢な天使ちゃんだったのです。トーリャは言った。はい、あのアンヌシュカは、マトリョーシュカのなかの最初の、豆粒のように小さいやつなんです。走り回って転んでも笑っています。口はとても達者です。

さあ、どうですかな、とザンギ老が誇らしげに言った。彼の夏のダーチャが丘の上の、天辺ではなくその少し下で、背後を針葉樹の林が守っている姿を指して言った。丘の中腹に衝突したノアの箱舟というところでしょうかね。サーシャは言った。まるで破風の屋根をもった砕氷船だ。その屋根からひとすじの煙が白くあがっていた。ザンギ老は言った。もう、もう、床暖房はペチカでぬくいくらいです。病院なんか目じゃない。あの雄姿のまんまタタール海峡に乗り出せるというもんです。登りの右手に白樺の林が添っていた。木肌が雪よりもやわらかい純白に光って、影が落ちている。その影を踏んで歩いた瞬間、どこからともなく低く、風に乗って届いたのか、いや、ダーチャの中からなのか、微かにピアノの旋律が、なにかの一フレーズが流れた。ユゼフはサーシャに言った。サーシャは答えた。ユゼフ少佐、幻聴ですよ。ダーチャのピアノは音が狂っていたじゃないですか。わたしはもう、とてもいい調律師をみつけました。セルゲイのために弾きますよ。ユゼフは思った。ここ丘の風が弾いていたのだ。

いよいよ、息をついてダーチャの玄関口の木戸に着くと、一匹の若い犬が丸まった尻尾を振るとでもいうようにザンギ老を迎えた。ザンギ老は頭を撫でた。アイノ犬です。イノチェク、熊には注意だよ。サーシャも、続いてトーリャもイノチェクを撫でた。さて、とザンギ老は玄関のドアを開けて、大きな声を出した。こんにちは、聖像画家セルゲイ・モロゾフ、お客ですよ、あなたのユゼフ少佐ですよ。玄関の間には秋に採ったとおぼしき野草の干した束が壁にかかっていた。馨しい薬草の匂いがこもっていた。大きなザルにはハマナスの実がまだ真っ赤だった。リャビーナの実はもっと赤く宝石のように入っていた。ダーチャはにわかに賑やかになった。

5

ザンギ老を先頭にしてユゼフたちは階段をあがった。急な階段には、途中に小さな踊り場があった。そこでふと足を止めた太り肉《じし》のラウラ・ヴェンヤミノヴァは、ああ、ラ・スカーラ、と言った。ユゼフにはもちろん、〈la scala〉と聞き取れた。イタリア語で、階段という意味だ。すぐに分かった。わたしたちは階段を上がって行く。そう言ったのに違いなかった。人生の旅に病んだセルゲイ・モロゾフのところまで。そして上り詰めると広々として仕切りの一つもない、まるで広間のような、おお、ここでは輪になってみなで踊れるほどの広さの板の間が、このダーチャの背後に沈みかけている黄色い夕べの太陽の光のヴェールを床に敷かれて翳《かげ》っていた。ユゼフの腕にすがってラウラも広間に立った。サーシャもトーリャも、見えない日没の影の中に立った。東向きの大きな窓に、そしてすぐ左手の北向きの窓に、日没の光の残光がひろがっていた。西向きは壁だった。ユゼフはセルゲイの姿を探した。窓辺のアームチェアにでもかけて氷のタタール海峡を見つめているとばかり思ったのだが、振り向くと、南壁の片隅に小ぶりな木造のベッドがあった。そこにセルゲイは横臥していた。ザンギ老は言った。日没といっしょに眠りに落ちたんですな。おお、ひっそりと眠っている。

ユゼフはセルゲイの枕元に顔を寄せた。ラウラも、バラの花束をもったサーシャ、そしておずおずとしたトーリャ、みなはそっとセルゲイの寝顔を見た。ザンギ老は言った。まあ、これはちゃんと生きているってことです。なあに、うちのリュードチカがお世話をしておるから、心配はありませなんじゃ。あれは、あれで看護師資格をとっているんですからな。ユゼフはほっと安心できた。やっと会えたのだ。セルゲイの寝顔はひげに包まれていた。しかしセルゲイの特徴的面長な顔の輪郭は同じだった。ユゼフはセルゲイのすぐそばに身をこごめ、耳元に言った。わがセルゲイ、わたしのただ一人の最後の友よ、愛する友よ、ぼくだよ、ユゼフだよ。聞こえるかい。おお、聞こえるね。夢の眠りの中でも聞こえるね。ぼくだよ、ユゼフ・ローザノフだよ。いいかい、ぼくはきみを援けるために遣わされたのだ。きみにはどれほどの借りがあることか。いま、ぼくがこうして生きているのは、きみのお蔭なのだ。あのとき、ペルミできみに会うことがなかったら、ぼくはエフエスベーの走り使いで人生を棒に振るところだった。そして、いいかい、〈ロシアはスタヴローギンだ!〉——と喝破してぼくに衝撃をあたえてくれた、あのアリスカンダル老師の講演できみと一緒になっていなかったら、いまごろ権力の棒をふりまわして威力をつけ、罪もない人々を四つ裂きにしていたところだよ。両足を切断し、両腕を切断し、それらを処刑台の穴の樽に投げ込み、そして最後は首を切断する。胴体もまた樽の中に投げ込む。これがロシアだったのだ。しかし、これがロシアだなどとは、きみは言わせなかった。そうだよ、わが友セルゲイ、もうぼくもそうは言わせない。きみを生き返らせることがぼくの使命となったのだ。だって、思ってもみて欲しい、ぼくときみとの世代は、ぼくらの青春はなりやんだのだ、ぼくらはもう終わったのだ、ぼくらはひとたび死んだのだ、しかし、きみは生きている、きみが生きているということは、同時にぼくもまた生きているということだ。そうだよ、ぼくには分からない謎だが、きみの処遇についてはぼくに一切をゆだねるという命令を、ぼくはモスクワから得た。何故なのか、分からないが、これはぼくらが歴史の中にもう一度、決死の覚悟で入れ、自己投企せよ、という、ひょっとしたら、権力とは異なる次元からの言葉だったのではないのか。ぼくはきみを救わなければならない。それはぼく自身をも救うことなのだ。おお、きみは、いま、一言も、言葉を発することができない。いいのだ、それで。まことの言葉が発せられるまでに、ぼくらはどれほどの歳月を言葉なしで生きなければならないことか！　きみの真の言葉とは、きみの創りだす聖像画の言葉だが、しかし、ぼくらはきみを待っている。永遠にきみが描かなくとも、ぼくらはきみを待っているのだ。いいかい、ぼくらは、きみなのだ。きみの存在によって、きみが生きていることによって、ぼくらは、ぼくもだが、生きているのだ。

ユゼフの心の言葉は、このように渦巻いていたが、セルゲイの耳の遠い遠い海の巻貝のようなその底に囁いたのは、もっと簡単だった。セルゲイ、生きよ。そしてぼくらを生き返らせよ。セルゲイの鼻梁の高い横顔はすこやかに眠っていた。

ユゼフの隣でセルゲイを見つめていたラウラが言った。ユゼフ少佐、ほら、眠っていても聞こえたようですよ。セルゲイのまぶたがすこし動いたのだった。いや、そのとき階下で、ピアノの小さな旋律が氷海の蜃気楼のように聞こえだした。ユゼフはほら聞こえる、と言った。サーシャはまた否定した。ですから、ユゼフ少佐の幻聴です。ユゼフは言った。いいかい、そうは言うけれど、セルゲイが弾いているということだってあるんじゃないか。いいえ、とサーシャは言った。どうして、眠っているセルゲイ・モロゾフが弾けるんです？　それは神秘主義じゃありませんか。じっとセルゲイのベッドの端っこに立っていたトーリャの明るい声がした。ほら、ぼくにも聞こえました。ぼくはブラームスなら知っています。ほら、ブラームスです！

それからラウラ・ヴェンヤミノヴァはえも言われない優雅な笑みを湛えて言った。言いながら涙ぐんでいた。

こんにちは、セルゲイ・モロゾフ、どんなにわたしはあなたにお会いしたかったことでしょう。ユゼフ少佐からどんなにお話を聞いたにしても、やはりお会いしなければすべてが霧に包まれたままです。ここにいるサーシェンカが言ってくれました。中央監獄からこのダーチャに移るとき、ええ、もっとも善き人、無類の世話焼き好きのザンギさんが猛吹雪のその夕べに犬ぞりであなたをこのダーチャに送ってくれました、おお、そのことについてサーシェンカは繰り返しわたしに話してくれたのです。おお、セルゲイ・モロゾフ、中央監獄を出る直前、車寄せの外庭を、あなたは猛吹雪の中を歩き出したのですね、そしてもちろん戻って来たのですが、サーシェンカが言うには、そのときあなたは、もちろん言葉が出なくなったあなたですが、まるで吹雪の中を行くイイスス・フリストスさながらであったと言ったのでした。わたしは忘れることができませんでした。ええ、そうです、われわれのロシアに現れたイイスス・フリストスは、猛吹雪の中を、ちょうど砂漠の大地と同じようにして歩いて行くのです。マイナス二十五度の凍った散弾のような猛吹雪の中を素足で歩いて行くのです。そして、いま、やっとあなたにお会いしたのです。あなたはいま、すやすやと、もちろん髯もじゃのお顔だけれども、まるで子供のように洞窟のなかで眠っています。世界の夢を見ながら、決して言葉になりえない現実世界のありとあらゆる苦しみ、悲惨を、そして草の実ほどの小さな喜びを見出しながら、あなたは遠い地中海の光の波音を思い出しながら、われわれの暗澹たる猛吹雪の愛しい大地に戻って来る、そう、貨物列車で帰還して来る傷病兵の一人のように、あたらしい人生を夢見ているにちがいありません。あなたがこのようなむごたらしい不運の運命に襲われたのは、しかし、あなたこそがそれを奇跡に変えることが可能かどうか、もしかしたら、あの見知らない遥か彼方の、何億光年もはるかな時間の神が試みているとしたらどうでしょう。わたしたちはこの挑戦を、いや、これをこそ恵みとして、受け入れて生きる他ないのです。セルゲイ・モロゾフ、あなたは生きている。おお、わたしの親愛なる友よ、あなたがイタリアの旅でジャコモ・レオパルディの詩集を背負い袋に隠しているというだけの理由で、監獄、狂院、収容所というように引きずり回されて来たことは、わたしはユゼフ少佐の秘書ですからすべての調書の精査によって知り抜いています。おお、ルネッサンスの光一つも知らず、レオパルディの悲歌も讃歌も思索の言葉も知らずに、あなたを逮捕して恥じないわがロシアの歴史の何という泥沼でしょう！　官憲の何という無教養でしょう。親愛なセルゲイ・モロゾフ、さあ、あなたの記憶のために、あなたがせめて光の記憶を呼び覚ますためにもと、いま、ここで、あなたと会いあうことができた奇跡のために、わたしはあなたに、イタリアの現代詩人で豊かな作家である、ダーチャ・マライーニのこの二月に出版された物語《わが人生》、そう、Vita mia《ヴィータ・ミーア》、ほら、この本の扉におかれた詩を朗読して、あなたの魂の、意識の奥底の海に、あなたの海の耳に、その宝石のようなあなたの耳に届けましょう。あなたは、わたしの朗読する光あふれるイタリア語の響きによって、すべてを、その始まりを思い出すでしょう。ええ、言葉にならずとも、あなたはすべてを理解できるでしょう。ああ、若かった頃、サンクトペテルブルグで育ったわたしは、どれほど光あふれた地中海を、イタリアの芸術に憧れたことでしょう。

トーリャがどこからか小さな椅子を見つけて来た。ラウラは腰かけ、眠っているセルゲイ・モロゾフの耳元に、まるで光の言葉の響きを注ぎこむようにして、扉詩を朗読した。

Vita mia che mi sei malandata　ヴィータ ミィア ケ ミ セーイ マランダータ
che mi sei tormentata　ケ ミ セーイ トルメンタータ
che mi sei svirgolata　ケ ミ セーイ スヴィルゴラータ
che te ne vorresti andare　ケ テ ネ ヴォルレスティ アンダーレ
senza un salute, un piede avanti　センツァ ウン サルーテ、ウン ピエディ アヴァンティ
e uno indietro,vita mia　エ ウーノ インディトゥロ、ヴィータ ミィア

ユゼフはラウラの声が誰かに似ていると思った。リフレインもリズムも平易で、まるで意識の渚に、そこは真白い砂浜で、人生の波が静かに寄せてはまた引いていくように思った。サーシャはどこに薔薇の花束をおいていいものやら当惑して、ラウラの声のリズムに揺られていた。ザンギ老は感に堪えない表情で耳を澄ませていた。そして、ラウラは、短い十三行を、一息ついてから、もう一度朗読した。腰掛をもってきてくれたトーリャが、もう一度、とアンコールしたからだ。今度は暗い悲しみの声だった。ユゼフはセルゲイの寝顔を見ながら、かすかにまぶたが動くのに気づきながら、聞いた。ユゼフにはまた幻聴が聞こえた。それはだんだん遠ざかって行き、ふたたび遠くから帰ってくるような旋律だった。

ザンギ老も、サーシャも、ラウラに頼んだ。ラウラ・ヴェンヤミノヴァ、ご自分だけで意味を呑み込んでいるなんて、さあ、お願いです。われわれのロシア語に翻訳してください。ラウラは、おやおや、そうよね、そうでしたわ、それじゃ、訳しますよ。いいえね、セルゲイさんは全部分ったはずだけれど、あなたたちには無理ですものね。いいですか。ラウラはちょっと入れ台詞《ぜりふ》をはさむようにして、訳した。

わが人生は　（ちょっと関係代名詞がね、と入れ台詞して）
わたしにとって
悪く病み　苦しめさいなむ
わたしにとって　ゆがめられた
きみに（ええ、これは人生に、ですよ）
挨拶もせず、行きつ戻りつもせずには
行くことを望まない
過去の廃墟のうえで
踊り歌う　わが人生は…
しかしわが人生は　行く前に
理解することを放棄する

抱擁することを放棄する
物語ることを放棄するだろう

そこまで入れ台詞を加えながらたどたどしく訳したラウラは困惑しているのが分かった。ザンギ老は質問した。ふむ、ポエジアというもんはなかなか難しい。要するに、〈わが人生〉とはいかなるものなんじゃ。ユゼフは言った。そのとき、セルゲイの右目にちらと泪がにじんだように思った。アレクシー・ザンギ、詩の言葉は祈りですよ。そして意味はもっと深まる。いいですか、人生は、行く前に予め理解したり抱擁したり物語ったりできないのです。過去の、そう〈パッサート〉の廃墟の上で、われわれは踊り、そして歌うのです。そうじゃありませんか、過去とはすでに廃墟なのです。しかしその過去へと赴くとき、われわれは、断念してかかるのです。理解することではなく、それらをひっくるめて愛することじゃないのかな。ええ、ラウラ・ヴェンヤミノヴァ、こんな理解でいいでしょうか。ユゼフはいま眠っているセルゲイの前に共にいて、すぐ傍らに在って、青春の廃墟の上に、あらためて立っているように思っていた。

ザンギ老の孫娘のリュドミーラの声がした。あの小さな天使のお人形さんも一緒だったのだ。ユゼフたちはセルゲイのまわりで静かににぎわい、そのあと暮れなずんでいく海峡を大きな窓辺で眺めた。

第七章　ダーシャ・イズマイロヴァの愛

1

長い一日が終わったと思ったが、しかしすべて始まりの日が始まったのだとユゼフは、帰宅して孤独な室内を行きつ戻りつしたあと、セルゲイから贈られた小さな聖像画の前で祈った。

ユゼフはロウソクを灯した。すると聖像画の小さな画面がまるで青い氷海のように明るみ、その上を赤い砕氷船が航行しているように見えた。それは遥か遠くだった。わたしの友、セルゲイ・モロゾフよ、きみは始まったばかりなのだ。何がって？　もちろん、病から回復する長い航海がね。いまは懸命に氷塊を砕きながら、行きつ戻りつ、そして一歩前進するのだ。そしてわたしはきみの友船だ。ずいぶん遅れたが、やっときみのもとにたどりついた。おお、もしかしたらきみは、移送のときに、船室の丸窓から、その大地の層のように分厚い鋼鉄の側舷の冷たさを感じながら、氷塊を氷海上の波状雪をじっと見つめたはずだ。そして三兄弟《トリ・ブラータ》の岩をもね。いいかい、それはかつてチェーホフも見た岩礁だ。真夏の七月だったね、しかし、ひょっとしたら彼にだって悪天候のアレクサンドロフスク湾口の波浪は、氷海に感じられていたのではないだろうか。あのとき、いまわれわれがいるこの背後の山脈は山火事で地獄のように黒い島影が照り映えていたのだ。そうとも、きみは冬のチェーホフなんだよ。言葉を失った冬のチェーホフなんだよ。しかし失ったものは取り返すことが出来るだろうか。いまきみはそれを試されている。わたしはそのために排水量はたかが知れているが、まだディーゼル・エンジンだけは屈強な友船なのだ。いや、救助船ではない。守護船なのだ。神のご加護をきみに祈る！　ユゼフは考えを独り言に出して言い、卓上に置かれたウオッカを一〇〇グラム入りのリュムカに注ぎ、一息に飲み干した。喉が一瞬燃えあがり、ユゼフは次の瞬間、また一人で言った。サンクトペテルブルグ、モスクワ、タガンローグ、東ドネツクの戦場でよりも、サハリン島の冬のウオッカは魂によい！　いいかい、セルゲイ・モロゾフ、われわれは、もう青春は終わったのだ、となれば、もはや優雅な気取りではいられないのだ。ユゼフは灯りを消し、燭台のロウソクに火をつけ、炎のゆらぎのなかでソファに身を沈めた。安もののウオッカの壜のラベルは白地に赤の文字だった。ユゼフは飲んだ。立ちあがってつまみにもと、黒パンとチーズの塊をナイフで削った。食べて飲んでいるうちに悲しみがみちてきた。セルゲイよ、ぼくはなにもできない、きみの抱えた悲しみと絶望に何一つ役立つことができない、ぼくは奇跡を起こせない、イイスス・フリストスじゃないのだから。しかしぼくはきみを救い出したいのだ。ユゼフは長い一日の疲れと悲しみと喜び、安堵と不安を抱えながら少しまどろんだ。その微睡《まどろ》みの中で夢なのか先ほどの現実なのか、ダーチャでの短かった夕映えの画がまざまざと見え出した。

みなが氷海を見下ろす窓に倚ったとき、ユゼフはセルゲイのそばに立ち、彼の手をにぎった。セルゲイの手は大きかったが、氷のように透きとおっていた。しかしあたたかく血が通っていてひっそりと静かだった、まるで脈が消えたとでもいうようにひっそりとしていた。そして言ったのだ。声の答えがあるべくもないのを知りながら、ぼくの愛する友よ、セルゲイ、おお、きみは分かったんだね、ダーチャ・マライーニの本の扉詩が。朗読したのはぼくの秘書のラウラだ。ぜひともきみにイタリアの光の声を聞かせなくてはいけないというのでね。きみは、分かったの？　しかしセルゲイは眠ったままだった。しかしながら、ユゼフは直感できた。その眠りの意識の海底《うなぞこ》まで、自分の声と言葉が、ちいさな錘《おもり》のように届いたのだと。セルゲイの動かない手を握り、ユゼフは何度も言った。分かった？　おお、分かったんだね、セルゲイ、分かったんだね。ユゼフにはその瞬間、セルゲイがふっと右眼のまぶたを動かしたように見えた。そこから室内の光がさっと入ったように思ったが、表情に変化はなかった。ユゼフはセルゲイの動かない手を厚手の毛布の上に残して、ラウラ、サーシャ、トーリャ、そしてザンギ老が何かにぎやかに言い、ラウラがため息をついている窓辺の光景に交じった。ついに落日だった。太陽はダーチャの背後の山に沈んだのだ。最後の残光が氷海を滑り、見えない対岸の大陸の岸辺を染め上げ、見る間に暮れなずんだ。窓辺のみんながまるで日没の氷海上にいるとでもいうようにガラス窓に映った。三兄弟の岩は黒く尖っていた。ユゼフのとなりでラウラ・ヴェンヤミノヴァはもう一度、こんどはすっかりそらんじていて、ダーチャの詩を声に出した。

ユゼフはいま夢にひきずり込まれていた。ダーチャ・マライーニの詩の声が聞こえていた。もちろんラウラが丁寧なロシア語に翻訳してくれたので分かった気がしていたが、夢の中で、ユゼフはまだどこかしっくりこないもどかしさに躓《つまず》いていた。ユゼフは夢の中で窓辺に倚り、ラウラの朗読に耳をかたむけていた。そして、ラウラのゆっくりと暗唱された詩の声が終わったとき、ユゼフは背後のベッドの方から、静かな声がゆっくりと発せられているのを聞いたのだ。ユゼフは振り向いたが、ベッドのセルゲイは眠ったままだった。いや、これはまさにセルゲイ・モロゾフのあの声だ。ユゼフは耳を澄ませた。ラウラたちには聞こえていなかったのだ。おお、とユゼフは気が付いた。これはセルゲイがダーチャ・マライーニの詩を、自分の声でロシア語に翻訳してくれているのだと。夢の中でユゼフは、くっきりとよどみなく、そのロシア語の言葉を聞いていた。

わたしの人生それはみすぼらしかった

わたしを責めさいなみ病んでいた
いまきみはわたしから行こうとする
挨拶もせずに一歩足を先へ
あるいは一歩後ろへと
わたしの人生
それは過ぎ去った過去の廃墟のうえで
ダンスし　歌っている…
けれども行くその前に
わたし自身を理解させてください
わたし自身を宿らせてください
わたし自身を抱擁させてください
わたし自身を物語らせてください

夢の中でユゼフはもう一度セルゲイの眠っているベッドを見た。彼は静かに眠っていた。おお、これはぼくのためにセルゲイが訳してくれたのだ。おお、〈sulle rovine del passato〉、過ぎ去った過去の廃墟の上で！　おお、いま人生は立ち去ろうとしているのだ。ぼくらを捨ててだ。しかし、人生よ、きみにお願いする。わたしはいまこそ自分自身を理解したいのだ！　おお、〈andare〉ここで、〈行く〉という言葉は、〈往く〉という意味なのだ。われわれは過去に往き、生きてもどって来るだろう。悲劇的だが、オルフォイスのように。もっと新しいオルフォイスのようにだ。その声は紛れもなく、過ぎし日のセルゲイ・モロゾフの愁いのこもったゆっくりした声だった。間違いない、セルゲイには聞こえていたのだ、そしてラウラのロシア語訳に満足できずに、わたしだけにその眠りの中から言ってくれたのにちがいない。地中海の光のなかを流離《さすら》ったセルゲイの声だったのだ。夢の中でユゼフは満ち足りた。光があった。十歳のアナトーリーが幾人かの子供らといっしょになってまるで聖歌隊の子らのように、この詩を歌っていた。

2

その夢の中でユゼフは泣いていた。人生はいつも立ち去って行った、そしてぼくは追いかけた、挨拶もせずにぼくを残して、後ろ姿を見失った。しかし人生はいつもぼくを見つめていた。それだけは確かだ。ただひと年前の夏の別れであったのに、もう十五年も過ぎ去った気がする。ぼくは助けを求めたが人生はこたえなかった。おまえを援けるのはわたしではないと、人生は赤松の森の中を走り去った。人生がおまえを援けるのではない。おまえがまことの友を援けることが、おまえを援けることなのだ。あの最後の夏——とユゼフは夢うつつに言った。ぼくはきみに、セルゲイ・モロゾフよ、きみに、いや、ぼくの人生に宛てて、あのとき、義勇兵に赴く夜のパヴェレツキー駅のバーで手紙を書いた。きみの人生はきみと一体だったからだ。ぼくには遺書のつもりだった。ぼくを援けてくれる友は、きみだけだったのだ。きみの人生だけだったのだ。ぼくはバーでワインを飲み干しながら書いた。あれは一瞬間だったが、ぼくの青春の最後の賭けのただ一枚のカードだったのだ。そしてぼくはほんとうは徴兵の時には工兵隊だったのだが、いざ戦地に送られてみると、千キロ以上にもわたる国境を越境する、しかも攻め込み、わずか数百メートルの攻防戦で、一〇〇名の義勇兵のうち、生き残ったのはぼくとジェーニャと、その他一〇名、他はみな死傷者だった。国境地帯の赤松の森は死の森だった。二〇メートルにもおよぶ高さの赤松は砲弾でなぎ倒され、緑鮮やかな黝ずむ松葉におおわれて志願兵たちは無意味に死んでいった。すべて一瞬の刹那だった。森のけだもののように死んでいった。ぼくらは遺体を運ぶことさえできなかった。這いずり回って死者の遺品を集めて遺体を遺棄して後退した。命からがら丸太造りの塹壕にもどった。この戦争が終ったら、と死んだ義勇兵たちはよく言っていた。タクシーの運転手に戻ろう。子供たちのために生きよう。飼い主のいなくなった孤犬たちを何匹も飼って、愛する人と一緒に平和に暮らしたい。それなりに知識人であった義勇兵たちは幻影に打ち砕かれた。無意味な死だけだった。わずか数百メートルの国境線を突破するためにぼくらは捨て駒になった。接近戦になると、星空の夜には、ロシア語とウクライナ語の言葉が、静寂の空気を同じ一つの言語のように響き合った。このときユゼフもジェーニャも、領土や国境線、人工的に捏造された便宜的な線を意識下で無化した。民族も、それぞれの文化も、人工的に線引きすることの論理を無化した。いま、ユゼフの耳朶《じだ》の海で、どこか教会の鐘の音がカリヨンの演奏のように鳴り響いていた。ぼくの青春は終わったのだ。そしてぼくは現実へ帰って来た。ぼくの人生もまたぼくの今後を見守るために、近くまで戻ってきているはずなのだ。その〈人生《ジーズニ》〉を、むかしのひとならば、神とでも呼ぶことが容易なはずだった。いや、今でもそれは不変なのではないのか。一瞬間、奇跡をおこなうのは、〈人生〉なのだ。その〈人生〉が〈妹〉なのだ。このとき、夢のなかで、ヴァレリー修道士がペルミの教会の宿坊で朗読してくれた、詩人のフレーズが、カリヨンの曲になって響きわたった。

ユゼフは目覚めた。窓の外はふたたび、四月の初めての雨のあと、降雪と吹雪が再来襲していたが、もう前のような威力はなかった。窓をうち叩く風も戸惑いがちだった。久々に日曜日の朝は、熱い紅茶のカップ受けの柄をつかみながらゆっくりと淡い吹雪をながめた。最後の吹雪になればいいのだが。ユゼフは独り言を言った。あのとき、狙撃兵が一瞬、ほんの半秒、躊躇《ためら》ったのだとしたらどうだろう。その躊躇いがぼくを生かしたのではないか。もちろん、その銃弾はぼくの耳を掠めてジェーニャの胸を撃ったが、それは胸ポケットにしまってあった御守りの金属製の聖像画に当たった。ぼくらは助かった。あの見えない狙撃兵はぼくらを殺さなかった。窓ガラスの吹雪の渦のなかに、ふっと狙撃兵の顔が浮かんだ。それは男ではなく、少女の顔だった。ぼくらは救われた。いや、同時に、狙撃兵の少女もだ。ユゼフは紅茶を飲み、思った。ぼくはこのことに答えなければならない。そうとも、ぼくは、〈ロシアはスタヴローギンだ〉という恐るべき命題によって、その根深い追跡妄想から逃げるように、戦場で犠牲になり祖先の罪を償おうとしたのではなかったのか、しかし、その甘ったるい感傷が吹っ飛ばされれのだ、つまり、練達の狙撃兵のあり得べくもない慈悲によって死を免れた。それではこの少女の狙撃兵の運命にたいして、ぼくはどのように答えるべきなのか。そうだ、イイスス・フリストスの言われたように、汝の隣人を愛せ、ということだ。愛して、救う、ということだ。もちろん、国家とか民族とか、大きなものについてではない、なぜならそれらは幻想なのだから、そうではなく、ただ一人であってもいい、個人を、個の、この世でただ一つの人生を、生を、ジーズニを、おお、それこそ、小文字の vita を、敬い、愛して、救うことではないのか。厖大なその集積だけが現実世界を苦難から救うことになるのではないか。いま、ぼくにおいては、すでに青春は鳴りやみ、すでに廃墟になってあるのだから、その廃墟への鎮魂もこめて、なぜなら過去はいまは廃墟であろうとも、かつては廃墟ではなかったのだから、もう一度、復興させることができるはずだから、その新しい廃墟で、汝の隣人を愛して救わなければならないのだ。偶然によって、いや、何らかの摂理によって生かされた自分の命の人生によって、愛し、救わなければならないのだ。おお、それがセルゲイ・モロゾフではないのか。いや、救うのはぼくではない、ぼくがセルゲイによって救われるということではないのか。あの国境の赤松の森で生き残ったその奇跡を、一瞬の成就の奇跡を、ぼくはもういちど投げかえさなければならない、生き延びた者たちが無線で、生きているか、よし、次の塹壕まで走れ、愛する者を信じて走れ！　と応答したように……

　ユゼフは亡父の唯一の形見だった赤いパイプに安マホルカをつめ、マッチで火をつけた。マホルカの臭い葉にはウオッカの湿りけを吸わせていた。吸い込んで噎《む》せて咳き込んだとき、遠くから、淡くなった吹雪に運ばれて、教会の鐘の音が響いて来た。それはどれほどの数の鐘かがそれぞれ共鳴しあったカリヨンの終わりの演奏会のようだった。ユゼフは朝の礼拝の人々の中に紛れてみたくなった。今日は稀に自由な日曜日なのだ。セルゲイが生き延びている姿は見届けた。彼の言葉は、夢の中で、ダーチャ・マライーニのロシア語訳の言葉で聞いた。あれはまちがいなく彼の声だった。わが人生——と言ったときに、ロシア語ではあったが、別の光の響きがそれを包み込んでいた。ユゼフは人々の声が聞きたくなった。耳を澄ませたくなった。心ゆくまで人々のもろもろの響きの声を聞きたくなった。彼女たちは聖なる歌を歌うだろう。ただ、生の声だけで。日常の日々の暮らしのときの言葉が、祈りに際してたちまち一つの連帯した声の銀河になるように思ったのだ。ユゼフは無性に、彼女たちのさまざまな年齢の声のなかにありとあらゆる人生が秘められていて、それが顕われる瞬間に共に居たくなった。急いでユゼフは支度をした。むさ苦しいひげには小さな櫛をあてた。鏡に映っているのは、むかしの自分ではない顔だった。草刈り場で、麦畑で、ふと手を休めた農奴の顔だった。これが本当なのだ。これが、おまえは、歴史を生き延びたナロード、常民の顔つきだ。しばらくして鐘の音は聞こえなくなった。市街の雪や氷の角々、路地裏や氷柱をさげた柵木や塀の横丁に消えて行ったのだ。ユゼフは鞣革の裾長の革コートを着た。毛皮帽子を目深にかぶった。手には杖をたずさえた。骨折者が多発する季節だった。片側かけの革鞄のなかにユゼフは小さな聖書を入れた。ユゼフは今ごろになって子供時代をふと思い出した。教会は大きな洞窟のように思われた。夥しいロウソクが灯され、噎せ返る中で、大人の女たちが泣いていた。涙と祈りの喜びが蝋涙になってまるで大きな燭台のロウソクはみな病気のようだった。しかし炎は燃えていた。ユゼフは母に手を引かれていた。母の手は泣いていた。手には蝋涙がこぼれおちて伝っていたのだ。

外に出ると、宿舎の前にならぶリャビーナの並木の上空の雲間に、目が覚めるような青空の川があって、それが流れていた。ふたたび、勤行の始まりを告げる鐘の音が、くっきりとしたカリヨンの音楽になって中空に響き始めた。ユゼフは言った。セルゲイ・モロゾフ、きみのためにもぼくは祈る。ロウソクを一束も買って、火を灯す。ふむ、そのうち、ぼくはきみのため、ぼくの親族たちの流亡の記録を、教会に残されている《メトリカ》を閲覧して、きみに聞かせるだろう。

3

ユゼフは急いだ。吹雪は雲間の青空に追われ鳥の群れの網になって逃げていった。そして日がさした。ポクロフスカヤ教会へ曲がる横丁の角が凍って、てらてらに光った。ユゼフの前をゆっくり歩く老婦人が足をすべらせてあやうく転倒しそうになった。追い越しかけたユゼフは、オッフ、と咄嗟のことで、彼女を抱きとめた。おお、ああ、と老婦人は言ってユゼフに丁寧に礼を言った。どちらへ、とユゼフは彼女がまっすぐに立つと、足は、ねんざ《ラスチャジェニエ》は？――と言い添え、彼女と並んだ。まだ腕を放すわけにはいくまい。まあ、だいじょうぶ、ありがたいことですわ、はい、教会へ。彼女はユゼフを見上げて言った。わたしもですよ。ユゼフは彼女の腕をとったまま歩き出した。彼女は喜んだ。あなたも教会へいらっしゃるのね。彼女は太っていて少し息切れがしていた。ユゼフは久々に人間のぬくもりを感じたのだ。お若いのに、朝のミサにいらっしゃるのね、きっといいことがありますわ、と彼女は言った。ユゼフは言った。やっと吹雪がいなくなりましたね、でも、道はこんなに凍っています。危ない、ほら、こういうへりが曲者です。ユゼフは老婦人の腕の肘のあたりをしっかりと、腕を入れて抱えていた。彼女は言った。一つ聞いてもいいですか。でも、どうして教会へ行く気になったのかしら。ユゼフはあらためて老婦人の眼をみつめた。澄んだ黒い瞳だった。さあ、とユゼフは言った。二人はゆっくり歩いた。はい、吹雪の中から急に鐘の音が聞こえだしたので。それがいくつもの鐘が組鐘のように、そうです、カリヨンのようにね、次々にメロディーまで、それが奇跡的なほど共鳴して、あ、それでこれはポクロフスカヤの鐘だと思いあたって、とユゼフは言った。足もとの氷は水の流れが一瞬生きたままで凍ったように、そしてもりあがって危ない箇所があった。ユゼフはすり足になり、老婦人を支えた。彼女は言った。そう、カリヨンね、ええ、ポクロフスカヤの塔の鐘はたしか四つでしたか、組になっていて打ち鳴らすのでしょうね、あれはとても難しいでしょう。カリヨンだなんて、何てなつかしい。手動でね、ここに有能な補祭さんがいらしてね、鳴らすけれど、ほんとうに演奏家そのものでしょう。老婦人の重さはユゼフがひきうけ、すり足で一歩、また一歩、進み、ようやく道沿いの塀に辿り着いた。そこには凍っていない石畳みがあった。

礼拝に行く人々が前に並んで歩いていた。舗道は雪に覆われていたが、滑らない雪道ができていた。人々は静かだったが、心の賑わいやら悲しみやらがこもっている静かさだった。ユゼフと老婦人は人々の中に入った。ね、これが、ナロードナヤ・ダローガ。人々の道、と彼女は言った。ユゼフは古い言葉で、人民の道、という言い方を思い出した。人々が教会の門をくぐるとき、ユゼフは彼女を人々の中にあずけた。別れしなにユゼフは言った。自己紹介もせずにお許しください。わたしはユゼフ・ローザノフ。いいですか、忘れないでくださいね。またお会いすることがあるかも知れません。年代物らしい重い毛皮コートを着ていた彼女は笑顔でうなずいた。ええ、ありがとう。わたしは、昔は、そう、昔は、でも、いまは名前などどうでもよろしいわね。こうして生きているだけで、神に感謝しているのですから。彼女は人々の、といっても多くは女性たちだったが、そのゆるやかな流れに押されて行った。彼女の前後には母たちに手をひかれた子供たちが真剣な顔を並べていた。ユゼフはちょっと後ろから見送った。そして自分はもっと後の列に戻って行った。見知った人々はいなかった。着ぶくれた冬衣の人々はみな似通っていた。似通っていながら、かならず春がやって来る日も近いという感情で、みなそれぞれに異なっていた。ユゼフは人々の中に紛れ、ふと自分がユゼフ・ローザノフであり、この地で、こともあろうにエフエスベーの少佐であることも忘れていた。門をくぐるとき、その上にイイスス・フリストスの聖像画がかかっていて、夏雲のように動き出した青空からの光がまばゆかった。いや、セルゲイなら、こんな厳しい表情のイイスス・フリストスの顔は描くまいに。ああ、これはまさにリアリズムだ。リアリズムは人の心をえぐる。血が出る。苦しみがよみがえる。まるで今にも髭のある口から言葉がうめき出すようだ。やがてユゼフはブーツの雪をしっかりと払い、人々と一緒に、聖堂の中に入った。ユゼフは洞窟の中に入ったのだと思った。ユゼフは人々の後についてロウソクを買った。ひとびとはそれぞれの聖像画の方へと動きだした。そしてもう人々はその前にひざまずき、手を組み、祈り、そしてそれぞれに言葉をそらんじ、涙を流していた。ユゼフは婦人たちの、頭にかぶった色とりどりのスカーフをまるで野の花でもあるかのように感じた。雪のように白く、長いスカーフをかぶっている婦人たちも、若い娘たちもいた。そして洞窟はどこからともなく乳香の匂いが流れていた。ロウソクの炎は数えきれないほどの数でひとつになり、炎は洞窟の壁に揺らめくフレスコ画を描いているようだった。遠くで、司祭たちが動き回り、人々が頭を垂れ、お香が煙る金色の香炉がブランコのように忙しなく動きまわっていた。そう言えば、そうだったか、東方の三博士、バルタザール、メルキオール、ガスパールがイイスス・フリストスの誕生を祝いに旅をして来たとき、バルタザールは神への捧げものとして乳香を、そうだ、ガスパールは没薬を、そしてメルキオールは確か黄金を。まてよ、ガスパールはアフリカの黒人だったはずだが、そうだ、エジプトの出自か、没薬は受難の死そして埋葬の薬か。ユゼフはしばし乳香と没薬の、橄欖《オリーブ》の木の樹液からとれる香油の匂いに包まれて我を忘れるところだった。酷寒の氷の匂いだけで日々を生きてきたようにさえ思った。ユゼフはふっと、マリアが高価な香油でイイスス・フリストスの足を洗い、自分の長い髪でその足を拭く情景を思い浮かべた。あれはどこだったろう、ユゼフはもどかしかった。福音書イオアン伝の何章だったか。洞窟の中は奥に行くほど広く明るさがまし、人々の言葉が歌っていた。みな個々の生きた声が集まっていた。愛も死も、喜びも悲しみも、すべてが声になって、言葉の声になって、人々は一つになっていた。突然、ユゼフは思った。おお、国家や領土や民族、それを一つに統べるには一体何が必要だろうか。強制や暴力を結集するイデオロギーだろうか。それらはどのような政治イデオロギーでも仮説であって、どのようにも変転する。しかし、この、個々の生きた、生の声による、死と愛の、悲しみと喜びの声の祈りだけが、イデオロギーをついには根源へと解体するのではないのか。そして、浄化の涙と現実を昇華させ、それは日々の一時《いっとき》であるにせよ、人々の心は、どうにかして生きて行けるのではないのか。

しかし、ここから先の洞窟へと歩むことをユゼフは躊躇《ためら》った。ユゼフは引き返した。途中、ひどく大きな稚拙な聖像画があって眼にとまった。イイスス・フリストスがヒグマと一緒にならんで森の中で立っている図だった。月明かりのもとだった。巨大なヒグマはイイスス・フリストスの使徒の一人とでもいうようにだ。ユゼフは笑うに笑えず、現実に返った。そして玄関口に進み出たとき、どこからか声がした。ごめんなさい、もしや、ユゼフ・ローザノフ少佐じゃありませんか。逆光になったユゼフは振り向いた。まあ、やはり、ユゼフ少佐でしたか、ほら、わたしです、ダーシャ・イズマイロヴァ、タガンローグ市立図書館の、わたしですよ！　ユゼフは一瞬茫然としたが、おお、おお、と大きな声になって、ダーシャ・イズマイロヴァの手を握り、それから、彼女を抱擁した。もちろん、もちろん、ダーシャ・イズマイロヴァ、何ということでしょう。いつ、ここに？　え、どうしてですか、おお、セルゲイのことですか。ええ、ヴァレリー修道士から手紙をもらっていましたよ。おお、なんという喜びでしょう。ダーシャは抱擁から身をほどくと、笑いながら、まっすぐにユゼフを見つめた。だって、そのような髯もじゃでしょう、人違いだったらどうしましょうと、ね、そうですよ、あなたがロウソクをお買いになったとき、それからずっと、あなたを見ていたのですよ、ごめんなさい、まあ、わたしときたら、まるで追っかけおばさんみたいですね、いいえ、やはり、あなたでした！　ほら、先ほど、ヒグマのお弟子さんを連れたイイスス・フリストスの巨大な聖像画を前にして、あなたは笑っていらした。ええ、とても優雅な笑いでね。それで確信したんですよ。おお、ユゼフ少佐、お元気で何よりでした。
二人は外に出た。ふたたび鐘が鳴りだした。滑りますよ、注意してください。ほら、わたしに腕を貸してください。ユゼフの腕にはダーシャ・イズマイロヴァの真摯な心が脈を打ってでもいるように伝わった。

4

このときどうして気が付かなかったのか、雪解けが始まっていたのだった。氷ばかりだと見做していた凍った雪は見えないところから溶け始め、知られないように水を集めて、雪の層の下を掘り崩していたのだった。それはダーシャ・イズマイロヴァのブーツの片方が舗道の雪にすとんと落ちるようにぬかって、彼女が、アッフ、とかオッフとか、オイオイとか声をあげて、その声が喜びにあふれたようにあふれて、ユゼフの片方の腕でかかえられたからだった。引き抜いたブーツの下の穴では水が清々しい水が流れていた。教会を出て、辻公園の角を曲がる場所だった。怪我は？　まさか、ニチェヴォー、大丈夫ですよ。ダーシャは言った。ユジノ・サハリンスクはもう始まっているのに、あなたのアレクサンドロフスクは一か月遅れているかと思っていたのに、そんなことはないわね。やはり、春が雪の下で始まっている。そうでしょ、そういってダーシャはユゼフを間近に見つめた。ユゼフはあれこれ考えていた。いや、逡巡していたのだ。ダーシャ・イズマイロヴァにどう話したらいいのか。

それにしても、どうして突然ここまでやって来たのか。ユゼフは言った。ええ、近く出張で、ユジノ・サハリンスクに行く予定だったのです。で、もし運が良ければあなたをお訪ねしようかと、夢の中で思っていたのです。ま、夢のなかでですって、とダーシャは言った。ユゼフは、ええと言って、さてプロスペクトを上がって行くか、いや、ここは少し下って、あの喫茶店《カンダルィ》でゆっくりお茶を飲みながら語らうのがいいのではないかと、ダーシャに言った。ええ、さあ、行きましょう。ユゼフも言った。ええ、行きましょう。たしかにここいらは日がよく当たり、雪解けの水が、あちこちに速度のある水の小径になって音立てて流れていた。そして舗道はもうアスファルトではなく、土と砂利の混じった道になっていた。二人は水の流れを、まるで巨人でもあるかのように踏みつぶして渡った。ユゼフは言った。そうですね、ここいらは、ほら、チェーホフが来島した七月の夏、からからに炎天下で乾き、土埃をあげながら囚人たちが森で伐採した大木を運んできたあたりでしょうか。そう、ドゥイカ川の右岸の貯木場から。ユゼフはこれから案内する《カンダルィ》について説明した。相変わらず、ロシア的なのね、とダーシャは言った。ユゼフは彼女に言わなかったが、もし、市中のよく知られたカフェにでも案内しようものなら、ユゼフ少佐として、それもエフエスベーの一員としてだから、それとなく不具合だったのだ。ユゼフはそういうところへは姿を見せないようにしていた。人口一万足らずの市ではあるが、たちまち、何らかの噂が流されるのだ。かと言って、これから、自分の宿舎の集合住宅へと案内したところで、もちろんいちばん安心でいくらでも話し合える最善の場所なのだが、しかし、いきなり、ダーシャ・イズマイロヴァにそのように提案することも躊躇したのだ。もちろん躊躇する理由などなかったのだが、そしてまた、もしダーシャ・イズマイロヴァが投宿しているホテルなら、その方がもっと良かったのだが、しかし、それもはばかられたのだ。いや、もし自分がダーシャ・イズマイロヴァのホテルに出向いてのことであれば、彼女のもとめで部屋にあがって、気兼ねなく語らうこともできたろうが、しかし、いや、ホテルロビーの談話室でもよかったが、いまは、教会のミサの途中で偶然の邂逅がなされたのだから、それも適切ではないのだ、それよりは、ザンギ老たちがいてもいなくても、あの《カンダルィ》なら、客の種類から言って、はるかに自由だったのだ。いや、民衆的だったのだ。

彼女のみなりは目立った。冬の毛皮コートも豪奢だった。雪道と雪どけで水浸しの横丁の辻を折れてから、二人は《カンダルィ》の店の前に立った。煙突から白い煙があがって、煙はずいぶん高いあたりで風にのって横に流れていた。ユゼフは言った。ええ、まだまだシベリア黒松の薪を燃やしているんです。ダーシャ・イズマイロヴァは眼を細めた。そうね、タガンローグとは大違い、この煙の匂い、いいなあ。教会の乳香の匂いよりいいわね。あのときはアゾフ海の海、そしていまはタタール海峡の海。たった一年そこその時間なのに。ユゼフは《カンダルィ》の看板の説明をしなかった。それでもすぐにダーシャ・イズマイロヴァは理解した。手枷・足枷——とても詩人的じゃないこと？　いいえ、シンボリズムですね。

二人はブーツの汚れを気にも掛けず、勢いよくドアを開けた。朝の客で思った以上にこみあって、親密な空気が満ち溢れていたし、タバコの煙も満ちていた。勢いよくペチカに薪がくべられて、暑いくらいだった。ユゼフは例によって窓外が見える席をとった。ペンキ塗りの窓枠はてらてらしていて、二重窓枠になっているので、中の桟の隙間に去年の羽虫たちの死骸や枯れた花が混ざっていた。主人がやってきて注文を訊いた。ユゼフは、ザンギ老のことを訊いた。はい、ザンギさんは昼前には立ち寄るとか言っていましたがね。おやおや、お客さんでしたか、大陸のお方ですな。ポリャドキンは言った。そうでしょうとも、お美しいのは当然としても、なにかこう品位が違いますな。それはそうと、メニューは何を？　さぞかし朝食代わりとならば、お茶あるいは珈琲、あるいはマラコー、どちらかで選んでください。するとダーシャ・イズマイロヴァは笑みをこぼしながら言った。エスプレッソは？　おお、おお、エスプレッソですか！　おお、何ということか、いえいえ、うちにはあの機械は輸入物で、とても手が出ませんが、とろりと濃いやつなら、もちろん淹れられます。ダーシャは言った。ためしてみましょう。ユゼフは紅茶を選んだ。二人は、それで、というふうにどちらからともなく話を切り出した。それがかち合った。ユゼフは言った。あの主人、ここのマスチェルは、ポリャドキンというんですが、ほら、あそこの奥に特別室があって、まあ、《洞窟》ペシチェーラ、みたいな室です。あそこで彼らは毎日のように、討議をやっている。自分たちのことを、ペシチェーラ派、だなんて呼んでいる。あるいはまた、ノヴォ・ナロードニチェストヴォともね。参加者はそれぞれご先祖がここに流されて来て、その末裔だそうです。あるいは、スターリン治下で、強制移住させられたヴォルガ・タタール人とか。ウクライナ人とか。もちろんポーランド系も。何世代にもわたって、ここに土着しながら、夢想しているのでしょう。流刑囚人の末裔ばかりではなく、ここでは最北の大地で、いわば広大なロシア領土の最北が、さまざまなディアスポラの純粋濃密な洞窟になっているようです。ええ、セルゲイ・モロゾフの面倒を見てくれているニヴフのザンギ老なんかはもともとここの先住民ですがね。ユゼフがセルゲイ・モロゾフと言ったとたん、彼女の眼が輝きを見せた。じゃ、会えるのですね。ユゼフも眼を輝かせ、もちろんですと言った。そこへポリャドキンが大きな皿を両手に乗せ、立ったヒグマとでもいうように運んで来た。《カンダルィ》風エスプレッソですが、味覚に合いますかどうか。カップはとても小さかった。そしてスプーンは大きかった。黒パンはトースターで焼かれ、その上にバターがたっぷりとしみ込んでいた。カルトーシュカのスープが添えてあった。サラダの野菜はなく、人参が添えてあった。

ダーシャ・イズマイロヴァは言った。再会を祝して！　ユゼフも繰り返した。それにしても不思議なこと、いいですか、わたしたちが会ったのは、わずか数度だけです。タガンローグの図書館で、ユゼフ少佐、あなたがサハリン関係の本を閲覧に来られて、借り出したこと。そう、それも二度ばかり。そして、おぼえておいでですか、わたしたちが、ええ、ヴァレリー修道士、ミレナ谷のヴェロニカ。そしてへぼ絵描きのイワンチク、この四人で、あなたのタガンローグのエフエスベーの庁舎での審問会に出たのですが、そうです、ほら、預言者、そうですよ、偽預言者ドミトリー・ドンスコイの審問で。ダーシャ・イズマイロヴァは黒パンを齧りながらも言った。エスプレッソを味見しながらも言った。まあ、泡のないエスプレッソですよ。でも、美味です。ですからね、わたしたちは多くても三度くらいしかお会いしていないんですよ。それなのに、もう幾度となく、二十年もずっとお会いしたように思われるのは、不思議なことです。ダーシャ・イズマイロヴァは毛皮コートを脱いで、衝立のハンガーにかけていたので、彼女のみなりはまるで夏のようだった。鞣革のスカートはひどく短かった。長い脚をテーブルの下に入れていた。また、彼女は笑いながら言った。ユゼフ少佐、不思議に思ったでしょうね、この豪奢な毛皮コートは、ユジノ・サハリンスクのコート貸屋の店から四月末まで借りたんですよ。ええ、ええ、わかります、ユゼフは相槌を打ちながら、ほんとうにそうだった、ダーシャ・イズマイロヴァに会ったのは、わずかに三度だけだろうか。しかし、どうしてずっと昔から知っているように思われたのか。精神的に似通っているならば、十分にあり得ることだ。

ええ、不思議ですね。そう、たしかに三度だけでしたでしょうか。でも、わたしには、おお、もうずっと昔から、ダーシャ・イズマイロヴァ、あなたにお会いしていたように思われます。とくに、今は！　おお、どうして、もちろん、敬愛なるヴァレリー修道士からの手紙で、あなたの移住については知っていましたが、突然、いきなり移住だなんて、一時的気まぐれでできることではないのですから、それなりの深い理由があってのことだと思うのです。ダーシャ・イズマイロヴァは美味しそうにカルトーシュカのスープを深皿から大きなスプーンですくって、口元に運んでいた。その瞬間、ユゼフは言った。ええ、まるで姉のような、そう、姉のような、いいえ、妹じゃありませんよ、姉ですよ。三人姉妹の長女のような……。彼女は目を挙げた。まあ、オリガですか？　ユゼフは慌てて言った。譬えて言えばですが。ダーシャは言った。まあ、わたしったら、ユゼフ少佐、あなたのお姉さんのことを思ってしまって、びっくりしたのです。あなたにお姉さんがいらしたのかと。ユゼフもまた突然のように思い出していた。それをいまここで言うべきことなのか、迷ったのだった。ユゼフは紅茶を一口呑み込んでから言った。ええ、いました。妹《シェストラー》です。忘れたことは一度もないことなのに、ふっと忘れ果てていることがありますね。いま、生きていたら、ダーシャ・イズマイロヴァ、あなたとうり二つのように……。おお、へんな話ですね。ええ、とっくの昔に亡くなっているのですから。このときユゼフの眼には、向かい合ったダーシャ・イズマイロヴァの眼が灰色がかった茶色に見えた。ちょっと間をおいて、息遣いが聞こえ、それから彼女のしわがれた声が聞こえた。おいくつで？　ユゼフは言った。わたしが二十五のときでしたから……。そうでしたか、とダーシャ・イズマイロヴァの声が聞こえた。ユゼフ少佐、いいこと、わたしは六十年代の初めの生まれですよ。ユゼフにはそれが、今まで忘れ果てていたはずの妹の声に聞こえた。おお、なにが似ているのだろう。同じ声があるのだろうか。千に一つくらいはあるに違いないではないか。おお、六十年代の初めだって？　おお、目の前のあなたはそれではこのわたしより二十歳近くも年上だって、まさか、どうしてそんなことがありえようか。ユゼフは一瞬混乱して、思わず言葉に出した。親愛なダーシャ・イズマイロヴァ、わたしは自分の青春がすべて鳴りやんだと確認したばかりだったのです、このアレクサンドロフスクに左遷されて、いや、みずから進んでということもあったのですが、とにかくわたしの人生は挨拶もせずに立ち去ってしまったのです。

　まあ、とダーシャ・イズマイロヴァは小さなカップから濃い珈琲を飲み干して言った。わたしの、ミールイ、マリチク、可愛い男の子さん、いいですか、この世のどこに立ち去らないものがあるでしょうか。どれほど輝かしい青春だって、その時が来れば、挨拶一つなく冷淡に立ち去るのです。音もなく滑り出すロシアの列車のようにね、そしてわたしたちは残される。孤独に一人残されるから、わたしたちはふたたび出発するしかないのです。次の列車がどのような行き先の列車であろうが、前の列車に後悔と深い傷と苦しみと、そして懺悔を乗せたまま、飛び乗らなくてはならないのです。それらこそが財宝なのです。どれほど無惨であったにしても。おお、かわいい《ミールイ》、ユゼフ少佐、それは子熊が母熊から置きざりにされるのと同じでしょうね。ユゼフ少佐、あなたがわたしにあなたの妹の似姿をみいだしてくださったということが、どれほどわたしの喜びになったことでしょう。そう、わたしたちは、すべてにおいて、似姿を求めて果てしない旅をしているのです。いいえ、絶対的な似姿でなくていいのですよ。似姿こそ未来なのです。過去から写し出された未来じゃありませんか。いいこと、ユゼフ少佐、わたしの青春のすべては、わたしたちの世代は、ソ連邦崩壊の時に、終わったのです。まさにいかなる挨拶もなく、置き去りにされたのです。数千万単位の人生を犠牲にして営々と死の大地のうえに打ち立てられた国の姿が、あとかたもなく瓦解したのです。そして新しく歩き出す他なかった。あの日までのわたしの青春は崩れ去ったのですが、それは決して過去の廃墟なんかではなく、未来を映し出す鏡でもあるのです。敗北でもなんでもないのです。資本主義に敗北したのでも何でもないのです。いいですか、青春は永久に更新するのです、わたしたちが生きている限り。イイスス・フリストスだって、いいですか、あの方の青春の夢想はいまだ死せず、別の姿で生きつづけているのではありませんか。そこまで言って、ダーシャ・イズマイロヴァはユゼフを見つめた。亡くなるまえの妹の眼のようにユゼフには見えた。ダーシャ・イズマイロヴァは言った。ユゼフ少佐、あなたは聖ゲオルギーのようになるべき人です。そう思い定めなければ、一体何処にあなたの人生の真実があり得るでしょうか。

さらにダーシャ・イズマイロヴァは言った。おお、ユゼフ・ローザノフ少佐、いまこうしてあなたと話していて、わたしもまた自分を見出したように思います。なぜわたしはこのサハリン島に来たのでしょう！　わたしの人生は、わたしに挨拶もせずに立ち去ったのです、わたしはその青春の似姿を求めていたことが。そうですよ、あの三十歳になるアントン・パーヴロヴィチだって、自分を置き去りにした青春の似姿を、この流刑囚人の似姿に見出したのです。面談した一万人余の流刑者たちの無惨な似姿に、それこそロシアの似姿であったのですが、単なる他者ではなく、自己の分身さえも見出したのです。しかし、時代の軛《くびき》のなかで生きることしかできないチェーホフにとっては、この厖大に滅び去った不条理に、青春を価値あるものにしたかったのに違いないのです。それがのちのチェーホフの思想の希望だったのじゃありませんか。おお、ユゼフ少佐、わたし自身はこの年齢でもはやどうにもなにもできないと思いつつもですが、わたしは、あなたに、そしてあなたの心の友であるセルゲイ・モロゾフ修道士に、聖像画家の魂に会うために、ここに来たのではないでしょうか。一体、いまわたしに可能なのはなんでしょうか。そうでしょ、ユゼフ少佐、わたしたちの言葉で、〈可能、…出来る〉という意味の《ポモーチ》ですが、これをわたしたちは、《ポーモシチ》つまり〈援け、援助、助力〉という意味で考えているじゃありませんか。つまり、この〈助力〉の発生は、訓練によって技能によって、それが可能になるという意味ではなく、瞬発的に、状況的に、肉体的に心が助力にむかって動くことだと思います。その意味で、わたしたちはこの〈ポモーチ〉〈ポーモシチ〉によってこそ真っ先に根源的に人間的な存在なのです。そう、あれこれ考えてから、行動するのではなく、真っ先に反応し、行動し、その結果、ひどい目にあって、痛い！　と叫んだりするのです。先の先まで考えて、助けるかどうするかを考えていては、助けられないのです。水に溺れている人を見て、さあ、あなたならどうするのか。この、助けること、互いに〈ポーモシチ〉しあうことで、わたしたちは生き延びてきたのではありませんか。いいですか、このテーブルを叩いたらどんなに痛いかと想像を駆使して、どんなに痛いかと演技をするのと、いきなり肉体でもってドンと叩いてみて、その痛さを実感するのと、さて、どちらが本来的でしょうか。どちらが安全でしょうか。石橋を叩いて渡る方が、それは安心安全ですが、それでは間に合わないのです。直ちに叩いて、痛みを実感してから、さあ、考え、行動を深化できるのじゃありませんか。わたしたちは常にこのような状況に投げ出されてある存在なんです。おお、ユゼフ少佐、ごめんなさいね、こんな子供じみたお話ですが、許してくださいね。つまり、わたしは、あなたを、そして運命によってあなたのもとに流刑されて来たセルゲイ・モロゾフ修道士、未完の聖像画家を援けに、救援すべく、ここにやって来たのだと分かったのです。いいですか、自分自身でさえ自分で救えないような人でも、他者の《ポーモシチ》の発動によって、自分をもそれとなく救い出すことになるのではないでしょうか。

ここまで歯切れの美しい発音で一気に話したダーシャ・イズマイロヴァの眼は輝きをまし、そして淡くなった。おお、ユゼフ少佐、許してくださいね。そうよ、ユジノ・サハリンスクで、心を許して話せる人がいないままに一冬を凌《しの》いできたものだから、ついつい愚痴にも聞こえたでしょうね。でも、ついでですから、もう一つだけ、お話ししておきますね。いいですか。ええ、ありがとう。わたしがここまで足をのばした理由はもう一つあるのです。いいですか、わたしはカザン生まれです。ええ、祖先を辿れと言えば、タタールの血脈としてのロシア人というわけです。そしてわたしたちは遠い歴史のことはともあれ、スターリン治下では多くがシベリアへそしてこのサハリンへと流されたのです。わたしはその歴史の光景をどうしても、せめて二、三年であってもここで実感したかったのですよ。ええ、それにわたしはカザン大学で歴史学を学んだので、なおのことこれはわたしの宿題だったのです。こう言って、ようやくダーシャ・イズマイロヴァは一息ついてコップの水を飲み、で、セルゲイ・モロゾフはいかがですか、とユゼフを見た。その眼は窓の外の雪解けの空の光で、透かし模様のように翳《かげ》った。ユゼフは眩しかった。はい、とユゼフは言った。親愛なダーシャ・イズマイロヴァ、あなたなら彼を援けることが可能です。願わくは奇跡さえも。ユゼフは途切れがちに、セルゲイの状況を話した。

5

そして雪解けと解氷は、この時刻にはまだだれも気付かなかったが一気呵成に始まり、その始まりにいま自分たちが奇跡的に居合わせていることなど思いもしなかった。むさ苦しいシベリア式建築物の木小屋のごとき喫茶店《カンダルィ》の中は、野辺送りの古歌のようなコロスの歌がレコードから静かに泣きだしていた。ユゼフは遠いむかしが動き出したように思い、耳を澄ませた。タタール海峡、すなわち広大な海岸線にすぎないはずのアレクサンドロフスク湾の海氷がまるで彼の身体の奥でぎしぎしと歯ぎしりし、互いの氷塊が衝突し、乗り上げ、あるいはのし上がり、さらに全体が盛り上がり、そこへ解氷の真っ青な海水がまるで鯨のように盛り上がるのだった。長かったオホーツク海一帯の氷の終わりと新しい春の誕生のようにだった。ユゼフの心はほとんど涙でみちあふれていた。嗚咽のように解氷の声が溢れるのだった。もちろん、ここは海からは遠かった。しかしドゥイカ川の豊かな蛇行部はみるみるうちに河氷が太陽の巨大ハンマーで一気に叩き割られたとでもいうように流れ始めていた。それはここからでも分かった。ひげでむさくるしく、その分だけ屈強に見えるユゼフが沈黙して涙を浮かべているのをダーシャ・イズマイロヴァは気づき、また見つめた。ダーシャ・イズマイロヴァは言った。どうして?……という彼女の声がユゼフには歌のように聞こえた。ユゼフを呼ぶ金羊毛のような柔らかい灰色の声は、ユーシャ、あるいはまた音引きで、ユーシェチカというふうに聞こえた。ユゼフは我に返った。

まるで中二階の仕事部屋で階段の下から呼ばれたときのようだった。それは母だったのか妹だったのか、ユゼフの眼は濡れていた。ダーシャ・イズマイロヴァはユゼフを見つめて、卓上に添えられた利き手の左手の甲に自分の手をのせて言った。ユゼフ少佐、さあ、いいですか、ユゼフ・ローザノフ、心を強くなさいな。ほら、ごらんなさい、一冬のうちにこんなに深く濃い髯もじゃのお顔になって、むさ苦しいったらありゃしないけれど、あなたは、もはや、あのタガンローグの南の海の人じゃありませんよ。そう、図書館でお会いしたとき、何とあなたは優雅だったことでしょう。でもいまはもう違うのです。わたしはヴァレリー修道士の導きで、この地にまで移住して来たけれど、それはあなたに再会し、そして、おお、なんという幸運でしょう、聖像画家セルゲイ・モロゾフがあなたの庇護のもとに生き延びているということを知って、わたしはどうしても一目そのセルゲイ・モロゾフにお会いしてから、帰りたいのです。いいえ、油断せずに、わたしは間に合いたいのです。いいえ、セルゲイ・モロゾフがたいへんな病であるとは知りましたが、でも、かならず復活すると信じてはいても、しかし、ほら、この突然の解氷のように、自然の猛威は理知を超えたところがあるじゃありませんか、もし、今、今日のうちに会わなければ、ひょっとして一生会わずじまいで人生が尽きるということだってあるのですよ。ああ、しかし、どうしてわたしはこうもセルゲイ・モロゾフに会いたいと希っているのでしょうか。いいえ、分かっています、それは、ヴァレリー修道士、そしてあなた、そしてセルゲイ・モロゾフの三者が、ええ、おかしいでしょ、まるで、三位一体の聖像画の天使たちのように直感されてならないからですわ。これでもわたしは女《ジェシチナ》ですからね。おお、でも、はたしてセルゲイ・モロゾフはいつの日にかその聖像画をミレナ谷の修道院の空白の壁に、描くことが可能なのでしょうか。その希望のためにもわたしは一目会って、帰りたいのです。ええ、わたしはホテル《三兄弟の岩》に宿泊して二日目、今日の十時過ぎに夜行列車で帰らなければなりません。ホテルには荷物をあずかってもらってあります。

朝食代わりセットの皿をかたづけにやってきた大男の店主は、おお、と言って知らせた。ここからティモフスコエ駅まで車で二時間はかかる。ましてこの雪解けの峠だ。夕方になるとなおのことだ。ふむ、ティモフスコエからユジノ・サハリンスクですかな、となれば、まんず六〇〇㎞。朝の八時には支障がなければ到着でしょうな。しかし、ですよ、南下するに従って雪解けに異常が無いとも限らない。それからこのポリャドキンという店主は言った。ここは、やはり、どうでしょう、至急ザンギ老に連絡しておきます。ユゼフは、我に返る思いだった。言うまでもないことだ、ぼくはダーシャ・イズマイロヴァをセルゲイに会わせたくないわけでは決してないのだ。ただ、声も言葉も発しえないセルゲイ・モロゾフの姿を秘めておきたいのだ。いや、それは大いなる間違いだ。わたしの独りよがりだったのだ。ユゼフは決断した。店主のポリャドキンに声を届けた。支庁は休日だが、車はどうするか。店主は電話をかけ終わって言った。車はごついのをわれわれの《カンダルィ》の仲間が都合します、安心なさい、ユゼフ少佐。さあ、ユジノ・サハリンスクの淑女、おお、ダーシャ・イズマイロヴァさんですな、おまかせください、ごつい車でドゥイカ川を渡り、ザンギ老の夏のダーチャまで駆け付けてください。わしもそのうち一度、聖像画家セルゲイ・モロゾフ修道士にお会いしたく思っておるのです。ダーシャ・イズマイロヴァはそばにやって来た店主と握手した。おお、まあ、なんとまあ、ふっくらとした手でありましょうか！　ダーシャは笑った。はい、でもいいですか、わたしは人生に置き去りにされた人間です。こんな年になって、サハリンに移住して来たんですよ。店主はおおいに恐縮した。

いいですか、六十にもなって、わたしは一体何を探し求めているのでしょう。わたしの人生は往ってしまったのですよ。でも、それでもこの先わたしは生きていかなければなりません。杖をついて足を引きずりながらでも……。店主のポリャドキンは大きな木椅子を持って来て、そばに腰かけて言った。ダーシャ・イズマイロヴァさん、何をおっしゃる。われわれはご先祖由来ですよ、ここに流刑になって以来、人生なんか我関せずとわれわれをほっぽらかして行っちまいましたども、どっこいわれわれはこのように愛をよすがに生きておりますぞ。はい、わがロシアのプレジデントの再選がどうであろうと知るもんですか、というのも、いかなる政権体制であろうと、そんなのは構わないのです。氷が割れるときは割れる。われわれはただただ一人一人のために生きるのです。そしてその人たちの記憶に残って、生きるのです。われわれナロードは何百年そうやって凌いできた。いまさら、戦争だ、プレジデントだ、資本主義経済だなどと、根本的にはどこ吹く風。いいでしょうか。ええと、ダーシャさん、われわれは贈り物なんでよ。おお、そうです、この島にやって来てわれわれのご先祖の名と来歴を調査カードに残してくれたアントン・パーヴロヴィチは、ふむ、このアレクサンドロフスクに上陸したとき、あの一九四センチもある背丈の美丈夫が、なんと、五十五キロの体重だったのですぞ、それでもってひと夏このサハリン島をここから南に向かって踏査した！　五十五キロだなんて、われわれからみたら、骸骨ですよ。その彼が、われわれの名を記録に残してくれたのです。ですから、ダーシャさん、恩返しです。ポクロフスコエ駅までの山越えは時間そこそこ、ヒグマの鼻くそみたいなものです。お話を盗み聞きして恐縮しとりますが、いまからどうぞわれわれにも代わって、会ってください。いいですか、われわれはいつだって、最後の晩餐だというふうに生きているのです。聖像画家セルゲイ・モロゾフの記憶の中に残ることが一番の贈り物です。

ユゼフは眼が潤んだ。ユゼフは巨漢のポリャドキンの声を聞きながら、あの純白の氷海一面が、まるで逆さになって、七月の最後の夏雲のように沸き立っているのを幻のように見ていた。

エピローグ

1

この一日の雪解けの勢いはほとんど奇跡に近かったのにちがいなかった。ドゥイカ川の氷塊は押し合いへし合いの闘争を重ねながら海へと押し出していった。海は海で波しぶきを岸辺にはねあげ、氷塊は砕け、遠浅の海峡は盛り上がりながら渦巻いていた。カフェ《カンダルィ》の主人が呼び寄せた仲間たちの一人が車高の高い改造車でユゼフとダーシャを乗せると、水浸しの悪路をけちらしながらドゥイカ川の上流の橋まで至り、橋脚は今にも氷塊で乗り越えられそうだったが、渡り切り、それから岬の丘へとのぼった。ザンギ老が母屋の玄関で待っていた。ザンギ老を先に、ユゼフとダーシャはセルゲイ・モロゾフの病臥している夏のダーチャへと登っていった。

そして、ダーシャ・イズマイロヴァははじめてセルゲイ・モロゾフその人に対面した。会うなり、彼女は滂沱《ぼうだ》たる涙を流した。激しい雪解けの現象と呼応するかのように声を啜《すす》り上げて泣いた。セルゲイはベッドに眠っていたが、ダーシャの手が眠っているそのセルゲイの左手をさすったのが分かったのか、セルゲイ・モロゾフはふっと目をあけた。澄んで透明な眼はもうこの世の人とはいわれないような静かさだった。微笑んでさえいるようだった。ダーシャは声をかけた。その声が、しばらくしてからようやくセルゲイのどこかいちばん深い場所に届いたのか、セルゲイの眼がかすかに翳った。ザンギ老は言った。そうなんじゃ、セルゲイさんは力ずくの雪解けの猛威を肌で感じている、いや、耳を澄まして聞いておらっしゃって、すべて分かっているらしい。いや、分かっているのだ。われわれがみなこのような自然の威力の小さな小さな砂粒のごとき一部分であることをさね。ダーシャは涙をこらえながらセルゲイ・モロゾフの左手をやわらかく握っていた。おお、ダーシャ・イズマイロヴァさんであったかな、よくぞ駆けつけてくださったものじゃ。セルゲイさんの右手はもう硬直してまったく動かなくなったのだ。左手だけは、そうとも、大事な利き手じゃから、まだ少しは動く。聖像画家だから、手が動かぬでは聖像画は描けない。それに、もう声が出ない。いや、言葉が出せない。このような病はいかなるものか、もちろん、ドクトルにただしてみたが、いまの医学ではもはやどうにもならないのだという。しかし、わしは希望を持っている。今日一日の雪解けのすさまじさを思ってくだされ。人間もまたそのような自然の一部だとするならば、どこかに奇跡の起こる一瞬の隙間があるべきではなかろうか。その一瞬に賭けたいものだ。じきに五月がやってくる。この北サハリンの五月の美しさは、もちろんただ一瞬とでも言うべきだが、今年の復活祭はいいかね、五月五日ときている。わしはこの瞬間を待っているのです。

ユゼフはセルゲイの透明に澄み切った視線がなにを映しているのか分からなかった。もう次元のことなる時間と空間を見ているような透明さだった。ダーシャはさすっていた手を離し、セルゲイの顔に顔を寄せ、彼の耳にしゃがれ気味の声で言葉を吹き込んだ。その一言が何という言葉だったのか、ユゼフは聞き逃した。一秒、いや、二秒、三秒してから、喉の奥から、体全体の奥底からわきあがってきた唸り声とでもいうように、ア、ウ、ウ、の母音が響き、重なり、セルゲイはまるで、存在の不自由さにもがき、怒ってでもいるように眉根を厳しく顰《ひそ》めたように見えた。

突然、ユゼフは言った。ああ、お願いです、大きな愛に祝福されているダーシャ・イズマイロヴァ、もし可能なら、どうか五月の復活祭まで、わたしの最愛の友、可哀そうな、この気高いセルゲイ・モロゾフの介抱をお願いできませんか。だって、そうじゃありませんか、セルゲイ・モロゾフはきっと神から遣わされた者なのです。セルゲイを救うのです。今、神がわれわれを助けてくれないのなら、われわれがその神を助けるのです。そうなのです。だって、聖像画は神のこの世における形見の画像なのですから、それを縁《よすが》に、われわれは生き、祈ることができるのですから、その希望を、それを目に見える形で描けるのは、このセルゲイ・モロゾフだけなのですから。お願いです。親愛なダーシャさん、どうかここにせめて五月まで逗留くださって、われらのセルゲイを、不運の運命を背負うはめに選ばれたモロゾフを見守ってくださいませんか。本来はぼくがすべてをなすべきですが、いま大至急でなすべき案件があるのです、それはここに、セルゲイ・モロゾフと一緒の砕氷船で流されてきた十二名の若い政治犯たちの冤罪を証明し、一日も早く、釈放する大仕事なのです。モスクワの受刑庁にすでに書面で申請してあるのです。いいえ、セルゲイ・モロゾフの処遇については、ぼくは、わたしは、ある特別の人脈によって、実はわたし自身どうにも分からないことなのですが、ともあれ、セルゲイの身柄の保証は、わたしの一存でどのようにも出来るのです。セルゲイはすでに自由の身なのです。いかなる現実の軛もありません、あるとすれば、この難治の病だけです。われわれは愛をもってする以外にどのような方法もないのですが、であればなおのこと、復活祭までセルゲイ・モロゾフの魂を励ましたい。それこそ、ミレナ谷の、あなたも知っておられるヴァレリー修道士の切なる願いでもあるのです。いったい、どの人が神の顕われであるかなど、知る由もないことですが、われわれにとっては、セルゲイが神の顕われだと確信します。さなくば、神はいかにも勝手気ままに、或る者の命を奪ったりしていいものでしょうか。われわれの行いは、別に言うと、おごり高ぶる神をも助けることにもなるのです。われわれは、多かれ少なかれ、神の顕われなのですが、それを知ることもなく現実だけを生きてしまうのです。

ユゼフもセルゲイの美しい左手をにぎって言った。ザンギ老は、おお、おお、と言いながら共感を示した。ダーシャ・イズマイロヴァはセルゲイの褐色の左の目からこぼれた一粒の涙をハンカチでそっと拭いた。そしてその絹の、草の花もようの刺繍がほどこされたハンカチを聖なるもののように折り畳みながら言った。わかりました。おっしゃるとおりです。いいわ。ほんとうにいいわ。だって、ほら、セルゲイさん、みんな耳で聞いて分かっているんですよ。たしかに、セルゲイの澄んだ瞳にほんの一瞬光が走ったのだった。その瞳にユゼフが映っていた。ダーシャ・イズマイロヴァはセルゲイ・モロゾフの額に手をのせ、祈り、そっとキスをした。セルゲイ・モロゾフは痩せ細ってひげ茫々の修道僧のおもかげだった。セルゲイの呼吸は苦し気だったが、しだいに軽くなった。ザンギ老は言い添えた。うちの孫娘、あれは看護師資格保持者ですから、役に立ちますよ。

ダーシャ・イズマイロヴァはこの日から、ザンギ老のこの夏のダーチャに住んでセルゲイ・モロゾフの介護にあたった。いよいよたちまち春が来て、馨《かぐわ》しいチェリョムハの木々に白い花が咲き始めた。ユゼフは仕事の合間をぬってセルゲイを見舞った。この国の政治向きのことは、もはや問題ではなかった。セルゲイを生き返らせ、せめて十二人全員というわけにいかないまでも、ゴーシャ・カザンスキーだけは夏の前に、ウラルへと自由にさせたかった。ザンギ老は、夏が来たら、セルゲイ・モロゾフをアルコヴォの岩窟に隠棲しているチェムール・セルギエフ長老のもとで静養させるのだと言った。

2

その日、ユゼフは待ちに待ったモスクワの受刑庁からの書面を受け取った。それは大統領続投の選挙とその結果による就任式が終って、といってもユゼフにとってはそれがこの母国と未来、ひいては世界の未来についてどのような変転が起こるのか、いましばらくはどうでもいいことであって、ただ一人の魂の友、セルゲイ・モロゾフの運命の行方のみが一番の不安だったところへ届いた知らせだったので、もう一つの運命について、それはお目こぼしの恩赦という裏事情はあるにしても、自分がかつてウラルで犯した過ちをどうにかただし得たのだった。砕氷船で移送されてきた若い十二人の、少しも恐れて萎縮などしていない十二人の若い政治犯受刑者たちのうち、ただ一人、ゴーシャ・カザンスキーは即時赦免となり、故郷に帰ることになった。全面的に冤罪であったことがユゼフの調査と証明が採用されたのだった。他の政治犯たちは、それぞれの罪科によって、たとえば動員事務所放火事件等々についても恩赦によって減刑の裁可があり、各自、アレクサンドロフスク刑務所で禁錮一年、あるいは二年と、限定的な措置が取られた。したがって彼らはいずれ一年、二年のちに、釈放されて本土に帰還するだろう。

ユゼフ・ローザノフはゴーシャ・カザンスキーが出所の日に、見送るために出迎えに行った。二人はエフエスベーの支所まで雪解けの泥濘からも綺麗になった舗道を歩きながら話しあった。市郊外に新たにできた空港からカナダ製のボンバルヂア機でユジノ・サハリンスクまで飛び、ユジノで機を乗り継いで、ハバロフスクまで行く。ハバロフスクからはシベリア鉄道でウラルのペルミまで行く。ユゼフはこの旅程と費用のすべてを、受刑庁から決裁してもらった。冤罪による長期拘留と禁錮労働についての補償額も、日数計算で受け取った。それでも、金額は微々たるものだった。ユゼフ・ローザノフは、帰郷のための餞別《せんべつ》を用意した。

丘の上の支庁に行く途中、二人は凪いだ早春の青い海に、《三兄弟の岩》をしばし眺めた。ユゼフはそれなりに上背があったが、ゴーシャ・カザンスキーは痩せてはいたがもっと背が高かった。ユゼフは言った。おお、ゲオルギー・オシポヴィチ、あなたはチェーホフ級ののっぽですね。いいえ、ぼくは四センチ負けています。おお、そうでしたか。でも、心の方は同じくらいの高さでしょう。ええ、まあ、そんなふうに思えるようになりたいです。ここに着いた吹雪の日、あの氷海の上で《三兄弟の岩》を遠目に見たときは泣きたくなりました。でもはしゃいでいました。みなと一緒の運命だったので。連帯感情が満ちて。でも、七年もいたら狂ってしまうんじゃないかって……。今は、この奇跡に感謝します。いや、感謝すべきはわたしのほうでね……、とユゼフは言った。

二人は並木の舗道脇にすえてある木のベンチに腰かけた。崖から春風が吹きあげてきた。舗道のすぐそこは、海への切り岸だった。海から崖にぶつかってのちさらに風が駆け上がって来る。それでいて潮の匂いが優しかった。暖かかった。そして風の翼は青い羽毛のようだった。ユゼフ少佐はたばこをとりだした。火をつけようとして、ユゼフは眼を細めているゴーシャを見た。ユゼフはゴーシャにすすめた。おお、どんなに吸いたかったことでしょう！ゴーシャは一本を受けとって銜え、そこにユゼフがマッチを擦った。すぐ風で消えたので、もう三本をまとめてマッチを擦って、その火を、掌で囲いながらゴーシャが銜えたたばこに火をつないだ。馨しい匂いと煙にゴーシャは心持ち泣いていたのだ。ユゼフも深く吸い込んだ。言葉の要らない時間だった。まだ本数が残っているたばこの、青地に白の文字が入った小箱をユゼフはゴーシャ・カザンスキーの上衣の胸ポケットに押しこんだ。せめてものパダーロクに。おお、また風が立ちましたね。ほら、あの黒いとんがり帽子みたいな《三兄弟の岩》のあたり、白い波が沸き立っている。

ユゼフは言った。ね、どうだろうか、いまウラルの春は……。はい、ゴーシャは言った。もうさくらんぼうの花は咲いているでしょう。ユゼフ少佐、副監獄長から聞いたのですが、ユゼフ少佐、あなたがこのアレクサンドロフスクに来られたのは、左遷だったとか……。もしや、タガンローグでのわれわれの直訴問題の処置のせいではなかったのですか。ユゼフ少佐は言った。いや、そんなことではないですよ。あくまでの自分自身のなすべき選択だったのです。わたしだって、実は、心の友となった聖像画家セルゲイ・モロゾフに出会うことで、目覚め、昇進間際のエフエスベーを辞して、義勇兵に応募して、激戦地で無益な死の凄惨《せいさん》な現場を経験しました。そのあとですよ、道が分からなくなっていたとき、タガンローグのエフエスベーの敬愛する先輩に請われて、ふたたび勤務した。そして、あなたたちと出会った。あなたは不条理、理不尽な動員令の生贄《いけにえ》となった……、その後、いきなり前線にもっていかれ、戦い、幸運にも生還でき、そしてわれわれに現状の不合理に関して直訴に来た。軍は、エフエスベーに訴えたという点をのちのちまで恨んだ。われわれは強大な軍組織であれ、容赦せず、調査をし、正すのが本来の任務ですから。わたしには責任があったのです。わたしは証拠を集め、あなたたちの審問で正しい回答、つまり責任を果たし、あなたたちを釈放した。もちろんモスクワの検事局からも返答を得た。しかし、その後、彼らはあなたたちを追尾し、でっち上げの嫌疑でふたたび逮捕した。あなたは仕事でエカチェリンブルグ滞在中に、たまたま、動員事務所を放火した容疑者の住宅に宿泊したという理由です。そして東シベリアの監獄に送った。

それから二人はまたたばこを吸った。今度はゴーシャが小箱から抜いて、ユゼフが銜え、同じように軸の短い三本マッチで火をつけて、吸い合った。また、風が立った。崖の下の遠浅の海は青いヴェールになって寄せていた。いいえ、ユゼフ少佐、わたしはかえって感謝をしているのです。あの動員がなかったら、ウラル以外の世界の現実を知らなかったでしょう。あのとき、タガンローグのあなたのもとに駆け込み訴えを敢行しなかったら、われわれ三人は、再び懲罰として最前線にもっていかれ、消耗品あつかいの捨て駒になっていたのですから。とっくに戦死していたでしょう。ユゼフは言った。そう考えていただけるとは、嬉しいです。

おお、そうです、獄中であなたも耳にしていると思うが、ほら、砕氷船で一緒に移送されて来た聖像画家のセルゲイ・モロゾフですが、おお、耳に入っていましたか、ええ、彼は、いま、あの岬の丘の上の夏のダーチャで、病を養っているのです。わたしはとにかく五月の復活祭までには、彼が立ち上がれることを祈っているのです。そのような風が立つのを祈っているのですよ。おお、それに、ゲオルギー・オシポヴィチ、彼はあなたのさくらんぼう園も知っているんですよ、あなたの妹リーザさんも！　どうです？　で、ゴーシャさん、あなたはリーザさんの消息は獄中でご存知だったですか。

果せるかなゴーシャ・カザンスキーは妹のリーザについてほとんど何の情報ももっていなかった。彼は喜びと驚きで、ベンチから飛び上った。タタール海峡、眼下のいわば海岸線がのっぺらぼうのようなアレクサンドロフスク湾は、南風が流れていた。かなり大きな船が一艘、沖合で停泊して、小さな艀《はしけ》ボートがかけつけているのが見えた。ゴーシャは海に向かって声を上げた。神のご加護に感謝します。渡河作戦でぼくは一兵たりとも銃撃で殺さなかった！　殺されたのはわれわれの仲間たちだけだった。ゴーシャは泣いていた。おお、ママはどうしているだろうか。ユゼフは言った。いいですか、ゴーシャ・カザンスキー、母上は元気だそうです。さくらんぼう園を続けているそうですよ。というのも、あなたはご存知ないでしょうが、ダニール修道院におられたヴァレリー修道士が故郷のタガンローグに帰って来て、廃院を修復して住んでいるのですが、あなたのさくらんぼう園のことはよく知っているのです。わたしはヴァレリー修道士から手紙をもらっているのです。

ユゼフは立ち上がったゴーシャの先に立ち、さあ、急ぎましょう、あなたのリーザさんとサンクトペテルブルグで知り合いになった人が、わたしのセクションの秘書なのです。ラウラ・ヴェンヤミノヴァです。さあ、急ぎましょう。詳しくは彼女に聞きましょう。ええ、ええ、リーザさんはレンフィルムの若手助監督になったそうです。また大きな風の翼が海側から羽ばたいた。ゴーシャは六月のさくらんぼうを四方にまき散らすとでもいうような笑顔だった。

ユゼフたちは風に吹かれ、丘を上って行った。ユゼフは心に呟いていた。いつも人生はわれわれを残して立ち去って行く。風のように。一人残されたわれわれは一体どうしたらいいのだろう。いや、立ち去って行き、われわれを残して行く、そうともわれわれを捨て去って行く人生は、しかし、われわれをそのことで励まそうとしているのか。

ユゼフたちは支庁舎に駆け込んだ。ただちに、ゴーシャ・カザンスキーの証明書一式、パスポートの身分証明書、モスクワの受刑庁からの証明書、アレクサンドロフスク監獄長の証明書、そして国費による旅費支給と明細書が手渡された。もちろん、ユゼフ・ローザノフ署名のエフエスベーの証明書は、護照《ドクメント》以上の効果があるはずだった。その手続きが終ると、ラウラ・ヴェンヤミノヴァがゴーシャを抱擁しながら、おお、あなたがリーザ・カザンスカヤのお兄さんなのね、この二月にサンクトペテルブルグで偶然出会ったリーザについて話した。話は尽きなかったが、もう飛行場に急行すべき時刻だった。飛行場までサーシャが車を出した。車寄せの玄関で、ユゼフはゴーシャとしっかりと握手し、互いに抱きしめた。耳元でユゼフは風の声のように言った。われを許したまえ、と。そして、神のご加護を、と。ゴーシャ・カザンスキーの所持品はまことにみすぼらしく、大きなズック布の袋だけだった。冬衣もいかにも貧しく、しかし本人そのものは喜びの涙で顔が真っ赤になっていた。カザンスキーは車に乗り込むとき、ラウラ・ヴェンヤミノヴァに言った。六月、さくらんぼうが実る頃、ペルミにいらしてください。待っています。彼女は涙を拭いていた。

ゴーシャ、再び、人生はずっと先で、きみが追いついて来るのを待っているだろう。そうユゼフは餞別の言葉を口に出した。

3

いよいよ復活祭が間近になったその日の夕べに、ただ一人出勤して、というのも何か暗いような黄金色の小さな雲が頭上にかかったような気持ちになって、急にこれまでの仕事の重要な案件の文書類の整理と、不要になった周辺文書資料を断裁しておこうと思い立ったのだった。早朝に来て、根気のいる断裁の仕事が一通り片付いたので、濃い紅茶を淹れ、強いマホルカを吸った。窓辺に倚って、しばらく茫然と海を見下ろした。もう何年も前から見知っている感覚だった。《三兄弟の岩》は波間に、今日は特に小さく、金色に輝いて見えた。なんだか一回り小さく痩せたようだった。ここまで追跡してきたサハリン州の軍産関係の贈収賄構図の見取り図はほぼ出来上がっていたが、しかし、これでもってすべてが終ったというのではないという徒労感が残っていた。これは言うまでもなく自分の目指す使命ではない。一体、自然の営みにこのような徒労感があるか。目に眼華《がんか》がゆっくりとあらわれたのを感じた。ユゼフは右の眼球に、久々に稲妻の金色の破線が点滅するのに気がついた。ユゼフは思い出して強い頭痛薬の錠剤を呑んだ。それから片目に水でぬらしたハンカチをあてがった。

　五月のタタール海峡は晴れ上がっていた。砕氷船で移送されてきたセルゲイ・モロゾフ、そして若い政治犯十二名についての、恩赦、そして減刑措置は、無事に終わった。これが自分の二十一世紀、この世紀初頭ロシア大地における最良の仕事だったというのか。もちろんだ。わたしはとにかくセルゲイ・モロゾフを真の友となし得たのだ。右目を押さえながらユゼフは執務室の中を歩き回った。歩き回るうちに、懐かしい詩句がふっと口をついて出て来る。そのあとユゼフはベッド兼用にもなるソファに身を横たえた。さあ、しばらく眠ろう。よく眠れない日々が続いていた。左眼球の光の破線は煌めきながら上下した。

　幸いにもセルゲイ・モロゾフの今後の介護の方策も無事にたった。ダーシャ・イズマイロヴァにはいくら感謝しても仕切れないことだ。あのひとのことだから、やがて誰彼が夏のダーチャを訪れ、セルゲイの心を慰めるだろう。そして人々もセルゲイの無声の勇気に励まされるだろう。やがてユゼフは浅い眠りに浮かび、そこがタタール海峡のどこかとても小さなくぼみのような入江でもあるかのように、渚の砂上に黒くきらきらした石がちらばっていた。ユゼフはすぐに分かった。ザンギ老たちの祖先が加工して鏃《やじり》や銛《もり》にした黒曜石にちがいない。ユゼフは安心して渚の透明なおどろくほどきれいな、純粋な水中に足を洗わせていた。そのとき、つい一昨日、自分がセルゲイ・モロゾフを見舞ったときの光景がよみがえったのだ。セルゲイは、聖人の柩のような木製のベッドに寝ていた。ダーシャ・イズマイロヴァがちょうどセルゲイに水を飲ませようと苦労しているところだった。ユゼフに気づいたダーシャはユゼフに助力を請い、そのときユゼフを少し、ほんの少し背中を起こさせながら言ったのだった。今、その言葉が夢の中でまるで音楽のパッセージのよう、あるいはイタリア語の〈過去〉、passato の意味をともなったとでもいうように、ユゼフの耳に聞こえ、こだましていた。ダーシャは歌うように嘆き悲しんでいた。おお、おお、わたしの愛する、かわいそうな、気の毒な友よ！　そうダーシャのフレーズは二度三度と繰り返された。オオ、ミールィ　モイドゥルーク…、　ミールィ　モイ　ベドゥニャシュカ！

ユゼフはこの〈ベドゥニャシュカ！〉のひびきに涙が出た。貧者という意味よりも、お気の毒な、という意味よりも、心豊かゆえに祈り求める人の意味に聞こえたのだった。セルゲイの端正な顔はひげもじゃだったが、うっすらと眼をあけ、ユゼフを見た。ユゼフはたしかにセルゲイの瞳に映じた。生きるための水だ、水だ、セルゲイ、ぼくの愛する友よ、そうユゼフは言い、ダーシャに手を貸して、セルゲイののどに水がのみほされる角度を保った。そのあとふたたびセルゲイ・モロゾフは眼尻に涙をこぼしたまま瞑目した。今、ユゼフはソファの上で、自分もまたセルゲイと同じように仰向けに、身じろぎも出来ず横たわっているのを覚えていた。

そして今、時は五月で、ユゼフは列車の寝台ベッドに横たわりながら、そうとも、ペルミからウラル山脈を越え、東ウラルの最も美しいシベリアの街エカチェリンブルグへと越えていく途中だった。西ウラル山麓から峠を越えて、いよいよエカチェリンブルグに向かった長距離編成のシベリア鉄道の列車が下ってゆくにつれて、かしこにチェリョムハの木の白い花が咲き誇り、次々に手を振っていたのだ。ユゼフは心急《せ》いていた、いや、生き急いでいた。間に合わなかったのだ。セルゲイ・モロゾフに初めて出会って数日後のことだったろうか。このとき、ユゼフは最愛の妹の急逝の訃報に接して、列車に駆け込んだのだ。わたしはたった一人の妹を亡くしたのだ。永久に失ったのだ。ユゼフは夢の中で泣いていた。ユゼフはエカチェリンブルグに着いた。主変容祭教会でだれにも知られない小さな弔いの儀式が行われ、聖歌が歌われ、ユゼフは数人の人々とともに、共同墓地に棺を運び、埋葬した。妹の友人たちが《永遠の記憶》をきれぎれに歌い続けていた。

ユゼフは夢から浮かび上がった。もう日は傾いていた。その夕日は執務室の窓に射していた。決してセルゲイを妹の二の舞にはさせない。ユゼフは寝返りを打った。風よ立て、ぼくの友よセルゲイよ、風よ立て、わがセルゲイの魂に風よ立て！　言葉よ立て！　言葉よ立たしめよ！

そのあとユゼフはまた朦朧とした考えを辿った。死はなからん、とあの方は言ったが、いったい、あれはどういう意味だったのだろうか。まさに現実に、死はあるではないか。古来われわれはただ一人としてこれを免れた者はいないではないか。ユゼフの上を夕日の光の手がのびてきていた。ユゼフは思った。そうとも肉体の命は必ず滅びる、しかしそれを超えることが果たしてできようか。しかし、あの方は言ったのだ。死はなからん、と。ユゼフは思いを辿った。物質である以上、肉体は花のように腐る、病に冒されて腐る、そしてついに死に至る。しかし、とユゼフはもがいた。おお、それだけのことなら、何と言うあまりにも古くさい命題だろう。そうとも、われら人間のすべての文化の歴史は、このような絶対的な物質としての死との闘いの歴史であったのではないのか。不治の病に冒されてついに死に至るとき、それが示しているのは、滅すべき本質の肉体、その病める肉体をもって、その巣くった死を道連れにしておのれの肉体を殺すことで、わが身を殺すことによってこそ、巣くった悪霊の如き死を共に殺し、そうして死という恐るべき観念を無化することではないのか。つまり、死そのものを、みずからの肉体の死によって殺すのだ、そのとき、ではわれら人間の魂はどうなるのか。肉体なきところに魂が残るのだろうか。ユゼフのソファーベッドに夕日が射していた。その影が短くなった。夢でユゼフは声に出して言った。おお、それは、記憶だ。魂とは、記憶の別名ではないのか。その記憶とは、他者の心のうちに残されて生きる記憶のことではないのか。おお、一つの所作のような記憶であってさえ、永遠《とわ》の記憶なのだ。存在とはその記憶の想起なのだ。おお、それらの場を、広く他者とのみ言うべきではあるまい。それはおまえの隣人たち、友、そのような他者なのだ。無人称の他者ではあるまい。死はなからん、というのは、人は死なないということではない。死んでこそ愛しい隣人の心に、愛する友の心に、永遠に残るということではないのか。こうしてわれわれの父祖たちは生きて、そして死んで来た。そしていまも生きているのだ。ユゼフは共同墓地の埋葬のとき一掴みの土くれで十字を切った。もうぼくの妹はこの世にいない。しかし、このぼくの中に生きている。いつも恋しいのは……、このとおい丘……、おお、ぼくの愛する友よ、ぼくのベドゥニャシュカよ、きみは死なない。声も言葉もいまだ甦ってはいないが、きみは死なない。いや、きみが戦いの果てに死に打ち勝ってのちに死すとも、そしてきみは死ぬが、しかし、きみはぼくが生きている限り、死なせはしない。互いに愛する者は分身なのだ。かならず、きみは甦るだろう。きみの聖像画は、死と引き換えの形見なのだ。

　ユゼフはこう思い続けながら、もう一度、浅い眠りに落ちた。

4

五月五日、復活祭当日の朝、ユゼフはポクロフスカヤ教会の鐘の音が、三つの大きな塔の鐘の音、そのあとに従うように七つの小さな鐘の音が、まるで一番重いカリヨンの旋律のように窓敷居までとどき、とんとんと微かに音連れを伝えているのに耳を澄ませた。ユゼフは窓を押し開けた。五月の風がカリヨンの旋律と一緒になってそっと入ってきた。ユゼフはもうすべての用意が出来ていた。あとは教会へ向かうだけだ。まだ荒れた庭や柵木、木造の家の軒がならぶ通りには残雪の塊が残っていたが、春はもう美しい春だった。ユゼフは胸が高鳴った。喜びと希望が木々の芽のふくらみと同じようにこらえていた。まちがいなく、セルゲイ・モロゾフは、ザンギ老、孫娘、孤児の少年、そして、ダーシャ・イズマイロヴァに付き添われて、いや、車椅子などではなく、自分の足で立って、ゆっくりと教会のきざはしを上る姿がうつつに見えた。ユゼフは伸ばし放題だったひげを丹念に剃刀を使って剃ったので、鏡にうつる自分はみちがえるように若々しく見え、ふっと苦笑した。これで、セルゲイに神のご加護がないとすれば、どうして神を諾《うべな》うことができるものか。ユゼフはタガンローグにいた頃のみなりに一変した。ユゼフは心底、待ちに待ったこの復活祭当日に、セルゲイ・モロゾフの萎《な》えた足が立ち上がることを信じた。そして、声の復活も。声帯がもはや回復しなくとも、いや、それはそれでいいとして、だって手で書くことさえできれば、文字が書けるのだ、いや、手話でさえ可能なのだ。ユゼフはふたたび室内を歩き回った。教会の鐘の音はまだ遠く近くに鳴っていた。ユゼフは歩き回り、鎖時計をだして時刻を確認し、いつも恋しいのは　このとおい丘……、さあ、セルゲイ・モロゾフ、ぼくは待っている、風のように立って、丘を上れ、人生はぼくらを見棄て、ぼくらを残して平気で立ち去ってしまったが、いや、そうはさせない、風のように追いかけるのだ。そう言いながらもユゼフは大きな不安に胸が締め上げられていた。イイスス・フリストスの言葉ならまだしものこと、どうしてぼくのような者に、それが可能だろうか。しかし、自然には千分の一秒であろうと、その一瞬、永遠のような隙間があるはずなのだ。そここそが希望のすべてなのだ、そこでセルゲイ・モロゾフは、風のように立つ！

ユゼフは冬帽を初夏のフェルト帽子にかえてかぶった。コートもまたタガンローグ時代の、いや、ペルミ時代の軽いコートに変えた。それからユゼフはもう一度、窓の外を眺め、ここいらの人々が狭い通りを教会に向かって行くのを見た。

そして集合アパートの玄関を出て、通りに出たところで、朝の光があふれ、青い空にはふんわりと、いくつか小さな雲が浮かんでいて、その雲から眼を離した瞬間、狭い通りに止まっていた車から、ゆっくりと三人の人影が近づいて来た。通りすがりのスカーフをかぶった老女たちが振り向いていた。この三人のうちの黒いコートの一人が静かに、とても静かに、ユゼフの眼を見つめて言った。ユゼフにはその眼はある意味で懐かしくさえあった。かつて自分もまた、その眼だったたし、おお、初めてセルゲイとヴァレリー修道士を拘束したときも、同じ眼を自分はしていたはずだったからだ。あとの二人は軍服姿だった。

ユゼフ・ローザノフ少佐、どうぞお許しください、あなたはただいま拘束されました。そう言って黒いコートの人物は身分証を翳《かざ》し、さらに封書から一枚の文書を抜いて見せた。ユゼフは一瞬だけ驚いたが、まったく冷静だった。一枚の文書を手にとり、さっと読み終えた。ユゼフは言った。分かった。さあ、行きましょう。ユゼフはそう言った。ユゼフの心の中で、数行の文面が繰り返された。即刻、モスクワの最高検察庁に出頭すべし。それが主旨で、その理由はなにも記載はない。ただ、ユゼフは、署名のサインに心が揺れた。末尾のサインは、右に大きく羽ばたくように傾いだ筆跡で見覚えがあった。思わず心に言った。やはり、あなたでしたか。ユゼフは言った。わたしはこれからしばしポクロフスカヤ教会で復活祭のミサに出るところだけれども、その時間はありますか。いいえ、残念です。ありません。空港でフライトの時間が迫っています。ユゼフは言った。分かりました。車は猛スピードで走りだした。

ユゼフは車窓に過ぎ去るさびしい春の街を、白樺の並木を、ちらと見えたタタール海峡の大皿の青さ、ポクロフスカヤ教会の金色の十字架を、すべてを心にとどめた。行く手のまだ斑《まだら》に雪をのせた山脈を見た。やはり、思った通りだ。ぼくはセルゲイからの贈り物である小さな三つ畳の聖像画は、ほら、この胸ポケットに携えてきた。

セルゲイよ、ぼくは先に行くよ。きみはここで生き延びてくれ。ユゼフは思わず涙ぐんだ。いいかい、ぼくの友よ、セルゲイよ、ぼくにあの詩のスタンザを教えてくれたのは、ペルミのあの夕べのことだったじゃないか。

——わたしは終わった　しかしきみは生きている……

詩章

ユゼフ・ローザノフは紙片に次のような詩を書き残していた。

1

ぼくの青春は
八月の牧草を刈り取る
大鎌だった
雲が沸き立ち
地平線めがけて
罪もないハリネズミたちを斬った
可愛いハリネズミたちよ
ゆるしてください
眩しかったあのぼくの心を
いまぼくは風にゆれる
小さな花たちのまえにしゃがみこむ
きみたちがぼくの悔恨を
おぼえておいてください

2

セルゲイは
澄み切った目で言った
愛する友よ
きみがわたしのように倒れた時は
わたしがきみを支えながら
歩き続けるからと
虚空を見つめる
きみの澄み切った目の青さは
静に泪をこらえている
泣かなくていい
ぼくが倒れる時はない
ぼくは大地の果てまで
きみを背負ってたどりつく

3

帰らない長い旅から
それでもきみが
いつか帰って来るときのために
この樹下の木椅子もベンチも
秋にも冬にも
次の春のために
このままにしておこう
必ず帰って来るからと
必ず帰って来られるからと
このとおい丘よ
今ごろはどこの街の宿で
九気圧で抽出された朝のエスプレッソを
砂糖をたっぷり入れて飲んでいるのか

4

どんなにつらく貧しくて
かなしみだけの人生であったにしても
どうしてぼくらの人生の青春が
馨しく高貴なロマンチカでないことがある
　だろうか
民歌のロマンスの恋歌になって
ぼくらは
過ぎ去る雲の下で踊りながら
抒情詩のように
だれか
だれか
恋しいひとたちの心に
記憶されて
残っているのだから

5

二つ折のページのように
ぼくらは青春を折りたたむことができた
どんなに輝かしい青春であったとしても
すべてが在った
悔恨だけを残して
すべてが過ぎ去られた
しかしせめて
残りの白紙のページを重ねるとき
すべてのきみの残像《ポヴィドク》は
すべての人生の細部を思い出させるだろう
ふたたびぼくらを生きさせてください
ふたたびぼくらを歩ませてください
どんな急峻な丘でもその静かなほほえみと
　息遣いで

6

小さなきみは
すべての競走にやぶれた
広大な競走場を
いちばん最後になって
それでも
とぼとぼと歩きつづけた
おお、ぼくのベドゥニャシュカ！
運わるく小さな不具合のために
泪をこらえながら
のちの人生においても
きみは光に満ち溢れていながらも
きみは忘れなかった
きみはとぼとぼと最後まで歩き切った

7

静寂よ静けさよ
澄み切った青さよ
その日だけがすべてだった
人生が何であっても
喜びもすべての悲しさも
静寂に澄み切って
外界も内界も超えて聞こえていた
夏至の日の
あの太陽が一瞬停止して立っている
あのソンツェ・スタヤニエの
ぼくは
きみと一緒に
存在の静けさへと降りていく

8

夏の暑さに焼けてしまったライ麦畑で
ただ一株のライ麦が生き残っていた
ライ麦の痩せ細った穂が
風に懇願していた
旅の途中だったぼくは
その声をきいた
ぼくは彼女の一粒一粒を
掌におさめた
夏の雲たちは
野辺送りの歌を歌っていた
〝永遠《とわ》の記憶〟を歌い続けていた
とつぜんやってきた驟雨は
泣きながらどしゃぶりになって降り出した

9

ぼくは神から遣わされた
ぼくは太初の光——
きみの愛した詩人は
始まりにそう宣言していた
若気の至りだとぼくらは思ったが
ぼくの友よ
それは本当だったね
そして使命を果たして
宇宙へと帰って行った
夜が明けたら窓を開けておいてくれと言って
愛する友よ
きみは立ち上がるだろう
魂が力尽きる前に

10

人生は今日
わが妹を残して先へ行ってしまった
ただ一人
荒野に置き去りにして
しかし見捨てたのではない
ぼくの人生もその後を追うだろう
雪の砂漠に
アーモンドの花が咲く頃の
ともに歌った小さな歌をうたいつづけよう
そして秋が来て
リャビーナの赤いたわわな実に
間に合わなかったと
おまえのために誰が嘆くだろう

11

きみは孤立無援の
ぼくを助けるために
あの砕氷船で移送されたのだ
凍った赤いバラの花びらが
氷上に舞った
きみは吹雪の中庭を
柵木の果てまでただ一人で歩いた
そして戻って来た
きみの最後の証だった
そのあときみは
最後になる手紙を書いてよこした
正字法も字母《アズブカ》も
謎の草の花のようだった

12

ただただ
心を尽くせと
人生にとり残されてあっても
並んで風の中を歩むこと
残して来た思いを
風に話して聞かせ
心で泣きながら
笑顔だけで心を尽くせと
のちの風が覚えていて
繰り返してくれるのだと
眠っているきみは今
風なのだ
死の谷を超えて行く風なのだ

13

ぼくの友よ
おお　ときとして失念された
ARS LONGA, VITA BREVIS!
芸術は長く　人生は短いと
技芸をきわめるには
あまりにも人生は短すぎる
というだけではなく
否、どんなに人生が長くとも
足りなすぎるのだからと
しかしこの刻限《おきて》の中で
永遠を生きるために
きみはブーメランのように
わが妹人生へ帰って行く

14

その日のあくる日の朝に
八月《アヴグスト》は青い空に
小さな雲の小舟たちを浮かべ
世界は美しすぎた
訪れた大きなクロアゲハ蝶が
ゆっくり舞いながら
ミントの花蜜を吸っている
世界は燦然と輝き
彼女は飛び去らない
世界は何事もなかったように
ぼくの肩に　ぼくの手に
長い旅先から帰って来たのだ
お帰り　ぼくの友よ

15

わたしたちの存在は落下するだろう
時が長けて
存在の重さが満ちてきたとき
雨雲から雨が落下するように
だれがそれを命じるのか
いったいだれの手が受け止めてくれるという
　のか
しかし今日もまた
わが妹人生は
きみの耳底の貝の中で
ひびいている
耳元で歌っているのは
それがぼくだと
きみは知っているはずだから

16

旅から帰って来たら
ここにこうして待っているからと
菩提樹《リーパ》の花の下で
しかしいつ
帰って来ることができるのか
何のための
旅であったのか
もし神のご加護で
無事に老いさらばえても
もう一度帰って来るだろうときには
雲たちの残像よ
おぼえておいてくれ
きみたちも旅立ってしまっているならば

17

アントン・チェーホフ空港から
飛び立つだろう
空港はあなたの名前に変わったのだ
ウラルに帰るゴーシャよ
真新しい管制塔とオホーツク海の青さを
風が寄せてくる
きみはタラップを上がる前に
制服の青い影たちと向き合って話している
きみはぼくのサインがあるドクメントを
海風に翻すだろう
すでに飛行機はエンジン音を高くして待つ
きみもまた
チェーホフになって泣け

18

凍ったバラの花びらは砕けたと
もうもとに戻らないと
だれが言えるだろうか
ただ一度だけの出会いは
いつもただ一度だけの最後の出会いだと
なぜそのような悲しい定義をするのか
たしかにわれわれはそれを学んで
疑わずにいるけれども
しかし、だからすべてにおいて心を尽くせ
それであってさえ不足過ぎるのだから
いまぼくは空虚と嘆きで
思わず涙にぬれてしまうけれども
こらえなければならないのだ

19

存在はとどまらざるものであるならば
凍ったバラの花びらは
ふたたび生き返るだろう
なぜなら
すべては奇跡でできあがっているのだから
われわれは
その成就なのだから
言葉が
与えられたのは
奇跡のためなのだから
きみは
生きている
ありとあらゆる時の中に

20

さあ、セルゲイ
運命の友よ
きみはダーチャ・マライーニに
フィレンツェの
あるいはトスカーナの大地のどこかで
街角で出会っていたのではないのか
なぜならきみは
このわれわれの憂愁の重すぎる
過激すぎる罪深さの精神に
地中海の豊穣
奔放な光をもたらしてくれたのだから
ドストイエフスキーの『悪霊』たちの
あの虚無主義の〈スタヴローギン〉のぼくらに

21

わが友セルゲイ
きみはそれをひっくりかえしてくれた
慈愛に満ちた似姿を
もう二度と会い得ない存在の似姿を
どこに見出すことができるか
きみはぼくに知らせてくれた
夢はダーチャ・マライーニの似姿に
過ぎ去った
ぼくらの青春の思い出のすべてを見た
わが妹人生の似姿を
生垣に阻まれて
ときとして地平線が見えないとしても
このとおい丘からなら見えるのだから

22

眠れ
残された静かさよ
眠れ
立つ風よ
心の風よ
眠れ
愛しい友よ
そして
そこの街角から
庭先から
夢の天使となって
名を呼んで
帰ってきてください

23

ぼくらはあと半世紀を生きよう
ぼくは無理だとしても
ぼくの友セルゲイよ
魂の血脈譜のゆえに
たとえ冥府にあっても
そのとき世界がどうなっているか
きみなら必ず帰ってくる
イヨアンの福音書の冒頭を思い起こせよと
最初に言葉があり　その言葉が神のものであり
その言葉が〈人生いのち〉だというのだから
そしてきみの百年後の聖像画は
いのちに与かったその面影の一切を
すべてをよびさます風と光と涙なのだ

あとがき・エッセイ

1

もう五年も前になるだろうか、私は『アリョーシャ年代記』の三冊で古代ロシア（西欧では中世にあたる）の漂泊の聖像画家アリョーシャを主人公にして物語った。

そのあと、アリョーシャたちの五百年後の現代世界を漂泊する物語『没落と愛　2023』、『幻影と人生　2024』を書いた。これは今現在のプーチン・ロシアのウクライナ侵攻を遠景としたものだ。

そして、今回の物語『ユゼフ・ローザノフ　青春の終わりに』に辿り着いた。

プロットもなしに六冊も書いてくるうちに、このように語り続けるのは、祈りそのものの行いではないのかと思うようになった。

比喩的に言えば、私たちの本質は〈出会いと別れ〉である。平易に言えば、私たちの人生は、畢竟《ひっきょう》〈出会いと別れ〉に尽きる。

ロシアの詩人パステルナークは若い日の詩《発着駅《ヴァグザール》》で、〈出会いと別れの燃えつきない耐火性の抽出し〉というふうに、発着駅《ヴァグザール》を表現した。

2

この『ユゼフ・ローザノフ　青春の終わりに』には、小さなモチーフとして、イタリアの光と悲歌について、（ロシアで言えばプーシキンと同時代の）十九世紀イタリア最大の詩人ジャコモ・レオパルディの詩句が響いていた。

このレオパルディのイタリア、のモチーフが流れていたところに、本書『ユゼフ・ローザノフ』の終わり近く第六章になって、突然、一生にただ一度しか起こりえないような一瞬の出会いが起こったのだった。

イタリアの現代作家、詩人のダーチャ・マライーニ（一九三六年〜フィレンツェ生まれ）さんとのこの世での出会いが起こったのだ。私はこれを奇跡だと感じ取った。

そこで、私はこの物語に敢えて、「あとがき・エッセイ」をそえることにしたのである。少しかいつまんでお伝えすることにしたい。

3

それは二〇二四年六月十八日の、札幌、暑い夏の日の午後。

私は彼女の似姿に名づけようもないような懐かしい喜びを覚えた。

出会いの場は、北海道立文学館の地階ホールでのことだ。ダーチャ・マライーニさんは北海道大学での講演のあと、われわれの文学館（私はここの館長だった）の地階ホールで、彼女の子供時代が過ごされた（戦前の札幌）をふくめた家族のパネル写真展が催されていた。北海道大学講演と連動していた。いわゆる戦前の特高警察による恐るべき〈宮澤・レーン〉冤罪事件を、歴史の記憶として語りつぐ市民運動の方々がダーチャ・マライーニさんを招聘したプロジェクトだった。八十七歳のダーチャ・マライーニさんは若々しかった。その日、六月十八日午後早くに彼女をお迎えしたとき地階ホールは、北大講演のあともまた彼女を慕ってお話をかわしたいという人々であふれていた。

打ち明けて言えば、私は妻がイタリア詩、レオパルディの専門なのに、私自身はダーチャ・マライーニさんの仕事についてほとんど不案内だった。

それでも私には忘れがたい記憶があった。今から二十年ばかり前になるだろうか、われわれの文学館で、東洋学者・人類学者・著名な登山家のフォスコ・マライーニ写真展を二か月ばかり特別展として開催したことがあった。特に私はフォスコ・マライーニが撮った白老《しらおい》や美幌《びほろ》のアイヌの長老《エカシ》たちの肖像の感銘を忘れていなかった。今、私たちの前に長途の旅を果たして、子供時代を過ごした札幌までやって来られたダーチャ・マライーニさんは、フォスコ・マライーニさんの長女だった。戦前の日本に一九三八年だったろうか、父フォスコ・マライーニはまだ一歳半ばかりのダーチャと妻をともなって当時の北海道帝国大学に研究留学し、医学部でアイヌ研究を行い、特に、イクパスィの研究で成果をあげた。

4

この日、ダーチャ・マライーニさんは濃いサングラスをかけて、私たちの前に降り立った。にぎやかな人々に囲まれて、地階の喫茶ホールのテーブルについた。そしていかにもイタリア的なサングラスを外した瞬間、渦巻く麦色の髪、空色のアイシャドー、私はすべてを思い出した！　彼女のこの似姿に、戦前の日本での苦難、その後の戦後イタリアでの芸術による戦い、一切がこのような雰囲気の実りとなって成就されたのだと感じた。何という親和力であろう！　私は妻が何度となく飽きずくりかえし観ていたピエル・パオロ・パゾリーニ監督の「奇跡の丘」を、ダーチャ・マライーニさんになぜか重ねていた。

もちろん私は前夜に、明日はダーチャ・マライーニさんに会えるのだから、せめてイタリア語で挨拶の一つでもと思って、辞書をひいて作文したのだったが、こうしていまテーブルについて、すぐそばに掛けていると、何の役にも立たなかった。

5

このとき、私は秘かに、私の妻がこのような場には来られない病床にあったので、妻がなお愛してやまない詩人であるジャコモ・レオパルディの書簡集をたずさえて来ていたので、その二巻本の一冊の扉にサインをしていただいた。

そのとき、どなたかから私の手に、ダーチャ・マライーニさんの新刊《Vita mia（わが人生）》の原本をそっと手渡され、それがどなたであったのか、わたしはその方にお礼も言わずに、そのままに、いただいたまま、この新本《Vita mia》をダーチャ・マライーニさんにさしのべ、その白い扉ページに、私の名宛でサインをしていただいた。

この新刊のイタリア語版を、そっと私にくださったのは、どなただったのか。ダーチャ・マライーニ作品を殆ど邦訳している望月紀子さんが、この旅に同行してこられていて、少し離れたテーブルにかけていた。挨拶をかわしたとき、私はイタリア語が読めないのに、実は原本を買おうと思い洋書店に問い合わせたが日本ではもう手に入らないのです、などと言ったのだった。望月さんでなければ、まさに人生《ヴィータ》の天使がそっと肩越しに恵んでくれたことになる。

6

そのあとのことだ。私はこのサイン入りの《Vita mia》を得たので、翌日から病床の妻を見舞うにつけ、三十分の制限時間のなかで、妻の耳元でダーチャ・マライーニさんに会ったことを語り、この新刊書の扉詩の十三行詩を、練習して何度も朗読した。もちろんロシア語訛りのイタリア発音だったが。とおい意識の遥かな丘に、私の音読した《Vita mia《ヴィータ・ミーア》》のイタリア語がこだましたのにちがいない。妻の目に泪が浮かんだ。

（私たちが若かった時、大学紛争・闘争の終わりに、私は横浜鶴見の妻の実家で、広い庭の花々を前にして、彼女と一緒になって、それぞれの修士論文を駆け込み訴えのようにして書いた。彼女は詩人ジャコモ・レオパルディの生涯を、私はロシアの詩人パステルナークの初期詩について書いた。私は北大のロシア文学専攻のあと、東京外語大の大学院に進んだのだが、彼女はそこのイタリア語科の院生だった。たしか、初めはストラミジョーリ先生にイタリア語を教わったと聞いたように覚えている。ストラミジョーリさんというと、フォスコ・マライーニさんと共に仕事なさった方ではないか。戦後イタリアの芸術家、文学者たちがどれほどの情熱で新しい世紀の人生のために共に戦いぬいたことであったろうか。）

7

以上、かいつまんで、ダーチャ・マライーニさんとの短い出会いと別れについて語ったが、私の今回の物語『ユゼフ・ローザノフ　青春の終わりに』の第六章以降に、啓示のように突然、ダーチャ・マライーニさんの似姿が、フィクショナルなロシアの物語の中へと、人生の風になって入って来たのだった。

フィクショナルな物語にこのように実在のダーチャ・マライーニさんが、もちろん詩の引

ユゼフ・ローザノフ

青春の終わりに

2024年10月22日初版印刷
2024年10月30日初版発行

著者　工藤正廣
発行者　飯島徹
発行所　未知谷
東京都千代田区神田猿楽町2丁目5-9　〒101-0064
Tel. 03-5281-3751 / Fax. 03-5281-3752
［振替］　00130-4-653627

組版　柏木薫
印刷所　モリモト印刷
製本所　牧製本

Publisher Michitani Co. Ltd., Tokyo
Printed in Japan
ISBN 978-4-89642-738-7　C0093

くどう　まさひろ

1943年青森県黒石生まれ。北海道大学露文科卒。東京外国語大学大学院スラブ系言語修士課程修了。現在北海道大学名誉教授。ロシア文学者・詩人・物語作者。

『ＴＳＵＧＡＲＵ』『ロシアの恋』『片歌紀行』『永遠と軛　ボリース・パステルナーク評伝詩集』『アリョーシャ年代記　春の夕べ』『いのちの谷間　アリョーシャ年代記２』『雲のかたみに　アリョーシャ年代記３』『郷愁　みちのくの西行』『西行抄　恋撰評釈72首』『1187年の西行　旅の終わりに』『チェーホフの山』（第75回毎日出版文化賞特別賞）『〈降誕祭の星〉作戦』『ポーランディア』『没落と愛2023』『幻影と人生2024』等、訳書にパステルナーク抒情詩集全７冊、７冊40年にわたる訳業を１冊にまとめた『パステルナーク全抒情詩集』、『ユリウシュ・スウォヴァツキ詩抄』、フレーブニコフ『シャーマンとヴィーナス』、アフマートワ『夕べ』（短歌訳）、チェーホフ『中二階のある家』、ピリニャーク『機械と狼』（川端香男里との共訳）、ロープシン『蒼ざめた馬　漆黒の馬』、パステルナーク『リュヴェルスの少女時代』『物語』『ドクトル・ジヴァゴ』など多数。

用の（おそらく誤読の）訳詩としてではあるが、突然登場することになった。

その意味では、今回の『ユゼフ・ローザノフ　青春のおわりに』に、詩の言葉の永遠が、つながったのではなかろうかと思う。物語の中の人々は誰もみな、強いて言えば、墓碑銘にしるされた故人であるといっても過言でないが、しかし、記憶として書かれることによって甦り、それはまた永遠へと続いて行くのではないのか。

ジャコモ・レオパルディの詩《無窮》の祈りは、もちろんダーチャ・マライーニさんの《Vita mia》の詩につながり、そのことが、今しばらくこの世を生きるわたしたちに希望を感じさせてくれるように思う。この私の物語が、妻知子に捧げられるゆえんである。

ダーチャ・マライーニさんに、芸術は長く、人生は短い——Ars longa, vita brevis という箴言をかりて、幸運な出会いに心から感謝し、祈ります。

今回も執筆を励まし続けてくれた未知谷飯島徹さんに感謝いたします。

札幌にて　二〇二四年重陽

工藤正廣